東西怪奇実話

日本怪奇実話集
亡者会

東雅夫 編

JN090095

明治末期から昭和初頭にかけて文壇を席巻した怪談ブーム。泉鏡花や芥川龍之介、小山内薫や岡本綺堂ら名だたる文豪たちは、嬉々として怪談会に参集しては実話の蒐集・披露に余念がなかった……スピリチュアリズムとモダニズムとエロ・グロ・ナンセンスの申し子たる「怪奇実話」の時代の幕開けである。〈東西怪奇実話〉の日本篇として、新たに編まれた本書には、田中貢太郎、平山蘆江、牧逸馬、橘外男、長田幹彦、黒沼健、徳川夢声ら日本怪奇実話史を彩る巨匠たちの代表作を収録。虚実のあわいに開花した、恐怖と戦慄の花々を、愛でたまえ！

東西怪奇実話

日本怪奇実話集

亡者会

東　雅　夫　編

創元推理文庫

JAPANESE TRUE GHOST STORIES

edited by

Masao Higashi

目次

東西怪奇実話

日本怪奇実話集

亡者会

I

冕《べん》言《げん》

田中貢太郎《たなかこうたろう》

それには疑問もあるが今昔物語は、其《そ》の著者宇治大納言隆国《たかくに》が平等院の一切経蔵の南の山隙《さんげき》にある南泉房《なんせんぼう》と言う処で、髷《まげ》を結い分けて、おかしげなる姿にて、莚《むしろ》を板にしき涼み居待りて、大なる団扇《うちわ》をもてあおがせなどして、往来の者高き卑しきをいわず呼び集め、むかし物語させて、我はうちにそい伏して語るにしたがいて筆にしたものだと言われ、有名な支那《しな》の聊斎志異《りょうさいしい》は、其の著者蒲松齢《ほしょうれい》が茶と淡巴菰《たばこ》とを路傍へ持ち出して、往来の旅人に喫《の》まし、それから牛鬼《ぎゅうき》蛇神《だしん》の話をさせて書いたものだと言われている。此《こ》の今昔にしろ聊斎にしろ、有数な典籍とせられているが、これは実話の賜《たまもの》であって、こうなると実話も単なる娯楽物でないことになり、議論が面倒になるけれども、要するに実話及び実話的な随筆の類は、話其《そ》のものは斉東野人《せいとうやじん》からも得られるが、それを筆にする人によって趣きが変って来る。即ち哲学者が筆にすれば哲学的になり、政治家が筆にすれば政治的となり、法律家が筆にすれば法律的となり、宗教家が筆にすれば宗教的になり、医学者が筆にすれば医学的になり、然《しか》り而して概括《しこう》して頭のある筆の冴えた人が筆にすれば、典籍的実話となるのである。ところが、夫子《ふうし》自らはどうか。私は雑書読みの老書生として、此の二十余年、浪人のたつきに実話を書いているが、未だにこれという実話もできていない。況《いわ》んや今昔、聊斎の趾《あと》を履《ふ》むに於《おい》てをやである。

田中貢太郎識

昭和四年十一月

怪談短篇集

田中貢太郎

築地の川獺《かわおそ》

小泉八雲の書いた怪談の中には、赤坂に出る目も鼻もないのっぺらぼうの川獺のことがあるが、築地の周囲の運河の水にも数多《あまた》の川獺がいて、其処にも川獺の怪異が伝わっていた。元逢引橋《あいびきばし》などのあった三角の水隈《みずくま》には、今度三角の不思議な橋が架《かか》ったが、彼《あ》の辺は地震比《ごろ》まで川獺の噂があって、逢引橋の袂《たもと》になった瓢屋《ひさごや》などに来る歌妓《おんな》を恐れさした。瓢屋の女中は川獺の悪戯《いたずら》をする晩を知っていて、お座敷が終って芸妓《げいしゃ》達が近くもあるし、川風に吹かれて逢引橋の袂から河岸《かし》縁《っぷち》を帰ろうとすると、

『ちょっと待ってらっしゃい』

と云って、二階へあがって逢引橋の橋向うの袂にあった共同便所の明りに注意するのであった。其処には一つの小さな石油ランプが燭《とも》っていたが、其《そ》の火がすなおに光っているときには、

『今晩、だいじょうぶよ』

と云った。もし、其の火がチラチラして暗くなったり明るくなったりしていると、

『今晩は、だめよ、すこし、へんよ』

と云った。其の火のちらちらする晩は川獺の出る晩であるから、聞かずに河岸縁の方でも往《ゆ》

こうものなら屹《きっ》と怪しいことに逢ったので、芸妓達は姉さんの詞《ことば》に従って、そんな晩には後もどりであるけれども、築地橋の方に往き、それから今の電車通りを曲って、歌舞伎座前から采《うね》女橋《めばし》を渡って帰って往くのであった。

某夜《あるよ》、築地の待合《まちあい》へ客に呼ばれて往った某妓《あるおんな》が、迎えの車が来ないので一人で歩いて帰り、采女橋まで往ったところで、川が無くなって一めんに草茫茫《ぼうぼう》の野原となった。彼の女《かのじょ》ははっと思って立ちすくんだ。彼の女も川獺の悪戯のことを知っているので、こんな時に立ち騒いではいけないと思って、其のまま其処へ蹲《しゃが》んだのであった。すると暫《しばら》くして遠くの方から火が一つ見えて来た。火が見えるとホッとして気が強くなった。其のとたんに、

『どうしたのです、姉さん』

と云って声をかけられた。それは自分を迎いに来ている車夫であった。

唖娘

伊井蓉峰《いいようほう》の弟子に石川孝三郎《いしかわこうざぶろう》と云う女形《おやま》があった。絵も好きで清方《きよかた》の弟子になっていた。あまり好《い》い男と云うでもないが何処《どこ》となく味のある顔をしていた。下廻《したまわり》で田舎を歩いていた時、某町《あるまち》で楽屋へ遊びに来る十七八の綺麗な女を見つけた。それは髪結をしている唖娘であった。下廻で宿屋にも往けないので小屋に起臥《ねおき》していた石川は其《そ》の女と関係して夫婦約束までした。

其のうちに其処の芝居は終って、一座は次の町へ往くことになった。到る処で女をこしらえてそれを煙草の吸殻を捨てるように捨てて往くのを権利のように思っている社会ではあるし、女房を養う腕はなし、其のうえ唖ではとても将来を共にすることができないので石川もたかをくくっていると、はたの者が岡焼半分に、石川は他に佳《い》い女があるので、捨てて往くつもりだと云ってたきつけた。たきつけられた女は其の夜おそく石川の許へ来たが、来るなり石川に打《ぶ》ってかかった。石川はやっと女をなだめて、共に伴《つ》れて往くことにして未明《よあけ》を待って出発した。そして、立場《たてば》に往ったところで夜が明けた。夜が明けると女は着がえの一枚も持っていないことに気が注《つ》いた。女は着物と小遣《こづかい》を取って来ると云って石川を待たしておいて引返《ひきかえ》した。石川は後で又女のことを考えてみたが、どうしても唖の女を伴れて往くことはできないので、女に場所を知らしてないのを幸《さいわい》にして其のまま逃げて目的の町へ往った。

其の時の芝居は旧派と新派の合同芝居で、開場の日は旧派が青い帽子に新派が赤い帽子を着て、車に乗って町まわりをした。そして、某川《あるかわ》の川原へ往ったところで、石川は小便がしたくなったので車をおりた。川原には五六人の者が集まっていた。石川は何《な》んだろうと思って傍《そば》へ往ってみた、そこには水死人があって菰《こも》をかけてあった。石川は好奇心にかられて其の端をめくってみた。若い女の仰向けになった死体であった。石川は一眼見てのけぞるほど驚いた。それは自分が捨てて来た唖の女ではないか、石川は急いで車に乗って一行の後を追ったが、酷い熱が出て芝居ができないようになった。病気では小屋に寝てもいられないので、三人の仲間の借りていた饂飩屋《うどんや》の二階へ寝かしてもらったが、其のうちに夜になって仲間は芝居に往った。石川は一人で電気の暗い室《へや》の中に寝ていると、へだての襖《ふすま》がすうと開いて入って来た者があった。饂飩屋の家族が来たものだろうと思ってみると、それは彼《あ》の唖の女であった。ぽうとしていた石川は、おや、やって来たのかと思ったところで、女はするすると傍へ来て蒲団《ふとん》の襟に手をかけた。

石川は其の時になってはじめて女の死んでいたことを思いだした。石川ははっと思って女を入れまいとしたが女はもう中へ入った。石川は怕《こわ》くて詮方《しかた》がなかったが、女がべつに怨《うら》むようなことも云わないので、やっと安心して女のするままになっていた。そして、何かの機会に気が注いてみると、夢が覚めたようになって女は傍にいなかった。

唖の女は翌晩も其の翌晩も翌々晩も病床に来て夫婦の道を行った。石川は困って其のことを仲間にざんげして、『おれは、女の祟《たた》りで死ぬる、おれの着物の襟に三四円入っている、死んだら故郷へ知らしてくれ』と云ったが間もなく回復した。其の石川は関東大震災の前後に物故した。

二通の書翰《しよかん》

小説家後藤宙外《ごとうちゆうがい》氏が鎌倉に住んでいた比《ころ》のことであると云うから、明治三十年前後のことであろう。其《そ》の時鎌倉の雪の下、つまり八幡宮の前に饅頭屋《まんじゆうや》があって、東京から避暑に往《い》っていた――君が其の前を通っていると、饅頭屋の亭主が出て来て、

『あなたは××さんと云う方ではございませんか』

と自分の姓名を云うので、そうだと云うと、

『こんなことを、だしぬけに申しましては、へんでございますが、二階堂の方の別荘に居らっしゃる××と云う奥さんが、あなたをお見かけ申したら、どうかお遊びにいらしてくだされるように、お願い申してくれろと、こんなに申しつかって居りますから、どうか其処へお遊びに往ってやってくださいませ』

と云った。××君はそんな女にちかづきはなかった。

『それは、なにか人違いでしょう、僕はそんな方は知らないから』

『奥さんも、わたしの名なんかお忘れになっていらっしゃるだろうが、たいへん御厄介になった方だから、是非お目にかかりたいと思っているうちに、昨日八幡様の前でお目にかかったか

ら、其の時声をかけようと思っているうちに、つい声をかけそこなったから、明日でもこうしたかっぷくの方で、××さんとおっしゃる方が御通りになったら、どうしてもお遊びにいらっしてくださるように、お願いしてくれと、くれぐれもお頼みになって帰りました。決して人違いではございません、どうかお遊びに往ってくださいまし』

亭主が一生懸命になって云うので、避暑に来て怠屈《たいくつ》している時であったから、時間潰しにと思って番地を聞いたうえで出かけて往った。そこは二階堂の別荘建《だて》の家で、案内を乞うて入って往くと、待《ま》ち兼《かね》ていたとでも云うようにして丸髷《まるまげ》の美しい女が出て来た。

『これは、ようこそいらっしてくださいました、とても御記憶はございますまいが、わたしは、非常に御恩になったものでございます。さあ、どうかずっと』

女は嬉しくてたまらないようであるが、――君はどうしても知らない女であった。

『私は、××ですが、人違いではないでしょうか』

『けっして人違いではございません。さあ、どうか』

人違いでなければあがってみようと度胸をきめて、云われるままにあがった。そして、話してみると女の素性は直ぐ解った。女は五六年前、××君が横浜に居る時、海岸通の淋しい処から投身しようとしているのを助けたものであった。其の時女は横浜の豪商の妾《めかけ》となっていたが、呼吸器に故障があって転地しているところであった。

それから、××君と女との間は日毎に接近したが、其のうちに女は横浜へ帰り、男は東京へ帰っているうちに、男は兵役の関係から演習に引張り出されて三週間ほど佐倉の方へ往っていた。

其の時であった。鎌倉の八幡宮の前にあった彼《あ》の雪の下の饅頭屋へ、某日《あるひ》二通の書翰が届いた。一通は横浜の彼の女の家から来た書翰で、一通は佐倉に居る××君の書翰であった。饅頭屋の亭主は、関係のある人の書翰がこんなに一緒に来るのも珍らしいと思いながら、先《ま》ず××君の書翰から開封して見た、それには昨夜怪しい夢を見たが、彼の女に何か変ったことはないかと書いてあった。そこで女の家から来た書翰を開けて見た。それは女が前夜病死したと云う知らせであった。

真赤な帆の帆前船《ほまえせん》

遠江《とおとうみ》の御前岬へ往ったのは大正十四年の二月二日であった。岬には燈台《とうだい》があって無線電信の設備もあった。其《そ》の燈台の燈光は六十三万燭《しょく》で十九浬《かいり》半の遠距離に及ぶ回転燈であった。私は燈台の中を見せてもらって、其の後で窓の外へ眼をやった。沖あい遙かに霞《かすみ》の中に、敷根《しきね》らしい島と大島らしい島のどんよりと浮んでいるのを見た。岬の東端の海中には、御前岩《おんまえいわ》、俗に沖の御前《ごぜん》と云われている岩があって、蒼味《あおみ》だった潮の上に其の頭を現わしていた。其の沖の御前の西にはドド根《ね》と云う一大暗礁があって、其の附近は古来数限りなく船舶を呑んでいる危険区域であった。私を案内してくれた事務員の一人は奇怪な話をしてくれた。

それは、夏から秋の初《はじめ》へかけてのことであるが、真赤な血のように染まった太陽が、荒れ狂っている波と波との間に落ちる時分になると、西の方から真赤な帆をあげた帆前船が来るので、

『真赤な帆を捲《ま》いた船だ。不思議な船だ。何処《どこ》へ往くだろう』

と思っていると、其の船は恐ろしく静かに走って来て、ドド根の暗礁の方へ往くのであった。

『大変だ、ドド根のハエじゃ』

と思って心配している間もなく真赤な帆は其のまま煙のように消えるのであった。

『不思議なことだ、気味が悪い』

と云って気味を悪がるのであった。其の真赤な帆の帆前船が見えだしたのは、明治三十三四年比《ごろ》、日本郵船会社の品川丸と云う古ぼけた千五百噸《とん》位の帆前船がドド根の辺りで沈没してから間もなくであった。

終電車に乗る妖婆

怪談も生活様式の変化によって変化する。駕籠《かご》ができれば駕籠に怪しい者が乗り、人力車ができれば人力車に、鉄道馬車ができれば鉄道馬車に、汽車ができれば汽車に、電車ができれば電車に、自動車ができれば自動車に、飛行機ができれば飛行機に、怪しい者が乗るのである。

大正十三年春の比《ころ》芝宇田川町を経て三田の方へ往く終電車があると、風呂敷を背負って、息をせかせかとさしている六十位のよぼよぼの婆さんがひょいと乗るので、車掌が切符を切ろうと思っていると、大門と金杉橋との間あたりですうッと消えてなくなるのであった。これは神明町の下駄屋の婆さんが、其の前年の暮、貸してある烏金《からすがね》を取立に往っての帰りに、宇田川町の鳥屋の前で電車に轢《ひ》かれて死んだが、其の婆さんの財布には三十円の金が入っていた。芝から麻布方面では金に未練のあるお婆さんの怨霊が電車に乗るのであると云って評判した。それに大門と金杉橋との間は電車の事故の多い処で、電気局でも之《これ》を気にして、宇田川橋の橋の袂《たもと》に無縁塔《こんりゅう》を建立するとと云っていたがどうなったことやら。

這って来る紐

某《ある》禅寺に若い美男の僧があって附近の女と関係しているうちに、僧は自分の非行を悟ると共に大《おおい》に後悔して、田舎へ往って修業をすることにした。関係していた女はそれを聞いてひどく悲しんだが、いよいよ別れる日になると、禅宗の僧侶の衣《ころも》の腰に着ける一本の紐を縫うて持って来て、

『これを、私の形見に、いつまでもつけてください』

と云ってそれを僧の腰へ巻いて往った。僧はそこで出発して目指す田舎の寺へ往ったが、途中で某《ある》一軒の宿屋へ泊った。そして、寝る時になって、衣を脱いで帯と一緒に衝立《ついたて》へ掛けて寝たが暫《しばら》く眠って何かの拍子に眼を醒ましてみると、有明《ありあけ》の洋燈《ランプ》が微暗《ほのぐら》く点《とも》っていて室《へや》の中はしんとしていた。其《そ》の時、何か物の気配がしたのでふと見た。今まで衝立に掛っていた紐がぼたりと落ちたが、それが其のまま蛇のように、よろよろと這って寝床の中へ入って来た。僧はびっくりしたが紐はやはり紐でべつに蛇にもなっていなかった。しかし不思議は不思議であるから、翌日になって鋏《はさみ》を借りて其の紐を断《き》ってみた。紐の中には女の髪の毛を詰めてあった。これは明治三十七八年比《ごろ》、田島金次郎翁《たじまきんじろうおう》が叡山に往っている時、某《ぼう》尼僧に聞いた話である。

長崎の電話

京都西陣の某《なにがし》と云う商店の主人は、遅い昼飯を喫《く》って店の帳場に坐っていると電話のベルが鳴った。主人は自分で起《た》って電話口へ出てみると聞き覚えのある声で、

『あなたは――ですか』

と云って此方《こちら》の名前を聞くので、

『そうです、あなたはどなたです』

と聞くと、

『わたしは○○です』

と云った。それは主人の弟で支那《しな》へ往っているものであった。主人は喜んで、

『お前は帰ったのか』

と云って聞くと、弟は、

『わたしは病気になって、今、長崎の――旅館へやっと帰ったところです、兄さんに、是非会いたいから、どうか直ぐ来てください』

と云ったかと思うと電話は断《き》れてしまった。主人は病気の模様を聞きたいと思ったが、電話

が断れたので残念でたまらなかった。しかし、病気で直ぐ会いたいと云うからには、直ぐ往ってやらなくてはいけないだろうと思って、電話口を放れたところで、番頭の顔が見つかったので云った。

『支那へ往ってた弟が、病気で長崎まで帰って、直ぐ来てくれって電話がかかって来たから、これから往って来る。後をよく気を注《つ》けてくれ』

するると番頭が変な顔をして主人の顔を見返した。

『長崎へ電話が通じておりますか』

其《そ》の時は明治四十三年の八月比《ごろ》のことで、長崎への長距離電話は無論なかった。主人は気が注いて電話局へ問答《といあ》わしてみた。果して長距離の電話もなければ、今電話をつないだこともないと云った。主人は、ますます不思議に思ったが、其のままにしてもおけないのでとにかく長崎へ往くことにして、其の日の汽車で出発して長崎へ往き、怪しい声が云った其の――旅館と云うのへ往ってみると、病をおして支那から帰って来ていた弟は、兄の往くのを待たないで病死していた。後で詮議をしてみると、電話のかかって来た時は弟が息を引取った時であった。

此の話が明治四十三年十月、田島金次郎翁が其の時京都にいた喜多村緑郎氏を訪問した際に其の席上に居合わしていた医師某《ぼう》が、真面目な知人の話だと云って話した話である。

電球にからまる怪異

ホノルルの日本領事館の談話室では、領事はじめ書記生達が三四人電燈《でんとう》の下に顔を集めていた。普通の役所と違って僻遠《へきえん》の土地に小人数《こにんず》でいて、万一のばあいには生死《しょうし》を共にしなくてはならないと云う処では、表面的には地位の相違はあっても殆《ほと》んど一家族のような生活をしているので、こうした席などには無遠慮な口を利《き》きあってはしゃぐのであったが、其《そ》の晩は平生《つね》になく皆が生真面目な顔をしていた。書記生の△△君が病気で入院しているが、非常な重態で皆でかわりばんこに枕頭《ちんとう》に詰めているがためであった。

其の時書記生の某《ぼう》君が煙草を点《つ》けて一吸いしながら、ちょっと眼を窓の外へやったところが、庭の前の左の方から折れまがって来ている室《へや》があって其処《そこ》に燈《あかり》が点いていた。其処は撞球室《どうきゅうしつ》になっていた。

『おや、燈が点いてるが、何人《だれ》かやってるだろうか』

そう云ったものの彼は其処に何人《だれ》もいないことを知っていた。

『球を撞《つ》いてる、何人《だれ》だろう』

並んでいた仲間の書記生の一人も其の方へ眼をやった。他の人達も二人の詞《ことば》を聞いて撞球室の方を見た。

『何人《だれ》だろう』

『△△君じゃあるまいな』
△△君はひどく撞球が好きであった。
『そうだ、△△君なら解らないな、好きだったから』

『あんなのを球の虫と云うだろう』

『ボーイがやってるじゃないか』

『そうだなあ、ボーイかも解らない』

『そうだろう、そうでなけりゃ、今晩球を撞《つ》くような奴はいないはずだ』

『僕が往って見よう、ボーイだよ、あの背の高い方の支那《しな》人は、平生《ふだん》熱心に見てるから、あいつかも解らないよ』

最初撞球室に燈を見つけた書記生は、談話室を出て撞球室の方へ往った。そして、扉《ドア》を啓《あ》けて室の中へ入ったところで、室の中には燈があるばかりでべつに人もいなかった。彼はボーイが何人《だれ》か人の来る気配がしたので気をきかして点けたものか、それともスイッチのぐあいで自然と点いたものだろうかと思い思い、扉を締めて室の外へ出るなり、入口の壁に取りつけた其のプッシュボタンスイッチを切って談話室へ引返した。

『あれは、ボーイが気をきかして、何人《だれ》か来ると思って点けたものだよ、もう消えたろう』

『また点いたよ』

『なに、点いた』

『君は一度消しといて、すぐまた点けたじゃないのか』

『そんなことがあるものか』

最初に撞球室の燈を見つけた書記生は、自分のいた席の方へ往って其処から撞球室の方を見た。なるほど消したはずの燈が明るく点いている。

『僕は室を出て、スイッチを切ったが、どうしたのだろう』

『スイッチがどうかなってるじゃないのか』

『そうだなあ、そうとしか思えないなあ、しかし、おかしいな、も一度消して来よう』

彼は癪《しゃく》にもさわるので再び談話室を出て撞球室へ往ったが、今度は扉を啓けて其の扉が後へもどらないように体で支えて、室の中の明りをたしかめた後にスイッチを切った。燈は消えて室の中は真黒になった。彼は其のまま其処に立ってスイッチに故障があるか無いかを調べていたが、べつに故障もないのか燈も点かないので、安心して体を引いて引返した。

『今度は消えたのだろう』

『また点いたよ』

『なに』

彼は叱るように云って自席の方へ往って其処からまた撞球室の方を見た。撞球室には燈が点いていた。

『どうも不思議だ』

彼は暫《しばら》くスイッチを切って暗い中にいたことを話した。

『たれか悪戯《いたずら》に点けるものがあるのじゃないか』

『さあ、それにしてもへんだな』

そこへ電話がかかって来た。書記生の一人はベルの音を聞いてあたふたと電話室へ往った。それは△△君の容態に変化があれば、詰めている同僚の一人が知らして来るはずになっていたがためであった。皆話をやめて耳をたてた。

『……領事館です、あなたは……そうか、君か、病人は……いけない、……球が球がってうわごとを云ってるって、そうか、球でも撞いてるように思ってるだろう、それで、いけないのか……そうか、よし、よし、すぐ往くよ、それでは』

電話を聞いていた書記生はどたどたと入って来た。

『△△君が、どうもいけないから来てくれと云うのです』

そこで三人の者が病院へ駈けつけたが、△△君はもう呼吸《いき》を引きとっていた。

机の抽斗《ひきだし》

ハワイの話をしたついでに、今一つハワイの話をしよう。ハワイのヒロはホノルルに次ぐ都会であるが、其《そ》のヒロに某《ぼう》と云う商店があって、賃銀の関係から支那《しな》人や日本人を事務員につかっていた。某時《あるとき》其の事務員の一人であった支那人がしくじったので、すぐ解雇して其の後へ新らしく事務員を入れたところで、数日して其の事務員は来なくなった。商店の方では事務にさしつかえるのでまた別の事務員を入れたが、其の事務員も数日すると来なくなった。商店の方ではなんと云う事務員の落ちつかない机だろうと云って、また別の事務員を入れたがそれも数日すると来なくなり、其の後も一人二人入れてみたがそれも直ぐ来なくなった。そこで店主が不審して来なくなった事務員について詮議をしてみると、解雇せられた支那人のいた机で事務を執っていて、其の机の抽斗を啓《あ》けると傍《そば》へ人が来て立つような気がして、事務を執《と》っていられないので来なくなると云うことが解った。

これは『電球にからまる怪異』の話と共に、大正三年比《ごろ》ハワイに往っていた田島金次郎翁の土産話である。

料理番と女中の姿

彼《か》の女《じょ》は裏二階の階子段《はしごだん》をおりて便所へ往った。郊外の小さな山の上になった其《そ》の家へは、梅の咲く比《ころ》たまに呼ばれることはあるが、夜遅くしかも客と二人で来て泊って往くようなことはなかったので、これまではなんとも思わなかったが、ひとりで便所へ往くとなると淋しかった。彼の女は女中が来たなら便所の解らないようなふりをして一緒に傍《そば》まで往ってもらおうと思ったが、女中は斯《こ》うした二人伴《づれ》の客の処へは来ないことになっているのでそれもできなかった。

東京の近郊では有名な料理店で木材も大きながっしりしたのを用いてあるが、もう新しい時代に取りのこされたような建物で、点《つ》けてある電燈《でんとう》も微暗《うすぐら》かった。便所は裏二階の降口《おりくち》を左に往って、其の往き詰めを右に折れた処にあった。縁側から其の便所へは一跨《また》ぎの渡廊下《わたしろうか》が附いていて、昼見ると下には清水《しみず》の流れている小溝《こみぞ》があって石菖《せきしょう》などが生えていた。渡廊下の前には寒竹《かんちく》のような小さな竹で編んだ眼隠《めかくし》がしてあった。入って往くと行き詰めの左側が共同便所のような男の便所になり、右側が女の便所になって、其の向いが洗面所に手洗場になり、其処の壁には大きな鏡を取りつけてあった。彼は淋しいので急いで取《と》つきの便所へ入ろうとしたところで、其の入口に二人の者が便所の方を向いて並んで立っていた。彼の女はあまりあわてていたので人のいるのも眼に入らなかったのかと思ってきまりがわるかった。彼の女はひとりで自分の顔の赤らんだのを感じながら二人の後《うしろ》に立った。それはひとりは印半纏《しるしばんてん》を着た料理番のような若い男で、ひとりは銀杏返《いちょうがえし》に結うた女中のような女であった。そこには女便所が三つばかりあったが、二人が立っている位であるから、無論皆ふさがっているのだろうと思った。彼の女は暫《しばら》く待っていたが便所の中の人は何人《だれ》も出て来なかった。彼の女はじれったくなったので他の便所へ往こうと思って一まず二階の室《へや》へ引返した。二階の室には客が長火鉢によりかかって煙草を飲んでいた。

『もう往って来たのか』

彼の女は不平であった。

『往ったのですけど、たてこんでて、待ってたけれど、前の人がどうしても出て来ないのですもの、馬鹿にしてるわ、未《ま》だ他にも料理番のような方と女中さんのような方が待ってるわ』

『なに、料理番のような男と、女中のような女がいた』

『あれ、此処《ここ》の方』

『そうだろうよ、だが、もういないさ、おれも往くから、一緒に往こう』

『でも、未だ一ぱいだわ』

『もう、大丈夫だよ、おいで』

男は新らしい煙草をつけて直ぐ起《た》って室を出た。彼の女も男の力に引きずられるようにして後から従《つ》いて往った。もう便所はがらんとして何人《だれ》もいなかった。彼の女は男と一緒に室へ帰ったが、翌朝になって自動車で男と一緒に海岸にある男の宿坊《やど》へ引返していると、男は笑って云った。

『前夜《ゆうべ》の便所の口に立ってた二人ね、あれをなんと思うのだね』

『なにって、あれ、なんなの』

『ありゃ、時どきあすこへ出るものだよ』

『え』

『あいつ、かまわずにずんずん入って往きゃいいのだ、なにもしやしないのだよ』

『あなた、知ってて』

『おなじみだよ』

翌晩になって彼の女は雑誌記者だと云う三人伴《づれ》の客の席へ呼ばれた。其の時同じように呼ばれて来ていた知りあいの女から、

『あなた、此の比《ごろ》、へんなことを聞かない』

と云われた。彼の女には前夜《ぜんや》の体験があった。

『見たわ、あれでしょう』

『見たの、山の、あの字のついた家よ』

『そうよ、前夜《ゆうべ》、見たてのほやほやだわ』

『ほんとう、料理番と女中さん』

『そうよ』
彼の女は得意になって話した。

亡《もう》者《じや》会《かい》

蒲田の某撞球場《ぼうどうきゆうじよう》で御家連《おいえれん》の天狗《てんぐ》たちが集《あつま》って某夜《あるよ》亡者会と云うのを催した。それは最も成績の悪い者を亡者に仕立てて笑いあうという悪戯《いたずら》半分の会であった。其《そ》の晩には十人ばかりの仲間が集まっていた。皆負けて亡者にせられてはたまらないと思っているので、一生懸命になって技《ぎ》を戦わした。其の結果七勝を得たものが其の晩の優勝者になり、一勝を得たものが三人あって、それが競技によって其の中から亡者を定《き》めることになった。そこでいよいよ亡者戦がはじまった。

『おい、慎重の態度で』

『しんちゅうのパイプで』

もう亡者にせられる恐れのない者は面白がって半畳《はんじよう》を入れた。そして、平生《ふだん》仲間からガチと云われている勝負運の強い男で、負けこすなんぞと云うことは信ぜられない会社員某氏は、其の晩にかぎってちっとも当りが出ず、殊に彼が最も得意とするマッセーが全然駄目になったので、とうとう亡者になったのであった。此《こ》の大きな番狂わせは仲間のものをいやがうえに喜ばした。

『いよう、亡者先生』

『お目出とう』

『痛快、痛快』

仲間の者ははしゃぎながら、某氏の額に三角の紙を貼り、経帷子《きようかたびら》を被《き》せて慰労会を開き、例によって夜の更けるまで騒いだが、亡者になった某氏は気が鬱《うつ》して面白くないので、ビールを飲んでもうまくはなかった。そして、会が終って皆に別れて家《うち》へ帰ったところで、病気でもないのに祖母が歿《な》くなったと云って大騒ぎをしていた。

後になって某氏が時間を繰《く》ってみると、祖母の没くなった時は、自分が亡者に決定した時であった。

とんだ屋の客

これは喜多村緑郎さんの持ち話で、私も本年六月の某夜《あるよ》、浜町の支那《しな》料理で親しく喜多村さんの口から聞いて、非常に面白いと思ったから、其《そ》のうけうりをやってみることにしたが、此《こ》の話の舞台は大阪であるから、話中上場の人物は、勢《いきおい》、要処々々《ようしょようしょ》で大阪弁をつかわなくてはならないが、私には大阪弁がつかえないから、喜多村さんの話のように精彩のないと云うことをあらかじめ承知していてもらいたい。

明治三十四五年のことであったと喜多村さんは云っている。其の頃喜多村さんは、道頓堀の旭座で吉原心中のことを取りあつかった芝居をやっていたが、それには泉鏡花氏の湯女《ゆな》の魂の一節を髣髴《ほうふつ》さするものがあった。湯女の魂は汽車がトンネルに入ると傍《そば》に女が見えたり、汽車を降りると車夫が、『お二人さまでいかがです』と、云うような、一人で歩いているにもかかわらず、第三者には伴《つれ》のあるように見えると云うようなことのある奇怪な小説であるが、其の芝居の最中、とんだ屋の客で喜多村さんを贔屓《ひいき》にしているものがあった。其の客が某日《あるひ》、芸妓《げいしゃ》を伴《つ》れて見物に来ていたが、芝居がはねると喜多村さんを伴れて、一緒にとんだ屋へ往って飯を喫《く》うことになったところで、其の席にいた老妓《ろうぎ》が其の時やっていた芝居の筋を聞くので、喜多村さんはまず湯女の魂の話からして聞かせた。すると其の室《へや》の係で其処で煮物をしていた仲居、女中が『おおっ』と云うような、何か恐ろしいものでもぶっつかったように叫ぶなり、手にしていた肴《さかな》の丼を取りおとした。彼《か》の老妓にも女中のそうした意味が解っていると見えて、女中と何か云いあった後《のち》に、やっぱりそんなことがあるものですかねと云ったようなことを云った。そこで喜多村さんが、

『なにか、そんなことがあったのか』

と云って聞くと、老妓が点《うなず》いて話しだして、それはなんでも四五年前《ぜん》のことであったらしい。やはりとんだ屋へ来る客の中に、某《なにがし》と云う若旦那があった。若旦那は其の時馴染《なじみ》の芸妓《げいしゃ》が出来て、せっせと通うようになっていたが、其の座敷へは、いつも其の老妓が呼ばれるうえに、其の女中が其の座敷のかかりであった。

某時《あるとき》若旦那の一行は、心斎橋の播半《はりはん》へ飯を喫いに往った。一行は若旦那、若旦那のお馴染の若い芸妓、それから其の老妓と女中との四人伴れであった。

やがて播半の座敷へあがった。ところで播半の女中が蒲団《ふとん》を持って来たが、それは五人前であった。皆いそがしいので間違えたものだろうと思っていると、今度は五人前の茶を持って来た。皆がへんな顔をして何か云おうとすると、若旦那が押えて、『まあ、まあ、うっちゃっとけ』と云うので、皆が黙っているうちに仕度が出来て、播半の女中がそれぞれ皆、前へ肴《さかな》を取りわけてくれたが、それもやっぱり五人前であった。蒲団と茶の間違いは、最初に五人と思いこんだならもっとものことであるが、席がきまって飯を喫《く》うようになっても未だ五人前にする

のはどうしても、四人の他に播半の女中の目に見えるものがいなくてはならない。これはどうしても何人《たれ》かに憑いているものがあると云いだした。

『若旦那だ、若旦那だ、若旦那が、さっき、うっちゃっとけと仰《お》っしゃったから、若旦那に覚えがある』

其の晩は播半に泊ったが、怪しい憑きもののことが皆の頭をはなれないので、それでは浜寺《はまでら》へ往って真個《ほんとう》に憑いているか憑いていないかを確めようと云って、其の翌日、難波の停車場から汽車に乗って和歌山まで往き、其処から海岸の松原を通って、浜寺の一力《いちりき》へあがった。皆好奇の眼を光《ひか》しながら座敷へ通ったところで、女中が蒲団を持って来て敷いた。蒲団は五枚であった。

『やっぱりそうだ』

皆がぞっとなった。ところで女中が茶をはこんで来た。其の茶も五人前あった。そして、テーブル料理の出来るのを待って、飯を喫おうとしたところで、女中はまたしても料理を五人前に取りわけた。

『たしかに憑いている』

『此のうちの何人《たれ》かに憑いている』

『何人《たれ》だろう』

皆、一力の女中に知れないようにして囁《ささや》きあったが、其のうちに日が暮れたので帰ろうとすると、一力の女中が二人提燈《ちょうちん》を点《つ》けて送ってくれた。

其の女中の一人は一ばん前《さき》にたって其の後を若旦那が往き、それから馴染の芸妓が往き、芸妓の後を彼《か》の女中が往っていた。すこし考えのあった老妓は、其の女中から三十間《けん》位も離れて、今一人の一力の女中と並んで歩いていたが、松原の中央へ往ったところで、

『へんなことを聞くようですが、私達は、幾人おります』と云うと、女中はちょと老妓の顔を見てから、

『五人じゃありませんか』

と云った。そこで老妓は指をさして、

『あの若旦那と、芸者さんと、仲居さんとの他に、未だ何人《たれ》かおりますか』

と云うと、女中は、

『銀杏返《いちょうがえし》に結ってらっしゃる方が、未《ま》だ一人いらっしゃるじゃありませんか』と云った。老妓は眼を見はった。『何処《どこ》に』と云うと、女中は指を直ぐ自分達の前の方へさして、『其処《そこ》にいらっしゃるじゃありませんか』

と云った。老妓はふるえあがって心の中で念仏を唱えながら、女中に縋《すが》りつくようにして歩き歩き、やっと停車場へ往ったところで、待ちあわしている乗客の中に、やはりとんだ屋の客の一行がいたので心丈夫になった。老妓はそこで四人前の切符を買ってそれぞれ手渡ししたが、若旦那の傍《そば》にいるのが淋しいので、一方の客の方へ往って話していて、汽車が着いてから若旦那の方へ往った。

若旦那はこれからもう一軒往って確《たし》めると云うので、今度はとんだ屋の前の丸萬へ往った。

丸萬は入《い》りごみの客のある料理屋であるから、其処ではどんなことになるだろうと思って、皆がまた好奇の眼をあつめていると、やっぱり五人前の蒲団を持って来た。

『やっぱり憑いている』

わけて老妓は銀杏返に結った怪しい女が傍にいるようで体がぞくぞくした。蒲団の後から料理の皿を持って来たが、それも五人前ずつ持って来た。もう憑きものを確めることはたくさんであるから、そこそこに引きあげてとんだ屋へ帰って大騒ぎをした。とんだ屋には汽車で一緒になった客の一行もいて騒いでいたから、老妓は念のためにと思って、其の客に、『さっき、私達は、幾人おったと思います』と云ってみた。すると其の客は、『五人いたじゃないか、どうしたのだ』と云った。

月光の下

空には清光《せいこう》のあの夏の月が出て、其《そ》の光に染《そめ》られた海は広々と蒼白い拡がりを持って静かに湛《たた》え、数日前大海嘯《ぜんおおつなみ》を起《おこ》して、数万の人畜の生命を奪った恐ろしい海とは見えなかった。

其処《そこ》は陸中の某《ぼう》海岸であった。一人の若い漁師は砂丘《すなおか》の上に立《た》って、悲しそうな眼をして海の方を見おろしていた。漁師は同棲したばかりの女房を海嘯の為めにさらわれた者であった。双方で思い合って男の方では親が不承知を唱え、女の方でも親類から故障のあったのを、やっとの思いで押し除《の》けるようにして、夫婦になっていたのであった。

漁師は其の二晩三晩海岸に出て、月の光の下に拡がった海を見入って、絶え入るような思いで女房のことを思うていた。それは風の無い夢の中のような夜で、後から後からと膨らんで来て、微白《ほのじろ》く磯に崩れている浪《なみ》にも音がなかった。

海嘯の起ったのは、陰暦の五月五日の夜であった。未《ま》だ陰暦で年中行事をやっている僻遠《へきえん》の土地では其の日は朝から仕事を休んで端午《たんご》の節句をやっていた。若い漁師の家《うち》でも隣家の者が二三人集まって来て、夕方から酒を飲んでいた。と、沖の方で大きな例令《たとえ》ば大砲を打ったような物音がして、それがどしりと地響きをさした。戸外《そと》に出て海の方を見ていた村の人の某者《あるもの》は、冥濛《めいもう》な海の果《はて》に当って、古綿《ふるわた》をひきちぎったような雲が浮んで、それに電光がぎらぎらと燃えつくようになったのを見た。海嘯は其の後から直ぐ涌起《わきおこ》って、家も人も一呑みにした。若い漁師は、赤い手柄をかけた女房を引き抱《かかえ》るようにして裏口に出たが、白い牙を剝き出して飛びかかって来た怒濤に捲《ま》き込まれて、今度気が付いた時には、一人になって流れ往く松の枝にかきついていた。

漁師の眼には涙が涌《わ》いていた。彼は其の涙の眼を又海の方へやった。と、磯の波打際に人影の動くのが見えた。それは海の中からあがって来たように、真直に此方《こっち》へ向いて歩いている。そして次第に近づいて来るのを見ていると、其の姿はどうも女らしかった。長い青光《あおびかり》のする頭《か》髪《み》は乱れて、それが肩に靡《なび》いているように見えて来た。漁師は不思議に思いながら、じっとそれを見詰めていると、それが女房のように見えて来た。漁師は眼を見張った。それは確《たしか》に女房の姿であった。微白《ほのじろ》く見える顔も肩の恰好も、背たけも、歩き方も、皆懐しい女房であった。

漁師は嬉しさがぞくぞくとこみあげて来た。彼は砂丘を走りおりて近づいた。それは波にさらわれたままの紺飛白《こんがすり》の単衣《ひとえ》を着た女房であった、頭髪《かみ》も衣類もぐっしょりと濡れていた。

『おお帰って来たか、俺は、お前の事を、どんなに心配していたか解らないぞ、よう帰って来た』と漁師は嬉しさに声が縺《もつ》れた。

女は顔をあげて、漁師の顔を一眼見て、何も云わずに悲しそうな表情をちらと見せて、両手を膝のあたりに重ねるようにしてお辞儀をした。漁師は不思議に思って、女の手にかけようとした己《おのれ》の手を引込めた。と、女は其のまま歩きだして、砂丘にのぼりかけた。

『お葉《よう》、どうしたのじゃ、お葉』と漁師は驚いて其の名を呼びながら、後からついて往った。

女は砂丘を越えて自分の家《うち》の方へと歩いて往く。漁師は其の後を歩きながら、海に長くいた為に体が悪くなって声が出ないので、それで急いで家へ帰って、気を落ちつけて話をするつもりだろうと思った。しかし、家は海嘯の為めに持《もっ》て往かれたので、其の後《あと》へ仮小屋をこしらえて住んでいるから、女房は驚くだろうとも思った。

村は荒涼としていた。松林の松は倒れ、畑は河原のようになっていた。女は倒れた松の間を潜《くぐ》って歩いた。そして、自分の家の前の方へと往ったが、其の方へは曲らずに其のまま通り越してしまった。

『何処《どこ》へ往く、我家《うち》は流れたから、小屋がけをして居る、此処《ここ》じゃよ』と、漁師は云った。

女は聞えないのか背後《うしろ》も向かなかった。

『何処へ往く、何処へ往く、我家《うち》は此処《ここ》じゃないか』

女はそれでも背後を向かなかった。漁師は不思議でたまらなかったが、何か訳があるだろうと思って、ついて往った。

月は傾いて四辺《あたり》の物の影が多くなっていた。女は其の中をひらひらと足音もさせずに歩いた。樹木の茂った小高い台地へ来た。其処《そこ》は村のはずれになっていた。台地の上には一筋の小径《こみち》がついていた。女は其の台地の下へ往くと、ふと姿を消した。

『お葉、お葉、お葉』と、漁師は驚いて附近《まわり》を探して歩いたが見つからなかった。

漁師は衝立《つった》ったままで声をあげて泣いた。

朝三人連《づれ》の村の者は、台地の下で悲しみ沈んでいた若い漁師を見つけて声をかけた。若い漁師は白々と明けた朝の光が眼に入らないような風で、じっと人々の顔を見ていたが、『女房が帰って来て、此処まで来ると見えんようになった。探してくれ』と悲しそうに云った。

人々は眼を見合わした。

『それは、お前が、あまり思うて居るから、夢を見たろうが、もう諦めて我家《うち》へ帰るが好《よ》い』

と、其の内の一人が云った。

若い漁師は間もなく発狂してしまった。これは三陸の海嘯《つなみ》が生んだ怪談の一つである。

妖艶倫落《りんらく》実話（抄）

平山《ひらやま》蘆江《ろこう》

貞女ぽんた

一

向島の有明楼《ゆうめい》で催された怪談会——それは実に素晴らしいものであった。日露戦争の直後、世間の景気の好い時ではあったが、当時としては出来る限りの電気の力と瓦斯《ガス》の力、そしてあらゆる仕掛を利用して参会者の胆玉《きもたま》を潰させるほどの物凄さと不思議さと怪奇の限りを尽したものであった。

天井から滴る血汐《ちしお》、植込の樹の梢《こずえ》に引かかった生首、縁の下から飛出す片腕、屏風《びょうぶ》の影から呻き声をあげる産女《うぶめ》、等々、どれもどれも身の毛のよだつような真に迫ったものであった。広い有明楼の隅から隅まで参会者の叫び声でさながら阿鼻叫喚《あびきょうかん》の有様にさえ思われた。

仕掛けの大袈裟《おおげさ》さがそれほどであると同時に、その時の会衆の顔振れも素晴らしいものであった。

『東京中の花柳演芸界の人がそっくり集まったと云っても好いぐらいだね』と皆が口々に云ったほどである。

その怪談会の設備費用は、たしか一、二万円以上かかったと伝えられている。

さて、この怪談会の主催者は、当時各地の花柳界に全盛の御大尽と云われていた鹿島清兵衛《かしませいべえ》その人で、鹿島はこの会を催す為《た》めに、幾百人の人と幾月の日数《ひかず》を費《ついや》したろう。

『どうだ、面白かったか』

『ええ、本当に凄かったわ、そしてあんな面白い思いをしたことは、生れて始めてですわ』

怪談会の済んだ時、清兵衛と玉の家ぽんたとの間にこうした会話が交わされた。ただそれだけである。

清兵衛は『本当に面白かった』の一言をぽんたの口から聞き、ぽんたの喜ぶ顔を見たいばかりに、あれほどの大騒《おおさわぎ》をしたと云っても過言ではない。

清兵衛は当時の長者番附《ばんづけ》に十の指に数えられる鹿島屋の養子で、もとよりお坊ちゃんではあったが元来器用な生れつきであった。

その器用さが、非凡の写真技術を生み出し、木挽町に玄鹿館《げんろくかん》と云う有名な写真屋を造り上げた。清兵衛の写真業はどっちかと云うと、金儲けの為めの写真業でなく、趣味の為めの写真屋だったので、銭金《ぜにかね》に厭《いと》いなく、次から次と目新らしい写真を作った。絵入写真と云って持て囃《はや》された写真などがその一例である。

趣味が玄鹿館の写真を生み出し、玄鹿館の写真が、清兵衛の道楽を高じさせた。

ある時、清兵衛は新橋の芸妓《げいしゃ》を裸体にして写真を撮った、それが物珍らしがりの人々を喜ばした。評判が良いにつれて、とうとうこの写真は横浜へ持出して外人の手にまで渡った。清兵衛はただ自分の作ったものが、人に喜ばれるのを嬉しがって、ほくほくしていた。その面前に怖いものが現われた。

『憚《はばか》りながら、私にとっちゃ大事な娘ですぜ、いくら金ずくだからって何てことをなさるんです、私の娘は裸人形になって、毛唐の見世物になんぞしてもらいたかありませんね』

こうした文句に凄味を見せて尻を捲《ま》くって来た男がある、清兵衛はびっくりした。ただもうあやまるより外なかったが、その男は何と云っても許さない。さんざんいたぶられた末、金一万円也、お詫《わび》の印として持って行かれてしまった。その写真の主《ぬし》、それがぽんたである。

ぽんたの父の強面《こわもて》が結句《けっく》清兵衛とぽんたの縁をしっかり結ばせるよすがとなった。

『私はどうしたらいいでしょう。ほんとに相済みません』とぽんたは泣いた。

『なあにいいよ、お前の知らないことだ』と、清兵衛はぽんたをなだめた。

ただの贔屓《ひいき》がこれをきっかけに思い思われる仲となった。

ぽんたの父の手に渡った一万円、それが差しあたりぽんたの身の代《しろ》になった。ぽんたを手活《ていけ》の花にした清兵衛は、あらゆる親切をつくしてぽんたを喜ばせた。その為《た》めには決して金に糸目をつけなかった。清兵衛の方図《ほうず》もない金の費《つか》い振《ぶり》は忽《たちま》ち鹿島屋の目に余った。

養子離縁、それは当然すぎた成行《なりゆき》である。

こうなると、今度はぽんたが清兵衛につくす順番となる、そして古今未曾有《みぞう》と噂されるほどの二人の濃《こま》やかな夫婦生活がその頃から営まれ始めた。

二

養家を追われた清兵衛は、ぽんたと共に東京を引払って、京都へ行った。そこでぽんたは近所の娘たちに踊りを教えて、その報酬で一家を支えていた。次々と子供は生れる。一家はますます貧窮《ひんきゅう》に陥るばかりだった。しかし家の中は他所の家庭のように、風波一つ起《おこ》したことはなかった。

『世帯《しょたい》の苦労をすればするほど、夫婦の愛情は深くなって来るものです』と前置して、ぽんたはしみじみとした口調で人に語った。

『世間では、貧乏したり、子供が出来たりすると、恋は冷めるのだと申しますが、私はその反対でございます。子が生れる度毎に、夫に更に苦労をかけることだと思い、それにつれて矢張り夫を思う念が高まって行くのを感じます。夫は「お前は義理で添うていてくれるのだろう」と私を不憫に思うあまりよく言います。「いいえ、飛んでもないそんなことがあるものですか」と何《な》んのこともなげに申しておりますものの、心の中《うち》では勿体《もったい》ないと拝んでおります』

ある時、ぽんたは一龍斎貞山《いちりゅうさいていざん》、柳家三語楼《やなぎやさんごろう》の三人で北海道を巡業したことがある、振出しは函館の錦座であった。錦座はそれがこけら落しであった故《せい》もあって、可成《かなり》運動もしたが、三人の人気は素晴らしく、蓋をあけるが早々割れるような大入で、初日の一日で蔵入《くらい》りしたと云う景気であった。錦座は大変喜んで、大入祝《おおいりいわい》をした。一行全部はいい心持になって飲めや歌えで騒いだ、貞山、三語楼、それにぽんたと清兵衛は、早目にそこを引揚げた。

『貴方方御夫婦は別間へお休みなさいまし、我々は下で休みますから』と貞山の親切で、ぽんた夫婦は二階の別間に寝ることになった。

貞山と三語楼の二人が、廊下を通って下の部屋へ下りようとすると、ぽんた夫婦の話声《はなしごえ》が聞える。物好きな貞山は、そこに立止まって聞耳を欹《た》てた。

『長い旅や毎日の踊りでさだめし疲《くた》びれたろうね』

『いいえ、慣れておりますから平気でございますわ、それよりも貴方こそいろいろと気づかれでございましょう』

『私は遊びも同様で、つかれもしないが、おまえの毎日の働きを見ていると、本当にお前に済まなくなる』

『勿体のうございます。どうぞそんなことは仰有《おっしゃ》らないで下さい。私は貴方と一緒にこうして暮していられることを思うと、どんなに嬉しいか判りません』

夫婦の寝物語は、情緒濃かであった。しばらく話声がとぎれた。すると異様な物音が、それは筆に現わすことを憚《はばか》る種類の物音である、が廊下の二人の耳へ流れて来た。

『おや』

『おや』

二人は苦笑しながらも立聞きをつづけた。

二人の話声は引《ひき》つづいて穏やかにつづいたが、而《しか》も不思議なことには、少なくとも畳一畳を隔てて語り合っている声で、枕を並べて寝物語りをしているような音声ではない。廊下の物好《ものずき》やの二人は、不思議がった。

『夜も更けたようだ明日は又早いのだから、もう寝よう、おやすみ』

『おやすみなさいまし』

そう云って中の二人は、布団《ふとん》をかむってしまったらしい。それきり話声《はなしごえ》は聞えなかった。しかし、前の異様な物音は依然として止まなかった。

『はてあの物音はそれじゃ何だろう』

二人は小首をかしげた。が判らない。二人はあきらめてそこを歩き出した。廊下の曲り角まで来ると、足許から何やら白いものが矢のように飛び去った。それは一匹の白猫だった。猫が、そこに置いてあった洋食皿を嘗《な》めていたのである。異様な物音は、つまり猫の皿を嘗める音だったのだ。二人は腹をかかえて笑ってしまった。

ぽんた清兵衛の夫婦仲の睦まじさは、本郷《ほんごう》の狭い裏長屋にいる頃も、近所の評判であった。狭い住居《すまい》へ、三間《げん》の檜舞台《ひのきぶたい》を造って、ぽんたは毎日踊のおさらいをしていた。さらいの間は、清兵衛が乳呑児を抱いて、それを見物しているのだった。そしてそれが済むと、早速ぽんたは乳児《こども》を受取って脊に負って、せっせと水仕業に取かかるのだった。

夫婦の水も漏さぬ情愛のこもった生活は近所の人は羨しがっていた。

怪談小文《こふみ》

一

小文が死んだ当座、尾上梅幸《おのえばいこう》の家に、小文の幽霊が出ると云うので評判だった。寝室に出た、湯殿に出た。いや玄関に立ったとはっきり見届けて来たようなことを云うものもあって、雇人達《やといにん》も薄気味悪がって逃げ出すと云う有様で、一時、家人達もひどく神経を病んでいた。

それが、たまたま梅幸（当時栄三郎《えいざぶろう》）が、現夫人きみ子と結婚式を挙げたその夜から、発熱して、どっと病《やまい》の床に就いてしまったので、幽霊の噂は、一層高くなった。

『そうれ見たことか、小文の死霊が祟《たた》っている』と世間の人々は取沙汰した。

尤《もっと》も梅幸が結婚の当座、熱を出すに至ったについては、奇《く》しくも小文にまつわる一つの因縁話がある。

男の冷酷無情を怨《うら》みながらも、なお且《かつ》憎みきれず、最後の息を引取るまで、恋しい男、栄三郎の名を呼びつづけながら、死んで往《い》った娘の哀れさを懐《おも》うに忍びず、小文の両親は、小文が死ぬと間もなく、思い出の種となるようなものは、何一つ残らず売払ってしまった。

その中に素晴しい織物の帯があった。それは、彼女自慢のもので『栄三さんのところへ御嫁に行くときに締めて行くのだ』と云って、時々簞笥《たんす》から引出しては眺めていたと云う彼女の気に入りのもので特に御所解《ごしょとき》やの中通りの道明《どうみょう》に命じて、能衣裳を解《と》かして作らせたものである。『これだけは金に代えられない』と小文の母親が、手離すまいとしたが、これが有っては却って涙の種だと思い切って手離すことにした。

恰度《ちょうど》――道明では得意先から変った帯の註文を受けていた矢先なので、もとの道明が引取ることになった。

扨《さ》て、梅幸、結婚の当夜、何気なく花嫁の腰を見ると、何《な》んぞ知らん、それは小文の持っていたその帯である。

『あッ、小文の帯が』

愕然として色を失った梅幸は、とうとうその夜から激しい熱に襲われてしまった。席上に居並んでいた音羽屋《おとわや》一門の人々も、それと知って、思わずブルブルと身震いをした。

無論花嫁は、この帯については何も知らなかった。一生一代の晴衣裳にと、わざわざ数寄《すき》を凝らして、道明から手に入れたのであった。

夫婦約束をして捨てられた女の大事にしていた帯を、次の嫁になった女が、婚礼の晩に締めて来ると云うことは、正に不可思議以上の因縁と云わねばならない。

たとえ三日でも好《よ》い、音羽屋の嫁になりたい、なりたいと、死ぬまで云いつづけていた小文の一心が、その帯に憑いて、嫁の身と一緒に梅幸のところへ嫁《か》したのだ——と語合《かたりあ》う人々の言葉も、強《あなが》ち冗談だとは聞かれない。

二

小文は、浅草の鳶頭《とびがしら》を父とし、曾《か》つて深川芸者で鳴らした美しい女を母として、浅草聖天町に生《うま》れた生粋《きつすい》の江戸っ児で、新橋でも一流の芸者だった。十七の年、栄三郎(現梅幸)と夫婦約束をして死んだ二十六の年まで、十年の間、彼女は只管《ひたすら》栄三郎を慕い、栄三郎の女房になることを楽しみに働いた。

二人が夫婦約束をした時は、栄三郎は若手俳優として売出してはいたが、音羽屋の養子で、まだ親がかりの身の上だったし、小文も亦抱妓《またかかえ》の身で、思うように逢いつづけて行くことも出来なかった。二人の間には、持物を手離してまでも逢瀬を作ると云うような苦しい無理算段さえされていた。

その中《うち》、第一の破綻が二人の間にやって来た。それは、頭山満翁《とうやまみつるおう》で有名な烏森《からすもり》の濱《はま》の家《や》の息子の嫁として、落籍《ひか》されねばならないことになったのだ。

『ねえ、どうしたらいいでしょう』

『さあ、困ったね』

二人は顔を見合せてただ溜息を吐《つ》くばかり、その中《うち》濱の家の女将《おかみ》の命令的懇望で、彼女は、いや応なしに濱の家の嫁にさせられてしまった。しかし一心に栄三郎を思い詰めている彼女は、そこにじっとしていよう筈はなかった。僅かの口実を見出して、彼女はとうとう濱の家を飛出してしまった。そして新橋の板新道《いたしんみち》に松伊楽家《まついらくや》の神燈《しんとう》をかかげて自前になって再び現われた。

それほどに、小文は栄三郎を恋い慕うにもかかわらず、栄三郎は、もう小文に前のような愛情を持ってはいなかった。そして栄三郎は、彼女が追えば追うほど、冷《ひやや》かに逃げ廻るようになった。

小文には、今更のように男心が恨めしかった。

しかし、相手が逃げれば逃げるほど、思いは募るばかりであった。

『一度会って恨《うらみ》を云ってやろう。いいえ泣いて頼んで見よう。もう一度心を飜《ひるがえ》させずには置かない』

無論意地もあった。『たとえ三日でも栄三郎の嫁にならなければ、芸者小文の意地が立たない』彼女はどうかして栄三郎に逢える機会を作りたいと焦った。神かけて念じた。しかし依然として無情な男は、彼女の希望を適えさせなかった。

『小文姐さん、好い機会です、すぐ仕度して下さい』

ある日、そう云って小文の家へ駈け込んで来たのは、小文とは仲の良いもと照近江《てるおうみや》のお鯉、市村家《いちむらか》橘《きつ》(現羽左衛門《うざえもん》)の夫人である照子《てるこ》だった。

『今栄三郎は、家橘と一緒に、芝居の稽古をしているの、これから直ぐ音羽屋の家へ乗込みましょう』

お照《てる》は、どうかして小文の願いを適えてやりたいと、我事《わがこと》の様に、栄三郎の動静に注意を払っていた。

『恰度《ちょうど》稽古中だから、今なら大丈夫栄三郎を捕まえることが出来るわ』

『そう、照ちゃん本当に済まないわね』

小文はお照の親切に涙を流しながら、いそいそとお照について音羽屋の門を潜った。

果して栄三郎はそこに居た。しかし稽古中の事で、彼女は栄三郎の袂《たもと》を摑むことも出来なかった。やがて稽古も済んだ。

『栄三郎さん、貴方は』

小文は胸が一杯になって、何から先に云って好いか判らなかった。

形勢不穏と見て、栄三郎は、

『僕は外《ほか》に一寸《ちょつと》用もあるから、この次にしておくれ、急ぎの用を控えているんだから』と立掛《たちか》けるのだった。

『いいえ、いけません、私は一言貴方に云わねばならぬことがございます、逃げないで下さい』

小文はきっとなって云った。

『いや、それはよく判っている、だから今夜きっと行くから、それはその時にしておくれ。俺は今急いでいるんだ』

無理に振切って、栄三郎は、そそくさと立ち去るのだった。

居並ぶ人達は勿論、栄三郎の親達も、流石《さすが》に栄三郎の仕打に眉を顰《ひそ》めずには居れなかった。

三

『小文ほど美しい女を、栄三郎は又どうしてそんなに嫌うのだろう』周囲の人達には不思議でならなかった。

小文は新橋の美人村《むら》の中でも、一極目《ひときわ》に立つ美人だった。若衆顔の、すっきりした体つきで、潰し島田に結って、唐桟《とうざん》の着物に唐桟の絆纏《はんてん》、更紗《さらさ》と黒繻子《くろじゆす》の帯を引掛けに結んで、お湯に出掛ける姿なぞを、知っているものまでが、ソレ小文さんだ――と態々《わざわざ》家から飛出して見送ったものである。わけても、彼女の姿は、きりっとして端麗だった。彼女の着物には皺一つ見えなかった。頭の先から、足の先まで、一分の隙もない整然さだった。それは彼女の気品を物語っている。彼女は体に合わせる為めに、和服を洋服のように截断して仕立させた。

お座敷で、酔っぱらいの客が『おい小文』と戯れて背中の一つも叩こうものなら、直ぐ立って行って着物を着直すと云った、寧《むし》ろ潔癖に近いほどの几帳面《きちようめん》さを持っていた。美しくって、几帳面で、飽《あく》までも気立《きだて》のやさしい、山百合のような気品を以《も》った小文のどこに不足があって、栄三郎は逃げて廻らねばならないのかその理由を解するに人々は苦しんだ。

栄三郎が執拗に逃げて廻るのを、小文は又執拗に追い廻った。

『たとえ三日でも栄三郎と添い遂げなければ死んでも死にきれない』

そう云って小文は泣いた。

『私の一心が届かないことはない。きっとあの人を呼び戻さずには置かない』

小文の熱情は火のように強かった。

『いいえ、たとえ何年かかっても好《い》い、私は栄三郎の帰って来てくれるのを待ちます』

彼女の決心は石のように堅かった。

『うん、そうだともそうだとも、お前も新橋の小文だ。飽くまでその意地を立て通せ』

そう云って絶えず彼女を慰め、力になっていたのは池田《いけだ》謙三《けんぞう》氏だった。

しかし如何《いか》に気を引立てていても、失恋の悩《なやみ》は、彼女の心を明るくすることは出来なかった。

持病の結核が彼女のか弱い肉体を蝕《むしば》み出した。喀血《かっけつ》が彼女の元気を日々に衰えさせた。

四

旦那の池田謙三が建ててくれた山城《やましろ》河岸《がし》の別荘に、小文は病を養う身となった。病勢《びょうせい》はだんだん昇進する一方だった。赤十字病院に入院した。しかしそこでも、彼女の病気は快方にならなかった。そして彼女は日増《ひまし》に衰えて行った。

『あと一日位のものかと思います。今の内に遺言があったら聞いておかれたが好いでしょう』

診察を終えて、廊下に出た橋本《はしもと》博士は、後から随《つ》いて来た小文の母親に、小声でそうと耳打ちした。

治るものなら何《な》んとかして治してやりたい。よし彼女の心願を充《み た》すことは出来なくとも。──両親は、あらゆる手を尽して看護につとめて来たが、国手《こくしゅ》からそう宣告されてみると、もう諦《あき》めるより外なかった。完備した立派な病院に入れて、名ある医者達の手当を受けて、尚《なお》且《か》ついけないとあれば全く寿命がないのだ。寿命と諦めるより外ないのだ。

この上は、せめてもの死に行く娘に心残りのないようにしてやるのが親の慈悲だ。自分達の手で出来る限りのことはしてやらねばならない。そう決心した父親は、小文の枕許に坐って、それとなく彼女の最後の願望を訊くのだった。

『喃《のう》、小文、心を丈夫に持って早く達者にならねばいけないよ。それにはどうしても気を晴々としていつも愉快にしていなければいけないぜ。何か気に障ることや、心に掛《かか》ることがあったら、包まず云っておくれ、こうしてほしいとか、ああしたいとか、希望があったら遠慮なく打明けておくれ。私達の出来ることなら、どんなことでもお前の病気の為《た》めだ、適えてあげるからね』

心の悲痛を押《おし》かくして両親は、娘の遺言を訊こうとするのだった。

『私何も外《ほか》に望《のぞみ》とてはありませんけど、ただ一目、此《こ》の世の名残りに栄三郎様を見とうございます』

そう云って小文は、布団の襟に顔を埋めて嗚咽《おえつ》するのだった。居合せた人達も、袂を顔に押しあてた。

『よしよし、小文さん、安心しておいで、俺が栄三郎を連れて来てあげる。たとえ栄三郎の首へ縄をかけても引張って来てやるから待っていなよ』

涙を打払って、立上ったのは山庄《やましょう》の旦那だった。

『いや、貴方だけじゃ心細い、俺も行こう、なあに来るも来ないもありゃしません、俺は人間の道を説いて、栄三郎の度性骨《どしょうぼね》をたたき直してやらずには置きません』

そう云って、山庄の後に立上ったのは、石定《いしさだ》親分だった。

『そうだ、このお二人に御願いしときゃ、もう大丈夫。きっと連れて来て下さる。ねえ小文さん安心していらっしゃい』

人々は心強く思った。

『それでは、山庄の旦那、石定の親分、娘の最後の願《ねがい》を適えさせてやって下さいませ、お願いでございます』

小文の母親はおろおろと涙声になって、二人の前に両手を突いた。

『御安心なさいませ。どんなことがあっても連れて来ますから』

二人はそう云って出て行った。

『たとえどこに隠れていようとも、どんな事情があろうともあのお二人ですもの、今にきっと連れて来て下さいます。それにしても、栄三郎様は、何《な》んと云う冷淡な方でしょうね。小文様を思うと、わたし栄三郎さんを打殺《ぶちころ》してでもやりとうございますわ』

眼を真赤に泣き腫らしたお照は、口惜《くや》しそうに云うのだった。

五

『あの栄三郎さんは、まだでございますか』

昨夜《ゆうべ》、まんじりともせず栄三郎を一心に待ち明した小文は微《かす》かに眼を見開きながら、苦しい呼吸《いき》の下から云った。

『もうおっつけ来ましょうから、もう少しの我慢でございます』

そう云いながらも、枕頭《まくらもと》の人々は、あまりに遅い二人の帰りを、不安に思っていた。連れに行った人達の帰りの遅いのが不安であったばかりでなく。むしろそれよりも、今朝ほどから、小文の容態がひどく変って来たことが不安でならなかった。今朝になって医者は二度も脈を取った。

『お二人は、栄三郎は一体どうしたのだろう』

枕頭の人達は、ただ気を揉むばかり、徒《いたずら》に時は流れて行った。

その時、廊下にばたばたと音がして、駈け込むようには入《い》って来たのは、石定親分だった、石定親分は曇った顔に油のような汗をにじませて、黙然《もくねん》と、そこに坐ってしまった。

『あの栄三郎は』

小文の母親は、不安そうに膝を乗出して、小声で訊いた。それには答えないで、石定親分はじっと病人の方に眼をやってから『あの病人は』と云った。

『はい、とうとう待ちづかれて、すこし前寝て了《しま》いました』

その言葉に安心した、石定親分は、油汗を拭き取ってから『栄三郎は、来ることはきっと来ます。後から山庄様が連れて来ますが、小文さんも可哀想だけれど栄三郎のことはすっぱり思い切って貰わねばなりません。栄三郎にも栄三郎の立場があってどうすることも出来ないのです』と石定親分は事の仔細《しさい》を物語った。

栄三郎には、柳橋の芸者で君子《きみこ》と云う夫婦約束の女があって、二人の間には、既に子まで出来ているのだった。それは恰度、小文が濱の家へ落籍《ひか》された翌年のことである。子まで出来てしまった以上、如何《いか》に小文に慕われ追い廻《ま》わされても今更、彼は君子を捨てて小文に走るわけには行かなかったのだ。

『私は、小文が濱の家へ落籍《ひか》されて行ったとき、もう小文とは縁のないものと諦めておりました。小文がああして出て来て呉れましたけれど、そのときは既に君子と云うものがありました。甲を追えば乙に済まず、乙を求めれば甲を泣かせる、どうしたものかと、一時は気も狂わんばかり悩みつづけました。そうこうする内に、幸か不幸か、君子は妊娠し、そして子供が生れてしまいました。私はもう腹を極めるより外ありませんでした。私はこれを親父にも隠して居りましたから、このことを小文に打明けて了解を得る勇気《き》はありませんでした。何も知らない小文は、ただもう私の冷淡を憤《いきどお》って、私の後を追い廻します。それを知って君子は、ひどく嫉妬を起《おこ》して、私を責めます。二人の間に板挟みとなって、私は、死ぬより辛い日を送って来ました。しかし私は覚悟をしています。如何に小文に怨まれようと、如何に御贔屓筋《ごひいきすじ》に叱られようと、親父に罵《ののし》られようと、朋友《ほうゆう》に嘲笑《ちょうしょう》されようと、私は我が子の為《た》めに、子の母親を愛さねばなりません』

栄三郎の言々句々《げんげんくく》、それは石定規分に対する弁解、世間に向っての遁辞《とんじ》であるとばかりは云えないものがあった。

『俺も、あまりに直情、野暮であり過ぎました。俺はこの年になるまで、男と女との問題がこんなに面倒なものとは知りませんでした』としんみりした口調で云うのだった。

しかし、小文の立場に同情を寄せている人々には、それほどに栄三郎の言葉を信じようとはしなかった。

『いいえ、あの男は仲々口賢《くちかしこ》い男でございます。それほど温かい心を持っているのなら、これほど恋い焦がれていることを承知していながら、逃げ歩いて、ただの一度も会わないって法はありませんよ。あの男は鬼のように冷《ひや》やかな人間です』

むきになって、そう云う者もあった。

『やっぱり栄三郎さんは、来ては下さらないのね』

いつの間にか眼を覚《さま》していた小文は、眼に一杯涙を浮べていた。

『いいえ、栄三郎さんはもう直《じ》き来ます。安心して待っていらっしゃい』

お照は、すぐ枕許へ行って、なだめるように云った。

『でも栄三郎さんは来てくれません。私はもう死ぬのに』

小文は声をあげて、泣きじゃくり出した。咳が烈しく彼女の胸部を震動させた。

『ああ苦しい、栄三郎さん、栄三郎さん、たった一眼、この眼の見える内に、ああ苦しい、私はもう死んで行く。栄三郎さん』

小文は、布団から上半身を、のり出して、苦しそうに叫びつづけた。

『まア、小文、そんなに興奮しては体の為《た》めに悪いじゃないか、これ、気を沈めて、もう栄三郎も、おっつけここへ来るからね』

小文の父親は、小文を抱くようにして、布団の中へ入れて、なだめた。

そこへ危篤の知せを受けて、慌《あわただ》しく五代目菊五郎《きくごろう》が何やら番頭に担《か》つがせては入《い》って来た。

『おい小文──しっかりしなきゃいけないよ。なあに、病気なんか、直ぐ治るよ。顔色も好《い》いじゃないか、大丈夫だよ、しっかりしな。今に栄三郎も来るぜ。そうだそうだ、お前の好きな御所《ごしょ》の五郎蔵《ごろぞう》の衣裳を、見舞に持って来てやった。そうら見てごらん』

そう云って、番頭が持って来た、五郎蔵の衣裳を、ふんわりと小文の布団の上に着せかけた。

この衣裳は、谷文晁《たにぶんちょう》が書いた墨絵の富士掛け龍の模様で、音羽屋の宝物の一つである。

小文は、音羽屋が五郎蔵の芝居に着るこの衣裳が大好きだった。音羽屋へ遊びに行く度に、頼んでこれを見せて貰っていた。それを知っている音羽屋は小文の最後を喜ばすべく、わざわざ家宝を持出して来たのであった。

人々は、音羽屋の濃かな心やりを見て、今更のように感激した。

六

小文の容体は刻々に迫って来た。

しかし栄三郎の姿は見えなかった。

『一体何をしているのだろう』

人々は気が気でなかった。しかし今は、もう諦《あき》めるより外なかった。小文の瞳は急に変った。

その時である。廊下の端《はず》れに当って俄《にわ》かにばたばたと云う跫音《あしおと》が聞えた。

家橘に連れられた栄三郎であった。

『おお栄か、早く、早く、手を握ってやれ』

そう云ったのは五代目菊五郎だった。

お照に助けられて出した、糸のような蒼い小文の手を、栄三郎は、しばらくじっと眺めていたが、やがて心臆《おく》したように、そうと握った。何故か、栄三郎は、凄いほどに顔面蒼白になって、ブルブル戦慄していた。

『これ小文、栄三郎さん、わかるか』

小文の父親は、男泣きに泣きながら、傍《そば》から声をかけた。

が、小文は、傍の人々のやきもきにも拘《かかわ》らず、その手を栄三郎に持たせて、じっと栄三郎の顔を見詰めたまま一語も発しなかった。栄三郎も差俯向《さしうつむ》いたきりだった。

小文の眼からはらはらと涙が落ちた。と思うと、彼女の手は、がっくりとなってしまった。思いに思った最後の念願も、果《はた》して彼女の意識に通じたかどうか、ともかくも、小文は、恋人に手を握られながら最後の息を引取った。彼女の霊や如何《いか》に。浅草今戸《いまど》の瑞泉寺《ずいせんじ》の境内に、彼女の墓碑が立てられてある。

悲恋政代《まさよ》

小糠《こぬか》のような春雨が、庭の青葉にしとしとと降り注いでいた。

『喃《のう》、勝三《かつぞう》、恰度《ちょうど》こんな日だったね、政代が死んだ日は』

茶の間の火鉢の前に坐って、庭の青葉を眺めていた、さるやの老婆は、ふと思い出したようにそんなことを云った。

『そうでしたね、朝からじめじめと小雨が降る、鬱陶《うっとう》しい日でした。それが死ぬと間もなくひどい土砂降りになりましたっけね、未だによく覚えておりますよ。随分昔のことだけど』

縁側の端《はし》に出て、徒然《つれづれ》のままに足の爪を剪《き》っていた勝三は、老母の言葉でその当時の事を思い出したか、鋏《はさみ》もつ手を止めて、追憶するように云った。

『そんなこともあったね、息を引とると同時に、何《な》んだかこう申し合せたように急にザアと来ましたので居合せた人達は、それが死霊の作用ででもあるように妙に無気味がったっけ』

『あの日の無気味さと云ったらありませんでしたよ。妓共《こども》や女中達は昼間でも一人じゃ便所へ行けませんでしたからね。どうしてあんなに無気味な感じがしたんでしょうね』

『不思議に皆気味悪がったね、一つはあんな死方《しにかた》をしたからだろうよ』老婆はそう云って、口の中《うち》で私に南無阿彌陀仏を称《とな》えた。

『無論、政代の死体を見たものは、あまり好《い》い気持はしなかったでしょうよ。全身紫色に脹《は》れ上《あが》った上に、ギロリと眼をむいている形なんざ、いいものじゃありませんからね』

今更のように勝三は首をちぢめた。

『あれは呑んだ毒の加減なんだよ。毒が全身を焼き爛《ただら》かした為《ため》だよ』

『たまらなかったでしょうね。三日三晩もああして苦しみ通しだ』

『とても見てはいられなかった。痛みと苦しさにのた打ちまわるのを見ていると、一層一思《ひとおも》いに成仏させてやりたい位だった。あんな悲惨な死方をした妓《こ》はまああるまいね』老婆はそう云って涙を拭くのだった。

『本当に、政代ほど不幸な女はありませんね』

『本当だね、それを思うと私はあの妓が可哀想でならないのさ。なんてまア不仕合せな女だろうと思ってね、死んでからだって、誰一人御墓に詣《まい》ってやる者はないんだからね、本当にあの妓ぐらい悲惨なものはありゃしないよ』

『どうして又五郎《またごろう》は、あの女を嫌ったのでしょうね、あんな美しい女を』

『嫌ったわけじゃないけど、時の機勢《はずみ》で、がんがんと喧嘩をしてしまったのさ。無論喧嘩をする動機は、又五郎が今の未亡人の常香《つねか》と出来たからなんだけど、しかし又五郎の本心は決して政代を常香に見替えたわけじゃなかったのだが、政代があああして嫉妬深いヒステリーの強い女だったからついあんなことになってしまったのさ』

『つまり焼餅から一気に毒をあおってしまったのですか』

『まア、そうらしいね、そうとばかりは云えないけど、あの妓は、少しヒステリー気味なところがあったし、ひどく嫉妬深かったからね。それには又五郎も随分弱っていたらしいよ。「政代は私の商売柄をちっとも理解してくれない」と始終こぼしていたからね。役者に女はつきものだし、女たちがヤレソレと騒いでくれるから人気も出るわけだから、役者の妻女《かみさん》になったら、それぐらいのことは、承知してなきゃいけないって、私は、よく云って聞かせたんだが、どうも政代はそれを納得しなかった。ただもう又五郎に捨てられる、捨てられると思って騒ぐのだから、困ったものだと私も思っていた。それがあの宇都宮の一件から一層政代の嫉妬は病的になったのさ、宇都宮ではとても大変だったそうだからね、尤《もっと》も無理もないさ。あの時常香がちゃんと傍《そば》にいたと云うのだからね』

『どうして又宇都宮あたりで鉢合せをしたんでしょう』

『それが面白いんだよ。又五郎も仲々あれで駈引のある男なんだからね。又五郎は無論政代と一緒になる気はあったが、常香にも執着を持っていたのだからね。旅へ出るを幸い常香を連れて行ったものさ。するとねこれが又蛇《じゃ》の道はへびで、それが直ぐ政代の耳には入《い》ったのさ。さア政代が納まらない。誰が止めても聞けばこそ、血相かえて宇都宮へ乗込んで行ったものだ。常香をつかまえて毒ついたのはまだしも、満座の中で、又五郎に散々毒ついた上に、乱痴気騒《らんちきさわぎ》をやって了《しま》ったのだそうな。それは又五郎から後で聞いた話だが、又五郎も腹を立てて、政代をぶん擲《なぐ》ったのだそうな、すると一層狂い舞《まわ》ってとうとう宿屋中の大騒《おおさわぎ》になって、随分又五郎はそこで男を下げたらしい。又五郎も我慢し切れずに「別れる」と宣告したのだそうな。理窟を云えば両方とも云い分はあるのだが謂《い》わば痴話喧嘩の上だから、兎《と》に角《かく》東京に帰ってから改めて折合おうと云うつもりで又五郎は居たのだが、それが政代が帰ってくると直ぐあんなことをしたので、又五郎も吃驚《びっくり》したらしい』

『又五郎も驚いたでしょうけど、私たちも吃驚させられましたよ、たしか四月の二十九日でしたろう。真夜中でしたね。知らせの者が戸を叩いたのは』

『あまり突然だったので驚いたわ、あの晩は。尤も自殺するのに最初から日を予告しているものはないけど』

『私たちが駈けつけた時には、もう虫の息でしたね、すっかり脹《は》れ上《あが》ってしまって』

『あれから三日と云うものは、岡山の親と、又五郎に死目に合わせる為《た》めに、医者が注射で保《も》たせていたんだからね。しかし流石《さすが》に本人も死に際《ぎわ》には、又五郎の名を呼びつづけていた。そして又五郎の手を握って死んで行ったのが、せめてもの、あの妓《こ》の満足であったろうよ』

『あのとき又五郎は、とても悲痛な顔をしていたっけ』

『まさか、あんなことになるとは思っていなかったろうからね』

『又五郎も愛しちゃいたんですね、最後の息を引とるときは、あの紫色に脹れ上った、化物のようなものを抱いてやっていましたからね。一寸《ちょっと》涙が出ましたよ』

『そりゃ、又五郎も、政代には惚れていたんだもの、政代が又五郎を思っていた以上かも知れないよ。大阪で政代が雛妓《おしゃく》をしていた頃から、世話をしていたのだからね』

『こうまで世話が出来たものだと思うほど可愛がっていましたね』

『又五郎は随分あとで歎いていた。政代の方でも随分未練を残して行ったのだよ。「死にたくない、死にたくない、どうかして直らないものか知ら」と苦痛にのたうちながらも、死ぬまいとして又五郎にしがみついていたからね』

『あの姿は今だに眼に残っていますよ。物凄うござんしたね――だから、政代が死んだときにあんなに人達が無気味がったのですよ。何《な》んだかそこらあたりに政代の幽霊がうろついていそうでね』

『あれほど心残りがあったのだからね。しかし今となっては、もう誰も何《な》んとも云やしないけど、尤もあの頃居た人達は東京にいない人もあるし、死んだ人もあるし、肝心の又五郎も今は故人になっているから、そんな噂をするものもないが、一時よく政代の幽霊が出ると云って評判だったね』

『あれから、もう十七年になりますね、恰度、大正に改《あらたま》った年だったから』

『繰《く》って見ると今年が恰度十七回忌になるんだよ。それで私は、萬行寺《まんぎょうじ》へ詣《まい》って、お経でも上げてやろうかとふと今思いついたのさ』

老婆はしんみりとした口調で云うのだった。

『よいことですね。私もお詣りしてやりましょう。私達でも行ってやらなけりゃ、誰一人参ってやるものはないいんですからな』

『そうなんだよ、あれで又五郎が生きている間は、祥月命日には、きっとお花とお線香をたててやっていたが、又五郎が死んでからは、私でも詣ってやらなきゃ、それこそ草一本も取ってやるものがないんだから淋しいことだろうよ』

『ねえ、阿母《おっか》さん』暫くして勝三はそう云って母を見た。『今ふと思いついたのですけど、又五郎もああしてお墓になっている今日《こんにち》だから、政代の十七回忌を幸いに、どうでしょうね萬行寺にいけてある政代の遺骨を善性寺《ぜんしょうじ》の又五郎の墓へ移葬してやっては』

『そりゃ結構なことだけど、そんなことをさせやしないだろうよ。今の未亡人の常香さんが承知しないだろうよ』

老婆は残念そうに云うのだった。

『いいえ、それは未亡人だって承知してくれますよ。私たちから頼む分にゃ。それに、死んでもう既に十七年も経っている今日ですもの、気持の上から云っても、そんなに問題にするほどのことではないでしょうからね』

『そりゃね。先方でさえ承知してくれたならこれほど功徳《くどく》なことはない。私たちからそう頼んでみれば、強《あなが》ちいやとも云うまいからね。一つお前頼んでやってみてくれるかい』

老婆は嬉しそうに膝をのり出した。

＊　＊

それから三日ばかり経って、政代の遺骨法会《ほうえ》が、日暮里谷中本の善性寺の中村又五郎の墓碑の前で、さるや母子《おやこ》その他政代の旧友達の手によって盛んに営まれた。

それは政代の十七回忌に相当する年の四月二十九日の夕方だった。

彼女の死んだ日に引替えて、その日はからりと晴れた、なごやかな春の光が、中村又五郎の墓石とその側に立てられた木の香《か》も新《あた》らしい政代の卒塔婆《そとうば》の上を、照《てら》していた。

『これで政代の思いもかなったと云うものです。さぞ嬉しいことでございましょう』

そう云って涙を拭ったのはさるやの老婆であった。

『本当ですね、こんな嬉しいことはござんすまい。十七年目に政代さんは、本望を遂げたのですもの』

縷々《るる》として立上る香煙を打眺めながら、政代の在りし日の親友だった赤坂の小光《こみつ》は、嬉しそうに云った。

『又五郎だって決して悪い気持はしないだろうぜ、こうして墓の中で一緒に暮《くら》せるのだもの、あはははははは』

そう云って高らかに笑ったのは、勝三だった。

『嬉しいでしょうね、淋しくなくって、羨《うらやま》しいわ、おほほほほほ』

羨むように、そんなことを云ったのは、政代の、これも親しい友達で、金太郎《きんたろう》と云っていた中川夫人だった。

『死んでから、こんなにして貰える政代さんは、どんなに幸福な人だか知れやしませんわ、これも皆さるやの女将《おかみ》の御蔭ですわね』

香《こう》を焚きながらそう云ったのは、以前の常香即ち中村又五郎の未亡人中村やす女《じょ》であった。

『そうですとも、そうですとも、女将様《さん》の御蔭でなくてどうしましょう』と小光姐《ねえ》さんや中川夫人等が口を揃えて云った。

『いいえ、飛んでもない。これは中村やす子さんの寛大な御心の御蔭でございますよ』とさるやの老女将は新しく涌き上ってくる涙を払いながら、それでも嬉しそうに云うのだった。

角海老《かどえび》の高尾

一

真夏のある夕方、私は大森在の藤澤悦《ふじさわえつ》さんの宅を訪問した。

綺麗に片付いた二階の部屋に通されて、待っていると、やがて、とんとんと淑《しとや》かな音をさせて上って来たのは、悦さんである。

六十前後の、小柄な上品な御隠居さまである。

『お待たせ致しました。さァ、もっと窓の方へ寄って下さい。幾らか暑さが違います。どうもこの部屋は、あまり日当りがよいので、夏向きは暑うございまして、それに今年は又例年よりも一層暑さも厳しいようでございますなァ』

御隠居さまは、そんなことを云いながら、団扇《うちわ》の風を送ってくれるのだった。

年はとっても、中々人をそらさない。

『私の昔話と申しましたところで、藤澤浅次郎《あさじろう》との結婚生活は、役者の女房と云うだけで、藤澤がああした気質の人間でしたから、世帯《しょたい》の苦労話の外《ほか》はありません。この不景気時《どき》に、貧乏話もあまり栄《は》えたものでもありませんから、私が吉原時代の話でも致しましょうよ、おほほほほほ』

『はあ、それは大変結構ですなァ、是非一つその高尾時代の思出《おもいで》を』

『しかし、私はもともと旧弊の女で、角海老に厄介になっている時代にも、別にこれと云う話の種を作ったことがありませんし、変った目にも会いませず、極めて平凡に暮《くら》して来たものですから、扨《さ》て高尾時代と云っても、お話するようなこともないので困りますよ。そうですね、あの角海老にまつわる怪談話でも致しましょうよ。随分怖い話もあるのですから暑さ凌《しの》ぎに恰度いいじゃありませんか、おほほほほほ』

『夏の夜に妖怪変化物語はつきものですな、殊に吉原の怪談と云えば、一段と面白うございますよ』

『私は、妙に怪談に因縁があるんですよ。角海老時代にも、幽霊だかなんだかとにかく不思議なものを見て気絶したことがありますし、藤澤と一処《いっしょ》になって、本郷の湯島に居た頃も、不思議なものを見て、女中諸共《もろとも》、その場に倒れてしまったことがあるのです』とそんな前置をして、御隠居さんは、私をおっかながらせた。

二

無論話は、今から三十年も前のことであるが、その頃角海老に左近《さこん》と云う美しい花魁《おいらん》がいた。

若くて美しくて、非常に内気で淑《しとや》かな女であったので、馴染《なじみ》の客も多勢あった。中に早稲田の書生さんと云うのがあった。男の方も熱して居たのだが、左近の方も随分惚れていた。二人はお定《さだま》りの夫婦約束をして、『俺が学校を出るまで』と云うようなことで、先を楽しんでいた。やがて、その書生は学校を出た。しかし、書生様の考えていたように世の中は都合よく出来ていなかった。書生さんは、学資を貢《みつ》いで貰っていたと云う叔父さんの娘と結婚せねばならなかった。四年間ばかり、それを楽しみに生きていたと云ってもよい左近に取って、それは致命傷に相違ない。彼女は今更男の無情を恨んで、遂に毒を服《の》んだ。血を吐きながら、彼女は自分の部屋を出て来た。苦しさに耐えられなかったのである。そして彼女は便所に飛込んで、もだえ死《じに》に死んだ。

それからは、左近の部屋は開けずの間として、普段は物置き部屋にしてあったが、客の立込《たてこ》む時は、止むなくその部屋を使用した。が不思議なことに、その部屋に寝かされた客は、夜中にきまって魘《うな》される。それは或る年若いお店《たな》ものであったが、キャッと叫んで廊下へ転《ころが》り出たまでは善《よ》かったが、それきり息を吹きかえさなかった。花魁《おいらん》達は気味悪がって、その部屋へ入ろうとしないので、とうとう、それ以来、その部屋は震災で焼けるまで開けなかったとか、左近が最後の息を引取った便所と云うのも、やはりそれ以来使用しないことにして、釘付けにしてあったが、これが又不思議なことに、いつの間にか、誰《たれ》があけるのか、扉《と》がぽんとあけられているのだった。尤《もっと》も釘付と云っても、商売屋の家《うち》であり、殊にその便所が三つ並んだ真中の扉《と》であったから、客の目につくような工合に釘づけ厳重にはされていなかったから、それは酔った客が、勢いに任せて、グンと引《ひっ》ぺがしてしまうのかも知れなかったが、ともかくも、その釘付がよく開けられていた。

ある日、高尾は多忙まぎれに、取急いで厠《かわや》へ下りた。そして何《な》んの気もなく、そこに扉《と》のあけっぱなしになったのへ飛込んだ。用を足そうとして、しゃがもうとした時だった。一尺目の先の白い壁にまざまざと黒い影が写った。はっとして目を瞠《みは》った瞬間、黒い影は動いた。血を吐いた女の立姿である。『あっ、左近』そう叫んだまま、高尾は、ばったり後《うしろ》へ倒れてしまった。

＊　＊

角海老は三浦屋のあとである。三浦屋の時代、吉原の大火があった。三浦屋では、好《い》い女郎だけを、逃げられてはと云う心配から、土蔵の中へ押し込めた。そして、この間の大震災の時のように、むし焼にしてしまった。後になって、それが毎夜、大引《おおび》け過ぎになると、階段や、廊下へ現われる。無論死んだもの全部ではないが、毎夜きまって、一人ずつ花魁姿で寝静まった廊下をさまようのだった。

ある夜、一人の花魁が目をこすりながら、廊下へ出ると、向うのつき当りに、ぽつねんと物案じ顔に、つっ立っている花魁があった。少し離れていたので、はっきり誰であるかは見極められなかったが、朋輩には相違なかった。つっ立ったまま、それは動こうとしない。『まァ、そんなところで何をしているの』と呼びかけると、その女は、振返った。それは確かに人間の姿ではあったが、どう云うわけか、目も鼻も口もない、のっぺらぽうであった。呼びかけた花魁は、それから熱を出して、とうとう枕が上《あが》らなかった。

＊　＊

角海老の大時計として有名な時計台があった。その時計台に上《のぼ》って行く螺旋形《らせんがた》の階段の途中に昼尚暗い廊下がある。そこで、ある女郎が、お客と首を縊《くく》って心中を遂げたことがある。家《うち》のものは、皆それを知っているから、時計台に上ろうとするものは無いが、客が時々涼みがてらに、上ろうとする。『お止しなさい』と云うわけにも行かないので、客の自由に任せると、客はきまって途中から逃げ帰ってくる。『大変だ、あそこに人間が二人立っている』と云って、それきり登ろうとは云わない。

＊　＊

藤澤浅次郎が、新派俳優組合事務所に当てる為《た》めに、本郷湯島六丁目に、三階建土蔵付《つき》の大きな家を借りた。もとそれは質屋であったが、どう云うわけか長い間空家になっていた。可成《かなり》広い庭も、草が茫々と生えて、近所では幽霊屋敷だと云っていた。しかしもともと質屋に建てた建物だけに、構《かまえ》は立派でしっかりしていた、がどことなく陰気な感じを持っていた。殊に炊事場の引窓のあたりに、云い知れぬ、妖気とでも云うか、幽気とでも云うか、暗い陰影が漂うているように思えてならなかった。

あちこちと幾つもある座敷を見歩いている時、ふと硝子《がらす》障子にうどんげの華が咲いているのが目についた。

それを見ると、ますます不気味になって、悦子《えつこ》さんは、『こんな家《うち》に住むのは気味が悪い』と云って反対した。

しかし、そんなことにちっとも頓着しない藤澤であった。それに家賃が格安だったので、とうとう借りて了《しま》った。

ある日の午後、悦子さんは、外出から帰って来て茶の間へは入《い》った。そして着物を着替える為《た》めに、次の座敷への襖《ふすま》を開けると、びっくりした。

誰もいない筈のこの部屋に、一人ぽつねんと老婆が背を向けて坐っている。老婆の視線は、恰度《ちょうど》、次の間に飾った仏壇に向けられているようだった。

悦子さんは、それが誰であるか判らなかった。無論、来客には相違はないが、それにしても客間でない奥座敷へ通した女中の間抜けさに呆れた。

老婆は耳の遠い故《せい》か、襖のあいたのにも気がつかないらしく、端座《たんざ》したきり身動きもしなかった。白髪《しらが》をざんぎりにして、心持後《うしろ》へなでつけていた。鼠色《ねずみいろ》のあられ小紋に同じ色の帯を締めている。

『まア、失礼を致しました。貴女は誰方《どなた》様でございましょうか、私はこの家《や》の家内でございますが』と悦子さんは、来客の傍《そば》へ行って、後《うしろ》から声をかけた。

今迄《いままで》、無念無想の行《ぎょう》でもしているようにじっと動かなかった老婆は静かに、故意《わざ》と重々しくしていたかのように、顔を振り向けた。それは銀盤のように青白かった。しばらくじっと悦子さんの顔を『何者だ』と云った風に眺めていたが、やがて、にいっと笑った。『ああいやらしい』そう思った瞬間。その老婆の頭から、白い煙が立ち始めた、渦を巻いたその白煙《しろけむり》は、頭を包み、だんだん大きくなって、顔を包んでしまった。そして肩を、胴を、腰を、全身が見ている中《うち》に煙になってしまった。そしてそれがやがて、細い螺線形になって、次の間の仏壇の方へ流れて行くのだった。はて不思議な、と見ている中《うち》に、白煙は仏壇の中へ吸い込まれてしまった。

そこまで話をつづけて、悦子さんは、煙草に火をつけた。

『今時怪談沙汰でもありませんが、今以ってそれが何ものであるか、私には判りません。不思議なことがあればあるものです』

『その後、その煙の婆さんは現われませんでしたか』

『それが後《のち》になって、その家で恰度《ちょうど》それ位の年恰好のお婆さんが、倅《せがれ》の放蕩を苦にして、箪笥《たんす》に紐をかけて、縊死《いし》したと云うことが判りましたので、その翌日、否応なしにそこを引越してしまいました。あの時は、あまり不思議な光景なので、思わず見惚《みと》れて居りましたが、それからの怖しさ、不気味さと云ったら、その後暫《しばら》くの間、私の目にはその有様が消えませんでした』

悦子さんの話は、十時頃まで続いた。外はいつしか月になって、銀色に光っていた。

異郷の玉三郎《たまさぶろう》

坂東《ばんどう》玉三郎と云っただけでは、もう思い出せない人が多いかも知れない、明治三十七年頃、日本の演劇に飽きたらずして、二十を越したばかりの女の身で、はるばる亜米利加《アメリカ》に渡り、外国劇の研究に没頭するかたわら、日本芸術の為めに大いに気を吐《は》いていたが、不幸病《やまい》のため壮図《そうと》空しく彼地《かのち》に夭折《ようせつ》してしまった。我国劇界の先覚者痛ましい犠牲者守田《もりた》きみ子である。

きみ子は、日本の劇界の先覚者であり革命児であった先代守田勘彌《かんや》の娘で、坂東三津五郎《みつごろう》を兄にもち、二世守田勘彌を弟にもっている。

幼少の頃から女性に珍らしい覇気満々たる女で、五歳のとき、九代目市川團十郎《いちかわだんじゅうろう》が新富座で凧《たこ》の為朝《ためとも》をしたとき、君江《きみえ》と名乗って初舞台を踏んだが、その鮮かさに、成田屋《なりたや》は、

『この娘は見込がある。是非役者に仕上げて、芝居道《しばいどう》に立たせてやりたい。立てば必ず名のある役者になる素質を持っている』と云った。

成田屋が折紙を付けたほどあって、きみ子の芸は実に天才的であった。どんな役でも、持って生《うま》れた覇気と才能とで、こなして行けないものはなかった。その頃流行《はやり》の子供芝居の女王としても彼女は光っていた。

しかし何《な》んと云っても、まだ少女であったし、それに真に円熟した技量を見せるまで舞台には出ていなかったから、女役者としての玉三郎の存在は、それほど世間に印象を残してはいない。若《も》し寿命があったら恐らく芸では市川粂八《くめはち》人気では松井須磨子の上を越そうとも決して下へ落ちてはいなかったであろう。

玉三郎は、一門の血を受けて聡明な頭脳を持っていた。彼女は、あまりに型にはまり過ぎた、そして型にのみとらわれ過ぎた歌舞伎芝居なるものに、あきたらないものを感じていた。そればかりでなく、日本の女役者が、一向振《ふる》わないのは、一つは日本劇そのものの仕組が女役者にとって不向きであるゆえと観じていた。

劇そのものにも工夫すべき幾多の問題あり、日本の女役者の進む道についても、考えねばならないと彼女は考えていた。

この二つの解決について、きみ子は外国劇研究という事に思いを馳せた。

こうした自覚から彼女の外国劇研究の希望は火のように熱した。何《な》んとかして米国へ、そして出来得《う》れば、それから英独仏等へも行って観たいという心が鬱勃《うつぼつ》として止む時もなかった。きみ子はいらいらしながらも空しく年を過《すご》した。しかし彼女の希望は益々強くますます高まって行くばかりなので神仏にかけても目的の貫徹を祈った。遂に機会は彼女の前に到来した。

米国セントルイスの万国博覧会、それが彼女の熱望への機会であった。それに日本の茶業組合から茶室並《ならび》に喫茶店を拵《こしら》え、日本婦人を置いて、日本人の生活を如実《にょじつ》に見せ、日本趣味を鼓《こ》吹《すい》し、同時に日本の緑茶の販売を拡張しようと云う計画があって、横浜の貿易商大谷嘉兵衛《おおたにかへえ》等が奔走の任に当った。

それを聞き込んだ玉三郎は、雀躍《こおどり》して喜んだ。

『茶汲女《ちゃくみおんな》に志願して渡米しよう』それならば両親も許すであろうし、自分にとっても勿怪《もっけ》の幸いだ。

彼女は、両親の前に両手をついて、博覧会の話をし、兼ねての希望を物語って歎願した。逭《さす》がに父の勘彌は、娘の熱心な言葉と顔色を見て許した。しかし気の弱い母親は、どうしてもそれを許さなかった。

『それじゃ姉のみき子と一緒に行くから』と母に安心をさせてやっと納得させた。

明治三十七年四月七日、横浜出帆のアメリカ丸で、玉三郎は姉のみき子と共に、茶業組合の連中に引率されて出発した。

船中で彼女は、三味線を弾き、踊を踊って乗客の無聊《ぶりょう》を慰め、布哇《ハワイ》では、移民局長の招待に招かれて、潮来《いたこ》を踊ったりした。

航程恙《つつが》なく、一行は四月三十日、目的地のセントルイスに到着した。そして取《とり》あえずヘールアニユウ町に落付いた。

博覧会は、六月一日の開場である。喫茶店は京都の金閣寺を模造した贅沢なもので、女達は、揃いの日本服に、それぞれ似合いの島田髷《まげ》や銀杏返《いちょうがえ》しに結《ゆ》った。

それは物珍らしさと、可憐な日本娘の愛嬌とで素晴しい評判だった。そこで玉三郎は、女王のように外国人の人気の的になって博覧会が、十一月三日に閉場されるまで人気を博した。

博覧会が閉場すると玉三郎は、一行と別れて、姉と共に紐育《ニューヨーク》へ向った。これからが愈々《いよいよ》彼女の本願である劇の研究の道に入ったわけである。

下宿に落付いて、劇の研究に出精する旁《かたわ》ら、彼女は乞われるままに、米国の女優達に日本の舞踊を教えた。

それは彼女にとっても一挙両得であった。日本の舞踊を教えながら、女優からかの地の舞踊を教わった。そして彼女は、彼我《ひが》の長所を加味して、彼女独特の一舞踊形式を工夫したりした。それを彼女は、しばしば発表して相当の評判を取った。

土地の新聞などは、彼女の肖像を掲げて、彼女を賞讃した。

彼女は、ヘラルド新聞に左《さ》のような意味のことを発表したことがある。

『米国の舞踊は衣裳も立派だし科《こなし》も優美で、而《しか》も団体的に表現するから見事でもあり、又各舞踊者にとってもそんなに骨は折れない。しかし日本の舞踊は、形《かたち》、科の一つ一つに、各々意味が含まれているから、その表現は極めて難事なものである。日本舞踊は、慣れると云うことよりも、その精神をつかむと云うことがより重大である』と。

米国で、彼女は多くの在留日本人から贔屓《ひいき》にされて、各家庭や、いろいろの団体へ呼ばれて行った。

二月十一日、日本の紀元節の日、コロンビヤ大学で在留日本人が恤兵《じゅっぺい》を目的とする慈善会を催した。

玉三郎は、その趣旨に賛同して、そこで道成寺と七ツ面《めん》を踊った。

殊《こと》の外《ほか》寒い晩、彼女は頼まれるままに、夜会の席上で、頭痛をこらえて、三ツ面と布晒《ぬのざらし》を踊った。それが非常に受けて、破《わ》れるような喝采だった。そして是非もう一つ踊ってくれと所望されて、彼女は拠《よんどころ》なく、汐汲《しおくみ》を踊った。しかし彼女の手は足はもう力がなかった。熱が彼女の視野をさえぎった。それでも、彼女は踊り通して我が家へ帰った。

そしてそこでぱったり倒れてしまった。

その夜、烈しい高熱が彼女を襲った。医者が駈けつけたときには、彼女は人事不省に陥っていた。

医師の注射で彼女の意識は一時回復したが、その後又烈しい発作を起して、遂にその夜、二十三歳を一期《いちご》として異郷の土となった。

吉原丸子《よしわらまるこ》の旦那哲学

芸の仕込みに千円内外をかけて　二、三千円の借金を背負《しょ》って、あたまの頂辺《てっぺん》から足の爪先まで、安くつもってても千五六百円の身のまわりをつっくるめて、と、下手な会社の創立資金より余程嵩高《かさだか》な金額、それを芸者島田のかもじに結《ゆい》こみ元結一本できゅきゅきゅうっと、いくらしめくくったところで迚《とて》も迚も撫肩《なでがた》をつるりと滑って、背負って立てそうにもない筈、おまけに、それほどかけた資金の利廻りが、一座敷たった七円か七円五十銭前後と来ては、三越の家台骨で一日の売れ高手拭一本と云っても云いすぎではないほどの無算当、ちょいとそんな算盤《そろばん》の立て方がどこの商売往来で割出してありますかと云いたいところとはいえ、そこには蓋があって腰折れのない柳腰、どんな借金の重荷だって、ヘイ、この通りしゃなりしゃなりとあしらって見せますという芸者稼業の算盤尻の合せどころに用いるのが旦那というもの。

ですからさ、三味線にカンどこ、旦那は持ち方、一寸《ちょっと》分別のつけ工合で、名妓にでも何でもなれるんですよと、故人吉原の丸子がよく云いました。

金づかいの荒い旦那に気をゆるすな、外泊を平気でやっつける旦那は長つづきがしない、芸者に持たせたやかたへ、のべつ矢鱈《やたら》にのさばっておみこしを据える旦那は遠からぬ中に油虫に変形するものと知るべし、お世辞のよすぎる旦那はけちんぼで、朋輩の前で金《かね》びらを切る旦那は浮気もので、老人は気障《きざ》で若すぎてはあてにならぬと、かれこれ並べたてたら、あらいやあだ、それじゃ、結構な旦那ってのはなくなるじゃありませんかと云いたくなる、全くその通り中々好《よ》い旦那はありませんよ、そこで私の旦那哲学というものが出来上りますと、故人丸子はよく云った。

さて吉原丸子によって指定するところの旦那条件というのは、

第一に初老の年頃で、

第二に言葉数《かず》が尠《すくな》く、

第三に他人の悪口《あくこう》を云わず、

第四に社会的地位が相当にあっても、それを自分の口で云い立てず、

第五に女中づかいに思いやりがあって、

第六にお行儀がよくて気取らずその外《ほか》いろいろ注文はあるとしても、見た目の上からこの位の資格が揃っていれば、まず我慢が出来るとして、さて、いよいよつき合って見て、前にも云った通り外泊を平気でやったり、やたらに金を撒きちらす人は注意人物とある、そこで丸子自身の旦那はというと月に一度、それも二時間ばかり、日本橋の待合《まちあい》で逢って、もの静かに昼飯でも喰べて、何もかわりはないかえ、というほどのやさしさをたった一言、千万無量の心に聞いて、次の月の心づけを貰って、機嫌よく稼ぎなよ、あなたも御機嫌よくか、何かで別れる、たったそれだけの逢瀬、こうなると、いつでも旦那恋しい思いで安心して、どうです、数えて

見れば十七年という永い年月《としつき》、一人きりの旦那でくらしましたとある。

『月に一度、それもたった二時間ばかり、そんな事では浮気心が起りゃしないか』といえば、

『出るわ、出るわ、其処《そこ》が即ち浮気はその日の風次第というわけでね、私が浮気ものの標本ってこと、あなた知ってるじゃありませんか』と涼しそうな口上《こうじょう》。

『そうさ、よく旦那に知れないと思って、人の事でも影ながら心配しているのさ』といわせもあえず、

『知ってますとも、大知りだわ、だけど、うちの旦那はそう申します、浮気をするくらいでなければ芸者稼業は出来まい、それをかれこれいうくらいなら、とっくの昔に引かして了《しま》って手《て》活《い》けの花にします、既に座敷に出して置く以上、首っ玉へ縄をつけてつなぎとめやしまいし、浮気をするなするなと跟《つ》いてあるけもしなかろうじゃないか、引かして囲ってご新造さんかお部屋さまにして了ってはもの事が世帯《しょたい》じみて、結局、うちの山の神と一向気の変らぬものになります、まァまァ、女は若い中《うち》が花だ、自分の甲斐性でする浮気なら好きなだけしろ、但《ただ》し断って置くが、相手を選べ、立派な浮気をしろ、おいらに知れても綺麗事に聞えるようにしてくんなと、こう云いますわ』とある、好《よ》い気あいの芸者だったが、その丸子は、大震災で死んだ、あの吉原の花園池で……。

あの震災のちょっと前、喜多村緑郎、花柳章太郎《はなやぎしょうたろう》などの主催で井の頭の翠紅亭《すいこうてい》に怪談会の催しがあった。

『ガンシ、君もやって来たまえ』と主催者の一人が丸子を誘ったら、

『行くわ、大勢さそって行くわ、だけど怖いでしょう』

『ヘン、ガンシの方が余程怖いと、お化《ばけ》がそう云ったとさ』と云ったら、フフフ、と笑って、

『それでも心は悄《しお》らしいんですからね』と云った。

喜多村其他の人々は丸子の事をその頃のはやり詞《ことば》の呼び方で、文字を音で読んで、まること
いう代りにガンシと呼び馴れていた。

ところが、其晩《そのばん》、定刻を一時間すぎても二時間過ぎても丸子が来ない。

『あいつヨタだな』と皆が散々に云って、取《とっ》かえ引《ひっ》かえ語り交される怪談の種もそろそろ尽きたので、午前三時頃閉会という事になり、思い思いに塒《ねぐら》を求めはじめた頃、けたたましい物音が聞えて、

『来たぞや来たぞや』といいながら自動車を下りた六人づれは丸子を中心に吉原連中であった。

『何だい、今時分、それこそ気の利いたお化がそっくり引込んで皆《みん》な寝ちゃったよ』といえば、

『一体何時なの』と聞く、

『午前三時』と云われた時の丸子の顔と云ったらなかった。

吉原を午後六時に出て、自動車で一文字に井の頭の公園の入口まで来ると、翠紅亭が判らない、踏切の側《そば》に車を止めて丁度そこへ来合わした老人に道を聞いたのがかれこれ薄暮《うすぐら》くなりかけた頃であったという。

『七時ぐらいでしたかね、教えられた通り、木立の間をぐるぐる廻るといつの間にか元の踏切りへ出る、おや、道をまちがえたと思って、も一度聞きなおして、又廻ると又元の踏切りとい

うわけでね、ヘンだったわね、三度も同じ踏切に出たんだから』と、一緒に来た幇間《ほうかん》の桜川《さくらがわ》忠七《ちゅうしち》にいうと、

『ヘイ、全くヘンでしたよ、而《しか》も踏切へ出るたんびに、どこともなくきっと現れて、道を教えてくれるんのが、痩《やせ》た百姓のような老人で、赤いほおずき提灯を持っていましたね、あれは狐じゃないでしょうか』

『きっとそうよ、狐か狸だわ』

何にしてもヘンな話、夕刻に吉原を出た自動車が、井の頭へ薄暗がりに着いた。而もあとのたった二三丁がざっと八時間もかかったというのだから怪談以上の怪談だった、其《そ》の時、主催者側の誰かがいやな事を言った。

『怪談会をやるたんびに人が一人ずつ死ぬという先例がある、ガンシ今度は君の番だぜ』と。

いやな顔をするかと思ったら、

『そうね、もう死んでも好《い》いでしょう』と丸子がすらすらと云った。

『金は出来たし』

『仕《し》たい三昧《ざんまい》の浮気はしたし』

『一人の旦那を十七年間持ち通したというレコードやぶりもやったし』などと居合せた人たちが皆で口を揃えて云ったが、丸子は只《ただ》ニヤニヤと笑って、

『一々御尤《おもっと》も』と云ったが、それから十日経つか経たぬに、花園池の藻《も》屑《くず》になろうとは全く夢のような話、ところで、そんな風に芸者らしい利口さで、世の中を只面白おかしく暮し通した

丸子の、池から上った屍体には三万円の紙幣をしっかりゆわえつけてあったというが、それは嘘だろう、丸子ほどの利口な女が三万円の金を紙幣の儘《まま》で家に据置きにする筈はない、遺産が三万円あったというのが事実である事いうまでもなし、序《ついで》ながら、丸子が十七年大事にした旦那というのは魚河岸《うおがし》の魚問屋何某《なにがし》という人である。

雨の夜に怪談実演

下谷《したや》の里に大兵肥満《だいひょうひまん》の芸者峰本《みねもと》の峰吉《みねきち》あり、下谷の草分けとも立てられ、下谷花柳界発展の先覚者とも号せられている、その峰吉、ある時、客のお伴《とも》をして大宮氷川《ひかわ》公園の萬松楼《ばんしょうろう》へ行った。

客は同じ土地の若い妓《こ》をつれている、峰吉は元よりそのつき人《びと》がてらお取巻を承《うけたまわ》ったわけ、萬松楼へ着いたのは夜のこと。

『まアしんみりしてて、何とも云えない気分ですわね』と峰吉が氷川の杜《もり》の梢《こずえ》をわたる風の音と、蓮池の水に跳《おど》る蛙《かえる》の音に耳をすましながら、抹茶のお客にでもよばれた心持になりかけた。

『静かだろう、夜が更けて御覧、もっとしんみりして、実に好《い》い気持だぜ』と客は、急に声を落として、『この家《うち》には心中があったんだぜ』という。

『いつの事です』

『なあに近頃じゃない、だけどそれ以来、時々お化《ばけ》が出るんだ』といやに気を持たした怪談、聞き流しておけばよいものを、そこが怖いもの見たさで、それからどうしました、それからそれからと峰吉は膝をすすめた、さてそのあとで——。

三人はそれぞれ床に入った、峰吉だけが一人広間に残った。

『どうぞ御ゆっくり』とからかみをぴっしゃりしめた女中の足音が廊下の向うにすらすらと消えたあとで、ぽつり、ぽつり。

『おや、雨になったかしら』と峰吉が思ったまではよかったが、しんしんと夜は更ける、しととしとと雨は本降りになる、峰吉の目はつぶってもつぶっても、もの音は耳へ鋭く鋭く聴こえまさった。

『困ったわ、本当に、こんな困った事ないわ、まさかと思うでしょうこんな大きな図体《ずうたい》をして、おばけが怖いなんて、でも怖いにちがいないんですの、宵《よい》に聞いた心中の話、それからおばけの話、それを何遍も何遍も頭にくりかえしながら一生懸命に目をつぶっても眠れないんです、あんまり苦しいから、起きなおって莨《たばこ》でも喫《の》んでやれと枕をあげて見るともなしに床の間へそっと目をやったら、驚きましたね、どうです、床の掛地《かけじ》の前に朦朧《もうろう》と髪をさばいた女の姿、それが肩のあたり、ポツリポツリと血をたらしていて、コウ、じいっと私を見ているんです、ワーッと云ったか、ギャッと云ったか、お前の声が迚《とて》もヘンなきしみを立てたよと、其《その》お客様がその後《のち》よく仰有《おっしゃ》いますがね、全く私は夢中でした、からかみを押し倒してお客様の部屋へ飛び込んだんです、いやはやどうも、真夜中に女布袋《おんなほてい》がころがり込んだんで、到頭あの晩の遠出は、遠出本来の目的を達しないで、結句、峰吉をおどかす為めに大宮へ行《た》ったようなものだと、今以《もっ》てそのお客に恨まれますがな、私だって、あの為めに随分寿命がちぢみましたわ』と峰吉はその時を物語る毎に苦笑いをする。

で、その床の間の女の姿というのは、——なァに夜が明けてよくよく見たら、床の掛地に菰《こも》で蔽《おお》った寒牡丹《かんぼたん》の絵がかかっていたのを見損なったんだとある、血と思ったのは牡丹の花ですとさ。

意見道楽の小光《こみつ》

赤坂の竹林《たけばやし》小光は芸者らしい芸者だった。朋輩が無分別をしたり不所存《ふしょぞん》を働いたりすれば、親身になって意見をする、頼まれもしないのにわざわざ出かけて行って意見をする、相手が聞いてくれようと聞かなかろうと一切構わず、兎《と》に角《かく》いつまでもいつまでも意見してやる。『小光さんと来たら、まるで人に意見をするために生《うま》れて来たような人だ』と清元《きよもと》梅吉は云ったことがある。

それほどまでに人の意見はするが、それで自分のこととなると、丁度反対にいつでもしくじりをやらかしている、朋輩に好きな人が出来て、『これが私の新《しん》いろでございます』などと、見せびらかし半分に、仲間へ紹介してあるくのを見ては、

『ちょいとお前さん、いろが出来たら友だちに逢わせるなとさえ云いますよ、うかうかすると屹度《きっと》取られるからさ』などと真剣に云って聞かせるが、そのくせ自分は平気でそのしくじりをやらかしている。ずっと以前は、守田《もりた》勘彌《かんや》と深い仲であったが、新橋にいる友達がある時、『私、勘彌さん大好きよ』と云ったら、

『じゃ、お引合せするわ』と云ったわけで、すぐに勘彌を新橋へ連れて行って引合せた。すると、それが縁になって、何年かの後《のち》、小光が勘彌から去ったあとへ、この新橋のが、ちゃんと坐ったという調子、万事がそうである。

『金は大事にしなけりゃいけません、人に油断をしちゃいけない』と云いくらしたが、その御本人の小光が死んだあとには、旦那に貰った三千円とかの金があったきりで、あとは無一物、而《しか》も、その大事な大事な三千円までも、突然あらわれた親類と称する人にそっくり持って行かれて、あとあとの営みさえも出来ないような始末、小光にはそうした可愛いとぼけたところがあった。

小光の死後に小光へ三千円やったと云う旦那は、仙台の伊達《だて》六十万石の御分家で亘男爵《わたる》であったが、小光が死んで半年目の同じ日、同じ時刻に、突然脳溢血で死んだとある。どことなく真実のこもった人だけに、小光はそういう風に人を引き寄する魅力があるのだろうと、親しかった人たちは噂をしている。

旦那の頓死《とんし》も怪談めいた話だが小光自身に怪談めいた話がある。

小光は清元のお俊《しゅん》を梅吉に教えてもらっていた、いつもすらすらと出来る小光が、このお俊にかぎってどうしたものか中々おぼえられない、で、くりかえしくりかえしやっと七分目ほどまで行ったところで、ころりと死んだ、本当のころりという形容その儘《まま》である。鎌倉の小町園で湯に入って上って涼みかけた途端に燈光《ともしび》の消えるようにぱったりと消えた。丁度半年あとの同日同刻に旦那をさそったと同じいき方で。

如何《いか》にもあっけない別れだったからと、梅吉夫婦は小光の棺の中へせめてもの名残《なごり》にお俊の稽古本を入れてやった、ところが、遺骸の火葬の日、それが電気火葬であったにも拘《かかわ》らず、殊に小半町も離れているのに、どこからともなく紙片《かみぎれ》がひらひらと飛んで来て、梅吉の妻女の足の前へフワリと落ちて来た、梅吉夫人が見ると、これ即ち、清元お俊の稽古本で、おまけに小光が稽古をしかけた場所をその儘《まま》引っぺがしたようなものであったという。

小光の清元に対する一念が凝《こ》って、棺の中の稽古本を浮び上らせそれを師匠の妻女の面前につき出して、生前のお礼を云ったのだろうと、人は云い伝えていた、それほど小光は凝り性であった。

II

II

日本海に沿うて

小《こ》泉《いずみ》八《や》雲《くも》／平井《ひらい》呈一《ていいち》訳

一

きょうは七月の十五日。――わたくしは伯耆《ほうき》の国にきている。

まっ白い道が、低い断崖の海ぞいに蜿蜒《えんえん》とつづいている。ここは日本海の沿岸だ。道の左手には、石高な細い陸地や小高い砂丘ごしに、果てしもないひろい海が、その先にはるか朝鮮を横たえた遠い水平線まで、白日の光の下に白緑《びゃくろく》の皺をよせている。ときおり、断崖の割れ目のところから、白い波の打ち寄せているのが、まぶしく目に映る。道の右手にはまた、これとは別の海がつづいている。こちらのは音なき緑の海だ。――うしろに大きな青い峯を背負いつつ、遠くうす霞む緑濃い山なみ、そのはるか遠い山裾まで、一望遮るものもなく続いているこの緑の海は、渺茫《びょうぼう》たる稲田なのだ。今、青田のおもてを、この日朝鮮と内地との間の青海原をそよがしているのと同じ飈風《ひょうふう》が颯々《さつさつ》と吹きわたって、音なき波が追いつ追われつ駆けめぐっている。

この一週間というもの、空には雲の影ひとつない。それなのに、海は連日いよいよ荒れ狂っている。その怒濤《どとう》の声は、今、遠くこの陸地まで鼕鼕《とうとう》と響をかよわせている。旧暦の七月十三、十四、十五日、この盆の三日間は、毎年ここの海はこんなふうに荒れるのだそうだ。十六日に精霊舟を流してしまうと、そのあとは、だれひとり海に出るものがない。漁船は一艘も沖へ出ず、漁師はみな家に閉じこもっている。というのは、盆の十六日の海は、精霊たちが波路をわたって、冥土《めいど》へ帰る、その道に当るからで、それで盆の十六日の海のことを「仏海《ほとけうみ》」という。だから十六日の晩は、波が凪いでいようが荒れていようが、海上一面が虚空にのぼっていく亡者たちの陰火で、チラチラ光るうえに、まるで遠い都会の騒音かなにかのように、なんとも聞きわけがたい精霊たちの話し声が、波の間に聞こえるそうである。

二

ところが、そういう日でも、なかにはどうかすると、必死になって早く港にはいろうとしたのに、あいにく刻限が遅れて、十六日の晩に船が沖合にかかるようなことがよくある。そんな時には、そういう船のまわりに亡者たちがヌーッとあらわれて、長い手をさしのべ、消え入るような細い声で「桶《たご》、桶、おくれ、桶、おくれ」といって呼ぶ。幽霊にはぜったいに逆らえないから、桶はやるが、ただし、やる前に桶の底を抜いておかないといけない。うっかりして底を抜かない桶を海へ投げてやりでもしたら最後、その船に乗っている者は全部、えらい目に会ってしまう。亡者どもはたちどころにその桶で海の水を汲んで、船を沈めてしまうからだ。

ところで、「仏海」の時に、目に見えない恐しい力を持っているのは、亡者ばかりとは限らない。もっと強い力を持っている「魔」がある。それは河童《かっぱ》だ。*

もっとも、河童は盆にかぎらず、年中、海や川で泳ぐ者から怖がられている。こいつはじつに気味の悪い、いやらしい奴で、水の底から手をのばして人間をひきずりこんで、腸《はらわた》を食ってしまうという奴だ。

腸だけを食うのである。

河童につかまった人間の死骸が、幾日かたって海へ打ち上がると、大波にもまれて長いこと岩にぶつけられるとか、魚に齧《かじ》られでもすれば別だが、外から見ただけでは、どこに一つ傷の跡は見えない。そのかわり、いやにその死骸は軽くて、しなびていて——ちょうどよく涸《か》らした瓢箪《ひょうたん》みたいに、中ががらんどうになっている。

＊

河童は元来、海の化物ではなく、川の化物だから、それで川の口に近い海へよく出る。

松江から一マイル半ばかり行った、河内川という川に臨んだ河内村というところに、河子《かわこ》の宮という河童の宮がある。（出雲では、ふつう「河童」とはいわずに、「河子」といっている）この小さな社には、河童が判をおしたという証文が残っている。——昔、河内川に住んでいた河童が、村の人畜をあまた捕っては食い殺していた。ところが、ある日のこと、水を飲みに川へ下りた馬をつかまえようとして、どうしたはずみか、河童は馬の腹帯へ頭をつっこんでしまった。馬は驚いて、川から飛び出して、河童を畑の中へズルズルひきずって行った。そこで馬の持主と大ぜいの百姓が、河童をつかまえて縛りあげた。村じゅうの人が化物見物に集まってくると、河童は地べたへ頭をつけて、しきりと何か言いながら助けを乞うた。百姓達はすぐにも化物を退治せん剣幕だったが、馬の持主というのがたまたま村の庄屋だったので、「それよりも、河内村の人間や牛馬には二度ともう手を出さないという、一札をとったほうがよかろう」ということになり、そこでさっそく証文を書いて、河童に読んで聞かせた。河童は字が書けないから、手のひらに墨を塗って、証文の下に手判をおさせようということに衆議が一決して、そこで手判をおさせて、河童を逃がしてやった。それからのちは、河内村の人畜は河童に襲われることがなくなった。——という話である。

三

行くほどもなく、今まで左手に青くうねっていた単調な海と右手に波打っていた青田が、にわかにとぎれたと思うと、こんどは灰色の墓地が突如として現われてきた。このまた墓地のばか長いこと。四角な石が尨大《ぼうだい》もなく寄り固まっているそこを通りぬけるのに、われわれの人力車が全速力で駆けて、十五分はたっぷりかかったくらいである。墓地が見えてくれば、そろそろ里の近くなってきた証拠だ。ところが、墓地が驚くほど大きかったのに比べて、着いた村というのは、これはまた驚くばかり小さな村だった。おそらく、その墓地に住んでいる物言わぬ死者の数は、墓地の持主である村の住民を何千倍にした数にも余るものだったろう。長汀幾マイルにおよぶ曲浦にそって、ちらりほらり散在している草ぶきのささやかな部落が、暗い松林を風除けに背負って、そのかげにちぢかむように隠れていた。林立する無数の石塔——過去に対する現世の価値の不吉な証人の群なる、風雪に色寂びたそれらの墓石は、あまりにも長い歳月をそこに過したため、砂丘から吹きつける砂にボロボロに欠けくずれて、碑面の文字などまったく消え失せてしまっている。まるでここの陸地がそもそもここに出来た時から、風吹きすさぶここの浜べに生きてきた人達が、ことごとくそこに埋められている中を通って行くような心持がする。

おりから盂蘭盆《うらぼん》のこととて、この墓場にも、新しい石塔の前には、ま新しい白い盆灯籠《どうろう》が下がっている。今夜はきっとこの墓地も、都会の灯のような無数の灯で、いちめんにあかあかと明るくなることだろう。よく見ると、墓の前に灯籠の下がっていない墓も無数にある。何千という数の、古い古いそういう墓は、おそらく家が絶えてしまったか、あるいは子孫がこの土地を去って、家の名さえ今は忘れられてしまった無縁墓なのだ。時すらも今はさだかでないような、——そんな遠い遠い昔の人たち、その霊を呼び返してくれる者も、今はだれひとりとしてない人達、なつかしい村の衆の記憶にすら影のなくなってしまった人達、——かれらの生涯に関する一切のことは、それほど遠い遠い昔に消滅してしまったのだ。

四

ところで、このへんの村は、あらかた漁村ばかりだから、そのなかには、嵐の前の晩に沖へ出て、それなり帰らぬ客となってしまった人達の住んでいた、古い草家も何軒かある。水死した漁師たちの墓は、やはりここの墓地にあって、その墓の下には、亡くなった人達の何かが埋めてあるのだ。

何か?

西国地方の人々の間には、ほかの地方ならべつに何の考えもなく捨ててしまうような物を、いつまでも後生だいじに保存しておく風習がある。何かというと、それは人が生れた時の臍《へそ》の緒《お》だ。臍の緒をいくえにも紙に包んで、上紙に両親の名前と赤んぼの名前、それに生年月日を記し、それを家の守り袋の中に入れてしまっておく。女の子は両親が保存しておいてくれる。そして死んだ時、死骸といっしょにそれを葬るのである。外国で死んだり、あるいは海で溺死した者は、遺骨のかわりに、この臍の緒を墓に葬る。

五

こういう遠隔の海岸地方では、船に乗って海に出て、それなり帰らぬ客となった人のことで、妙な信仰がある。この信仰は、墓の前に白い盆提灯を下げるという、あの心やさしい信仰などよりも、もっと原始的な信仰に違いない。水死した人間は、冥土へはけっして行かないと考えているのだ。水死人は永久に潮の流れにただよい、波のうねりに浮きつ沈みつしながら、船の艫《とも》にすがりついたり、大波が砕け散る時に声を上げたりする。白波が砕ける時に上がる波しぶき、あれは水死人の白い手で、汀《みぎわ》の小石をサラサラ鳴らしたり、泳いでいる人間の足を引く波といっしょに引っぱったりするのは、あれは水死人の拳《こぶし》なのだそうだ。だから船に乗る連中は、そういう水死人の幽霊のことを話す時には、いやに遠まわしに話をして、ひどく怖がっている。

そこで船には猫を飼う。

猫というやつは、お化けを寄せつけない力があると、そういう連中は考えている。どんなふうにして寄せつけないのか、またどういうわけで寄せつけないのか、そのへんのことは自分はまだ聞いたことがないが、ただ猫という奴は、死人に何かしかける力を持っている。こう自分は聞いている。猫と死人と二人きりで置いておくと、死人が起きて踊りを踊るそうだ。猫のうちでも、とりわけ三毛猫を船乗りは珍重する。三毛猫が手にはいらなければ——三毛猫はめったにいない——ほかの毛色のでもかまわないのだが、そういえば、よく港へ船がはいってくると、船腹の小窓から猫がのぞいたり、大きな舵《かじ》をあやつる艫《とも》の間《ま》に、猫がちんと坐っていたりするのは、よく見かける図だ。——むろん、天気のいい、凪ぎの時にかぎるが。

六

だが、こうした原始的な、無気味な信仰も、毎年盆がくれば、仏教の美しい行事をおこなうことには変りがない。盆の十六日には、この海岸の小さな村々からは、こぞって精霊舟が流される。日本の内地でも、このへんの海岸一帯は、ほかの土地に比べて、ずいぶん手のこんだ、金のかかった精霊舟をこしらえる。といったところで、ただ骨組の木のわくの上に藁《わら》を編んでこしらえたものにすぎないのだが、いかにもそれが細かい部分まで手落ちなくこしらえてあって、器用な舟の模型にできあがっている。中には、長さ三、四フィートにも達する大きなのもある。白い紙の帆に死んだ人の戒名《かいみょう》を書き、舟の中には、新しい水を一杯入れた小さな水入と線香立てをのせる。そして舟べりには、卍《まんじ》を書いた紙の小旗がひるがえるのである。

この精霊舟の形、流し方、流す時刻などのしきたりは、土地によってだいぶ違う。死んだ仏がどこに葬られているにしろ、とにかくそこの家の仏のために流すのだが、ところによると、舟の中に小さな灯籠をのせて、流すのは夜間にかぎっている所もあるし、また精霊舟のかわりに灯籠だけ流すところもあるそうだ。その灯籠は、灯籠流しのために特別に作ったものだそうである。

しかし出雲の海岸や、この西海岸の地方では、精霊舟は海で水死した人だけのために流すことになっている。その流す時刻も夜ではなく、朝流す。仏が死んだ年から十年間は、毎年この精霊舟を流してやって、十一年目からはこの行事を廃する。自分が稲佐で見た精霊舟のなかには、じつに美しいものがあったが、ああいうのは貧しい漁師達の身にしたら、よほどの奮発をしたものに違いない。もっとも、それをこしらえた人から聞いたところによると、水死人の親類縁者たちが毎年金を出しあって、そういう精霊舟を買うのだという話だった。

七

上市という、眠ったような小さな村の近くで、名高い神木を見るというので足を止める。神木は、街道ぎわの小高い丘の森の中にあった。木立をはいると、三方を低い崖に囲まれた、小さな窪地みたいなところへひょっこり出た。――崖の上には、樹齢いくばくとも知れぬみごとな老松が、亭々《ていてい》と群ら立っている。太い盤根が岩を割って崖の表面に這いだし、さしだす枝と枝が低いそこの窪地に、昼なお暗い緑陰をおとしている。そのなかの一本が、太い三本の根を妙な形に突き出していて、その根元のところに、なにやら祈願の文句を記した紙のお札だの、奉納の海草だのが巻きつけてある。なにか言い伝えによるというよりも、その三本の根そのものの形が、民間信仰から、この木を神木に祀《まつ》り上げた、といったものであるらしい。この神木は、現在はある特殊な崇拝の対象物になっていて、鳥居《とりい》なども立っており、その鳥居にはすこぶる不細工な、珍な奉納文が掲げてある。奉納文の翻訳はここにかかげるのを遠慮しておくが、人類学者、民俗学者が見たら、まさに垂涎《すいぜん》すること請合だ。いったい、樹木崇拝――もしくは、その樹木に宿っていると考えられている神の崇拝、これは多くの原始民族に共通な性器崇拝の名残であって、昔は日本にも広く流布していたものだ。それが政府の弾圧を受けるようになってから、まだ五十年とはならない。今この狭い窪地の向こう側にある、ザクザクした大きな岩の上にも、なにやら同じような不細工な物が、さもだいじそうに安置してあるのが見えている。あれは祈願をした者が供えた物だ。藁人形を二つ寄せて、それをたがいにもたれ合させてあるが、人形は男と女で、細工はいかにも子供っぽく不器用だが、それでも一本の藁で女の髪かたちを上手に結って、男女の区別がつけてある。男の人形の方には、今日では武家時代の生き残りの老人だけが頭にのせている丁髷《ちょんまげ》がついているところを見ると、どうやらこの奉納品は、あるいは古くから伝わっている雛型をまねて作ったものではないかと思われる。

この珍妙な奉納の品は、もちろん問わなくても、その物自体がおのずからその由来を物語っている。つまり、ここに相思の男女があって、それが男の側になにか故障ができて、——おそらく、女郎にでも男が現《うつつ》を抜かし、ついふらりと不実をする気になったのだろう——双方別れることになった。そこで男にふられた女はここへ来て、どうか思う男の心の迷いを晴らし、曲った料簡を直して下さるようにと云って、この神木に願をかけた。願いがとどいて、やがて二人は元の鞘《さや》におさまった。で、女は自分の手で妙な人形を一対こしらえて、それを自分の無心な信心と礼のしるしに、この松の木の神様に供えた、というわけなのだ。

八

浜村という見すぼらしい村に着いた頃には、もう夜になった。あすからは奥地をさして行く旅程なので、浜べの宿はここが最後だった。それにうれしいことには、天然の温泉があった。宿はその温泉のすぐそばに建っていた。浜べのすぐきわにこんな温泉が湧いているのは、いかにも奇妙だったが、聞くところによると、ここが元湯で、ここから村じゅうの家の風呂場へ湯が引いてあるのだそうだ。

宿では一ばん上等の部屋を提供してくれる。わたくしはしばらく下をぶらついて、往来からすぐの入口に近い縁台の上に、明朝海に流されるのを待ち顔に置いてある、一艘のりっぱな精霊舟を見ていた。いましがた出来上がったばかりのところと見え、あたりには新しい藁屑が散らかったままで、帆にはまだ戒名も書きこんでない。聞いてみると、その精霊舟は、ここの宿屋に親子して働いている貧しい寡婦のものだということだったので、自分は意外な気がした。

この浜村で、わたくしはぜひ村の盆踊りを見たいと思っていたのだが、これは当がはずれてしまった。ここら一帯の村では、今どこでも盆踊は警察から止められていた。コレラを恐れて、そのために厳重な衛生規則の達しが配布されていたのである。げんに浜村では、村民は村の温泉以外に、飲料、炊事、洗濯に一切水を使ってはならぬと厳命されていた。

晩飯の時に、目立って声のいい、中年の小柄な女中が給仕に出た。二十年以前の人妻の風俗にならって、歯を黒く染め、眉を剃り落していたが、さして顔はふけておらず、若い時はさぞかしいい器量だったにちがいない。女中働きはしているものの、宿の人達とは縁つづきらしく、血縁の者として相応に目をかけてもらっているらしいようすだ。この女の話によると、さっきの精霊舟は、あれは自分の亭主と弟のために流す舟だそうで、亭主も弟も、もとはこの村の漁師で、八年前に、すぐ目の前に自分の家を見ていながら、死んでしまったのだという。宿には字の上手に書ける人がいないから、あしたの朝近所の禅寺の坊さんにきてもらって、舟の帆に戒名を書いてもらうのだそうな。

わたくしはおきまりの祝儀を包んでやってから、同行の者を通じ、彼女の身の上についていろいろ尋ねた。――彼女はもと、自分よりだいぶ年上の男のもとに嫁ぎ、その男としあわせに暮していた。当時十八歳だった彼女の弟も、その時いっしょに住んだ。船も一艘あり、土地も少しばかりあったし、それに彼女が機《はた》が上手だったので、暮しはどうやらこうやら楽にやっていた。夏場になると、漁師は、夜、漁に出る。村の船がことごとく出払うような時には、沖合二、三マイルのところに、まるで星でもつらねたように、漁火《いさりび》が列になってチラチラ見えるのは、ほんとに美しい眺めだ。空模様の怪しい時には、漁師はけっして沖へ出ない。でもどうかすると、季節によって、大きな突風がきゅうに沖で起り、帆をおろす暇もないくらい、突然に襲ってくるようなことがよくある。彼女の亭主と弟が最後に舟を出した晩も、海はまるでお寺の池みたいに凪いでいたのだが、それが夜明けまぎわになって、きゅうにはやてが吹き出してきたのであった。――それからあとに起った出来事を、彼女はさらりとした、何気ない哀感のこもった様子で語ってくれたが、その調子は、とても英語のような不粋な言葉では再現できない。

「うちの人の舟を除《の》けて、あとの舟はみんな帰ってまいりましたんですよ。なんでもうちの人と弟とは、よその舟とずっと離れていたんだそうでしてね、それで早く帰れなかったんだそうです。で、みんなして沖を見ながら待っておりますと、一刻一刻に波がどんどん高くなってきて、怖いようになってくるもんですから、とにかく舟を流されてはいけないというんで、みんなして舟を浜へ引き揚げるという騒ぎのところへ、ひょいと見ますと、まあどうでございましょう、うちの人の舟がエッシ、エッシ、こちらへやってくるのが見えましたんで、まあみんな喜びましてね。舟はもうすぐそばまでやって来て、うちの人の顔も、弟の顔も、はっきり私の目に見えましたんですけれど、その時いきなり大きな横波を一つ食らったと思ったら、とたんに舟がひっくり返って、ブクブクと沈んだら、それっきりもう浮いてまいりませんでね。そのうちに、うちの人と弟が泳いでいるのが見えましたんですけど、こっちはあなた、ただもう波が持ち上げるのを手を束ねて見ているだけでございましてね。山のような高い波で、そこへうちの人と弟の頭が、ズ、ズ、ズと上がってくるかと思うと、またズーッと沈んで行って、波の上へ出るたんびに、二人が「助けてえ！　助けてえ！」と呼んでいるのが、手にとるように見えるんでございますよ。でもね、さすがにふだん頑丈な漁師たちも、あんまり海が物凄いもんですから、みんな怖気《おじけ》づいてしまいましてね。私などは女でございますから、どうにもなりゃ致しません。そうこう致すうちに、弟の姿が見えなくなりました。うちの人は年はとっても、根が頑丈な方でしたから、長いこと泳いで、じきそばまで、つい顔の見えるところまでまいりましたんですよ。その時の顔は、まるでもう恐怖の人の顔でございましたね。「助けてえ！」と呼ぶんでございますけど、だれも助ける者はありゃ致しません。そのうちに、とうとう、沈んでしまいました。沈むすぐその前に、はっきりと私、うちの人の顔を見ました。

「その顔が、その後長いこと、毎晩目につきましてねえ。おかげで、ろくろく眠ることもできずに、ただもう泣くばかりで。それこそ神や仏にお願いして、どうかしてあの時の夢を見ないようにと、いくど祈ったか分りません。この節では、もうめったに夢にも見ませんですけど、それでもねえ、こうやってお話していますと、やっぱり今でも、うちの人の顔が目に浮かんでまいります。……あの時分、せがれはまだほんの子供でございました。」

この朴訥な、飾りのない話を語りおわった時、さすがに彼女も涙をすすっていた。が、やがてひょっこりと頭を畳につけてお辞儀をすると、袖に涙をぬぐいながら、まあ、涙なんかお見せして申訳けございませんと、ていねいに詫びを言って笑った。その笑いは、日本の人のしとやかさの骨髄ともいうべき、あのやさしい低い声の笑いであった。正直言うと、わたくしはこの笑いのほうが、今の話よりもよけい胸にこたえた。ちょうどわたくしの同行者の日本人が、その時うまくとりなして話題をかえ、旅中の気散じ話や、旦那様はこのへんの古い風習や言い伝えがお好きでね、などと始めだし、自分たちの出雲漫遊談を一席弁じて、彼女の顋《おとがい》を解いてやることに成功した。

彼女は、これからこちら様はどちらまでおいでになるのかと尋ねた。そうさね、まあ鳥取までは行こうと思ってね、と同行者は答えた。

「まあ、鳥取！　そうでございますか？　あすこに『鳥取のふとん』という古い話がございますが、旦那様はご存知でいらっしゃいますか？」

旦那様はご存知にならなかったから、ぜひそれを聞かしてくれといって頼んだ。以下、通訳の口を通して聞いたまま、その話というのを記しておく。

九

古い話である。鳥取の町に、ごく小さな宿屋が一軒あった。その宿屋が店開きのいの一番の客に、ひとりの旅商人を泊めた。宿屋の主人は、ささやかな自分の店の評判をよくしたいと思って、この客を上にも下にもおかぬ親切でもてなした。開業早々の新しい宿屋ではあったが、主人の手元が苦しかったため、部屋にそなえた諸道具は、あらかた古手屋から仕込んだ代物だった。それでも諸事こざっぱりと居心地よく、こぎれいにしてあった。客はたらふく食い、酒もじゅうぶん飲んだあげく、やがて床の支度もできたので、どれ寝るべえかとゴロリと横になった。

〔ここでちょっと話の腰を折って、日本の寝床について、ひとこと言っておかなければならない。諸君が、白昼、日本の家を訪れて、部屋という部屋、家の隅々までのぞいてみても、(その家の人が、たまたま病気でもしていれば別だが、)寝床というものは、どこにもぜったいに見られない。西欧の言葉でいう「ベッド」という意味は、日本には存在しないのだ。日本で寝床と称しているものには、西洋流の寝台もなければ、スプリングもないし、藁ぶとんも、敷布も、毛布もない。日本の寝床は、ただ綿を詰めこんだ——というより、綿でふくらました、西欧でいうキルツ(綿入れ)、あれの厚い奴で出来ている。これを「ふとん」と称している。

この「ふとん」を何枚か畳の上に敷き、その上へ別にまた何枚か、掛けぶとんをかける。金持は五枚も六枚もの敷きぶとんの上に寝て、掛けぶとんも好きなだけ何枚でもかけるが、貧乏な連中になると、二枚か三枚で満足しなければならない。むろん、「ふとん」には種類もいろいろある。西洋の炉ばたに敷く敷物ぐらいの大きさで、厚みはあんなにない、下女の敷く木綿ぶとんから、金持の敷く、長さ八フィート、幅七フィートもある、どっしりした立派な絹布のふとんまで、いろいろある。そのほかに、「夜着」というものがあって、これは着物みたいに広い袖のついた、大きなふとんで、寒い時これをかけると、たいへん寝心地がいい。ところで、こうした夜の物は、一切、昼間はきちんと畳んで、壁にとりつけた「押入」の中へしまい、見えないように「襖《ふすま》」をしめておく。――「襖」というのは、ふつう優美な図案で飾ったつや消しの紙をはった、きれいな引戸。――「押入」の中へは、ふとんといっしょに、珍しい形をした木製の箱枕もしまっておく。これは、日本人の髷が寝ている間にこわれないようにというので工夫された枕だ。

この箱枕には、ある神聖な意味がある。枕に関する信仰の起りとその特異性については、わたくしはまだ知らないが、ただ、こういうことだけは知っている。枕に足がさわるのは、これはごく悪いことになっている。うっかりして、枕を足で蹴ころがしたような時には、その枕を両手で押し頂き、「ごめん」といって、元の場所へうやうやしく戻しておく。そうすれば、足蹴にした不行跡が許されるのだそうだ。」

ところで、あたりまえなら、寒い晩に酒をたらふく飲み、その上に寝床がふかふかして暖いとくれば、だれしもぐっすりと寝られるものだ。それがその旅商人の客は、ほんのしばらくうとうとしたと思うと、自分の寝ている部屋の中で、人の声がするのに目をさまされた。声は子どもの声だ。それがいつまでも同じことを尋ね合っている。

「兄《あに》さん、寒かろう?」

「おまえ、寒かろう?」

かりにも客の部屋へ、子供がはいってくるとは迷惑千万な話だ。が、日本の宿屋には、もともと西洋ふうの扉《ドア》はないし、部屋のしきりは襖がはめてあるだけだから、客はさのみ驚きもしなかった。きっと子どもが暗闇の中で戸惑いをして、自分の部屋へ迷いこんだのだろうぐらいに考えて、ひとこと、ふたこと、やんわりとたしなめてやった。すると、しばらくの間、なんの音もなく、しーんと静まり返っていたが、そのうちに、こんどは客のすぐ耳の近くで、かわいらしい、細い、哀れっぽい声が、また「兄さん、寒かろう?」と聞く。と、もう一人のかわいい声が、いたわるように「おまえ、寒かろう?」と答える。

客は床から起き上がって、あんどんの灯をともし、部屋の中を見まわしてみた。だれもいない。障子はみんな締まっている。押入の中を調べたが、押入はからっぽである。不審に思って、客はこんどはあんどんの灯をつけっぱなしにして、そのまま横になった。すると横になるかならないかに、こんどはすぐ枕元で、また最前の声が――

「兄さん、寒かろう?」

だ。


「おまえ、寒かろう?」

その時はじめて客は、夜の寒さとは違うべつの寒さが、ゾーッと背すじを走るのを覚えた。声はなおも繰り返して聞こえる。そのたびに、ますます客は怖くなってきた。じっと耳をすまして聞いていると、声はふとんの中から聞こえてくる。自分の掛けぶとんが物を言っているのだ。

客はいくらもない持ち物を大あわてでかき集めると、転げるようにはしご段を下りていって、宿屋のあるじを起して、事のしだいを話した。すると、宿屋のあるじはえらく怒って答えた。

「わしとこではな、正直、お客さんの気に召すようにと思うて、あんじょうもてなししたんじゃ。お前さん、酒を過ごしなさって、なんぞいやな夢でも見たんじゃろう」

けれども、客はかかっただけの勘定をその場で払い、なんでもよその宿を捜すからといって聞かなかった。

翌晩、また別の客が一晩泊めてくれと言ってやってきた。すると夜がふけてから、宿屋のあるじは、また昨夜と同じ話で客に起された。ふしぎなことには、今夜の客は酒を一滴も飲んでいない。あるじは、なにかこれには、おれの店を潰そうという、嫉みの魂胆でもあるのじゃなかろうかと邪推した。そこで、むきになって答えた。「こっちゃな、わいの気に入るようにと思うて、気ィつけて扱うとるんじゃ。それを何じゃい、げん糞悪い、迷惑千万なことをぬかしおって。ええか、こっちゃ宿屋は稼業でやっとるんじゃぜ。何がために、そないな言いがかりぬかすんじゃ。この不届野郎!」というと、客もカッとなり、大きな声で悪口雑言を言い放ったすえ、二人とも火のようになって、とうとうしまいに喧嘩別れになってしまった。

客が出て行ったあと、あるじは、あまりに事の不思議さに、二階のあき部屋へノコノコ上がって行って、問題のふとんをよく調べてみた。そして、しばらくそのまま部屋の中にいると、やがて例の子どもの声が聞こえた。その声を聞いて、はじめてあるじは、客の言ったことが事実だったことを知ったのである。声を出すのは、一枚の掛けぶとんであった。それも、中の一枚だけだった。あとのふとんは何も言わない。あるじはその掛けぶとんを自分の部屋へ持って行って、朝までそれを掛けて寝てみた。例の声は、朝がたまで「兄さん、寒かろう?」「おまえ、寒かろう?」を言いつづけた。あるじは、おかげでまんじりともすることができなかった。

夜のしらじら明けに、あるじは飛び起きると、そのふとんを買った古手屋のおやじに会いに出かけて行った。古手屋は何も知らない。ただ仲間の小店からそれを買い受けたのだが、その また小店の主人は、町はずれのある貧乏な家からそれを買いとったのだった。そこで宿屋のあるじは、その小店からそのまた先の先方の家へと順々に聞きただして行った。

やがて最後に、そのふとんがある貧乏な家にあった品で、それを、その人達が住んでいた町はずれの小さな家の家主から、道具屋が買い取った、ということが判明した。ふとんにまつわる因縁話というのは、こうだ。——

その町はずれの小家の家賃というのは、一ヵ月わずか六十銭だったが、それすら、そこの家の人達にとっては大金であった。父親というのが、月に二、三円の稼ぎしかないところへ、母親は病人で、働くことができない。子どもがふたりあって、六つに八つの男の子である。一家は、どこかよその土地からこの鳥取へ渡ってきた旅の衆であった。

冬になって、ある日のこと稼ぎ人の父親が病みつき、一週間ほど苦しんだあげくに死んで、葬られた。ほどなく、長病の母親も父親のあとを追い、あとにはふたりの幼な子だけが残された。ふたりの子どもは、だれに助けを求めるという人も知らなかったから、露命をつなぐために、家にある品で売れる物を売りはじめた。

売れる品といったところで、もとより大した物はありはしない。亡くなった両親《ふたおや》の着ていた物に、自分たちの着る物、それに幾枚かの木綿ぶとん、いくらもない家財道具、――火鉢、皿小鉢、茶わん。あとはこまこましたがらくた物だ。ふたりの子どもは、毎日なにかしらずつ売り売りして、とうとうしまいに、あとはもう、一枚のふとんよりほかに何一品ないというところまで来てしまった。そして、何も食べる物のない日がやってきた。家賃もまだ払ってない。

寒い、寒い大寒がきていた。ちょうどその日は大雪で、ふたりの子どもは外へ出ることもならず、しかたがないので一枚のふとんにふたりしてくるまり、ともにブルブル震えながら、子どもながらにたがいに慰めあうよりほかになかった。

「兄さん、寒かろう?」

「おまえ、寒かろう?」

家の中には火の気もない。火をおこす物もない。そのうちに、だんだん外が暗くなってきて、狭い小家のなかへ、氷のように凍《い》てた風がピューピュー吹きこんできた。

ふたりは風もこわかったが、それよりも家賃を払えといって、むりむたいにふたりのことを引きずり起した家主の方が、もっともっと怖かった。家主というのは、人相の悪い、薄情な男だった。この悪家主は、家賃を払う者がだれもいないのを見すますと、ふたりの子どもを雪の中へ突きだし、たった一枚しかないふとんを奪い上げて、その家に錠を下ろしてしまった。

子どもはどちらも、薄っぺらな紺の着物一枚しか着ていなかった。ほかの着物は、みんな食べる物を買うのに売ってしまったのである。どこへ行くというあてもない。家からさして遠くないところに、観音の堂があったけれども、雪が深いので、子どもの足ではとてもそこまでは行かれなかった。で、ふたりは家主が行ってしまうと、自分たちのいた家のかげへ、そっとまた這うようにして戻って行った。そうこうするうち、寒さからくる眠気がふたりの上に襲ってきた。ふたりの子どもはたがいに温《ぬく》もりをとるために、しっかりと抱き合いながら眠った。ふたりが眠っているうちに、神はふたりの上に新しいふとんを――妖しいばかりにまっ白な、美しいふとんをかけてくれた。ふたりはもう寒いともなんとも感じなかった。幾日かの間、ふたりはそこに眠っていた。やがてだれかがふたりのことを見つけ出して、千手観音のお堂の墓地の中へ、ふたりの寝るところをこしらえてくれた。

宿屋のあるじは、この話を聞いて、さっそくそのふとんを寺の和尚に寄進して、ふたりの小さな霊のために経をあげてもらった。ふとんはそれぎり物を言わなくなった。

十

一つの伝説はまた別の伝説を呼ぶものだ。今夜はいろいろ珍しい話を聞く。なかで、わたくしの同行者がふと思いだして話した話が、いちばん図抜けていた。――これは出雲のはなし。

むかし、出雲の持田の浦というところに、一人の百姓が住んでいた。家が貧しいので、子を持つことをこの男は怖れていた。女房に子が生れると、そのたびに、生れた子を川へ捨て、子どもは死んで生れたといって、女房の前をごまかしていたのである。生れた子どもは男の子の時もあったし、女の子の時もあったが、とにかく、生れた子はかならず、夜、川へ捨てられた。こうして六人の子が殺された。

そのうちにだんだん年がたち、どうやらこの百姓も、すこしずつ裕福になってきた。土地も買えるようになり、金もいくらか溜るようになった。そんなこんなのうちに、女房が七人目の子を産んだ。――こんどの子は男の子だった。

その時、百姓は言った。「なあ、今となりゃおらがとこでも、子供ぐらい育てて行けるわな。この先、だんだんに年をとれば、どうでも親の手を助ける倅が要るでの。さいわい、この子は器量よしだ。ひとつ育てて行ってやろうぜ」

そうして、その子はだんだん大きくなって行った。薄情な父親は、日ましに、昔の自分の料箇に首をかしげだしてきた。生れたわが子の可愛さが、日ましにわかってきたからである。

ある夏の晩のことだった。男は子どもを抱きながら、庭先を歩いていた。子どもは、生れてもう五月《いつき》になっていた。

その晩は、大きな月が出て、いかにも美しい晩だったので、百姓は思わず口走った。

「アア！　コンヤハ　メズラシイ　エエ　ヨダ！」

すると抱いていた子が、父親の顔をまじまじ見上げながら、おとなのような言葉つきで言った。

「オトッツァン！　ワシヲ　シマイ　ニ　ステサシタトキモ　チョウド　コンヤ　ノ　ヨーナ　ツキヨ　ダッタネ！」

それっきり、その子は、おない年のよその子たちと同じように、言葉らしいものは何も喋らなかった。

その百姓は坊主になった。

十一

晩飯と風呂をすましたあと、暑くてすぐに床へもはいりかねたので、ひとりで村の墓地を見にぶらりと出かける。砂丘の上の例の長い墓地だ。砂丘というより、大きな砂の山に近いもので、てっぺんのところだけが少しばかり土をかぶっている。げっそりえぐれているそこの斜面を見ると、この砂山が現在の海の潮よりもはるかに巨大な太古の海の潮でつくられたという、その歴史の跡がまざまざと分る。

砂の中をザクリザクリ膝まで没しながら、ようやくのことで墓地まで行く。蒸し暑い月の晩で、潮風がボウボウ吹いている。盆灯籠がたくさん上がっているが、たいてい風に消されてしまっている。それでも、あちらこちらに幾つか、ボーッと白い光を投げているのがあった。厨子《ずし》みたいな格好をした木の箱に、なにかの紋をくりぬいて、その上から白い紙を張った灯籠である。時刻が遅いから、参詣の人はもうひとりもいない。昼間のうちにいろいろの供養が上げられたものと見え、どこの花立にも切り花や樒《しきみ》の枝がさしてあり、水鉢には汲みたての閼迦《あか》水がいっぱい供えられ、墓石は掃除をしてきれいになっている。ふと見ると、墓地のいちばん奥の隅っこの、ごく質素な墓の前に、きれいな塗り膳が供えてあった。お膳の上には、お平《ひら》や高坏《たかつき》に盛った、ささやかながら色とりどりの日本の馳走の品々が、ところ狭いばかりにのっている。新しい箸も一ぜん供えてあるし、湯呑茶わんも添えてあり、馳走の中にはまだホヤホヤ煙の出ているものもある。きっとこれは、情のあつい女の人が供えた、心づくしの手料理なのだ。その証拠には、細いそこの道の上に、女の人の小さな草履のあとがありありと残っている。

十二

アイルランドの諺《ことわざ》に、夢を見た者は、目がさめてからその夢を思いだそうとして頭さえかかなければ、どんな夢でもかならず思い出すことができる、というのがある。この心得を忘れると、いちど見た夢はけっして記憶に戻ることができない。ちょうど、風に吹き消された煙の輪が、元の形に直せないのと同じようなものだ。

じっさい夢というものは、千のうち九百九十九までは、みなはかなく消えてしまうものだ。そのかわり、人間の想像力が、ついぞない経験のために異常な感銘をうけているような時に見る、ふだんめったに見ない夢、——そういう夢はよく旅先などで見るが——これはまるで現実にあった出来事のような鮮明さで焼きつけられて、はっきり記憶に残る。

今まで書いてきたようなことを、見たり聞いたりしたあと、わたくしが浜村で見た夢というのが、ちょうどそんな夢だった。

どこだか分らない。ことによると、お寺の本堂みたいな所かもしれない。とにかく、白ばくれた敷石の敷いてある、だだっ広いところで、そこに鈍い薄日がどんよりとさしている。わたくしのすぐ前に、若いのか年とっているのかよく分らないが、女がひとり、大きな薄黒い台座の下に坐っている。台座の上に何がのっているのか、わたくしには、その女の顔しか見えないのだから、上の方はよく分らない。ふとわたくしは、その女に見覚えがあるような気がした。そうだ、出雲の女だ。と思っていると、その女が巫女《みこ》に見えてきた。女の唇が動いている。が、目はつぶったままだ。わたくしは女から目を離すことができないでいた。

そのうちに、女が何か歌いだした。遠い世から惻々《そくそく》と聞こえてくるような声である。歌はなんだか嫋々《じょうじょう》としたもの悲しい歌だ。それを聞いているうちに、わたくしはケルトの子守歌の記憶がぼんやり浮んできた。女は歌いながら、片方の手でしきりと長い黒髪を解いている。その解いた黒髪が、しまいに石の上にバサリと落ちて、クルクルととぐろを巻いた。見ると、いつのまにかその髪が黒い色でなく、青い――あさぎ色になって、波のようにうねりながら青いさざ波を寄せつ返しつしている。わたくしはハッとなって、ああ、波がどんどん遠くへ行くな、と思ったら、いつのまにか女がそこにいなくなっていた。あとにはただ、音もなく砕け散る長い波頭を鈍く光らせながら、空の果てまで見果てもなくつづく青い大きな海原があるだけだった。

目を覚ましたわたくしは、まっ暗な闇のなかに、現実の海の汐騒《しおざい》の音を――「仏海」のごうごうたるしわがれ声を――魂送りの汐の声を聞いたのである。

海へ（抄）

小泉《こいずみ》一雄《かずお》

焼津の青田の中に草木の鬱葱《うつそう》たる丘が島の様に点在していました。(現今では皆取毀《とりこぼ》たれて田に編入され、否、その田が又殆《ほとん》ど人口過剰と進歩発展の結果、家の建込んだ町に変って仕舞っているとの事です。) 其《そ》の数は四ツであったと記憶します。形から推しても、あれは何《ど》うも古墳ではなかったろうかと想うのです。四ツの中《うち》一ツだけが特に大きかった様です。是《これ》を乙吉《おときち》さんは日本武尊《やまとたけるのみこと》の継子を葬《ほうむ》った所だと奇抜な事を申していました。手と足と胴と首を別々に切り離して埋めたのだ。だから誰も彼処《あそこ》へは行かぬ様にしているとの事でした。

是等の塚を田の左右に見乍《みなが》ら焼津神社から小川の地蔵の方へと進む途中、田の中へ岬の様に突出《つきで》ている社《やしろ》があります。判然《わ》とはしませんが熊野権現だったかと想います。此処《ここ》も四ツの塚と共に何となく人々から気味悪るがられている所でした。先《ま》ず往来近く右側に稍《やや》傾斜して建っている石の鳥居《とりい》を潜り、踏む人も無い儘《まま》に延びている草叢の細長い参道を両側の疎《まばら》な松並木に沿うて「此処《ここ》ン松はハア年々枯れちゃうですウ。惜しいこんだ。」と乙吉さんが嘆息するのを尤《もっとも》に聞きつつ約二十間《けん》も行けば其処《そこ》は権現様(?)の鬱然《うつぜん》たる境内です。何処《どこ》と無く焼津神社のそれに類似した点もありますが、併《しか》し迚《とて》もあれ程境内は広サも爽かサも清潔サも無く、四方樹木に取囲まれて頗《すこぶ》るじめじめした土地でした。それ故社殿は三尺程の高サに土台を築きその周囲を石で積固めた上に建ててありました。お宮の屋根にも草が延び、境内と雖《いえど》も足の踏入場が無い程に熊笹と雑草が生い繁り、漸《ようや》く五六寸幅に社殿を巡る径《みち》が残されているの有様でした。社の裏は余り大きからぬ杉森でした。樹木の多い割に此処では何故か蟬の声が聞えませんでした。

「此のお社もハア余《あん》り参詣人《おみやアリ》は無《にや》アですウ。大《いか》い蛇ン居るっちゅうたり、何か祟《たた》リンあるっちゆうてノオ。」乙吉さんは、拝殿の埃の積った格子から中を覗いている父に背後から斯様《かよう》な事を云いました。父はそれを興《おもしろ》がって此の社殿の周囲を一巡して見様と申しました。乙吉さんは「そう面白くもありませんよ。蜘蛛《くも》の巣ばっか多くて……」と余り気乗がせぬらしく、でも傍の篠竹の細いのを一本折り取って先頭に立ち、それで左右を軽く打ち払い乍《なが》ら「遍照光明《へんじようこうみよう》、遍照光明。」と云いつつカサコソカサコソと雑草を踏分け、社殿の低い石崖に沿うて進んで行きました。次に父、それから私、殿《しんが》りは奥村さんでした。何処か近くの樹上で雨蛙が鳴きました。静かなどんよりした日で、今朝起きた頃から山々の頂《いただき》は雲に覆われていました。正午頃《ひるごろ》から雨になるかも知れぬと父は申していました。社殿の横からその背後へ廻ろうとした時、一行の足音に驚いてか傍の杉の樹陰《こかげ》からハタハタと飛び出した燕かと想った程大きな黒揚羽蝶が一つ樹々《きぎ》の梢から社殿の屋根へと幾筋も張ってある蜘蛛の巣を巧《たくみ》に左右に避けつつ、社の屋上へひらひらと舞い揚って忽《たちま》ち姿を消しました。脚下《あしもと》近く其処此処に「アッ、それは死人花《しびとばな》で毒だで、取らす、とお置きなさい。」と乙吉さんが注意した赤い綺麗な百合に似た花——今から想うと曼珠沙華《まんじゆしやげ》だったのです——が咲き乱れていました。

「遍照光明、遍照光明……」と云いつつ先へ行く乙吉さんが、社殿の真後《まうしろ》迄来た時、突然「アツ、ツツツツ！」と喚《わめ》くと、つと先へ三四間《けん》飛ぶが如くに駈け出しましたが、何か落し物にでも気づいたかの如く急に、はたと立止り後を振返り様《ざま》「先生様、お早くッ！」と叫んで此方《こちら》へ手を差延べました。父にも私にも何の事かさっぱり解りませんでした。只其《そ》の刹那《せつな》乙吉さんが巫山戯《ふざけ》ているのか、それとも何か前方に珍しい物でも発見したのだろうと想ったのです。併《しか》し其の次の瞬間、私の後で奥村さんが是《これ》も亦《また》「アッ、アッアッアッ！」と叫ぶや突然石崖の上へ飛び上りました。父は「何ですか？」と乙吉さんに訊ね、私は「何《な》アーに？」と奥村さんを振仰ぎました。乙吉さんも奥村さんも顔色が変っていました。父にも私にも益々其何事であるかが判りませんでした。兎《と》に角《かく》乙吉さんの傍迄行きました。乙吉さんと奥村さんは同時に父と私へ、暑くはありませんでしたかと尋ねました。両人の話に依ると丁度あの辺迄来た時、突然大地が燃える様に熱くなって迚《とて》も我慢にも同じ場所にぐずぐずしちゃ居られなかったそうです。「天地が割れて火になるのじゃないかと想った」と奥村さんが云えば「大蛇が毒気を吹ッ掛けただにゃアかノオ？」と乙吉さんは恐気《おぞけ》を振《ふる》いました。

　先頭の乙吉さんと殿《しんがり》の奥村さんがそれを確実に感じているにも不拘《かかわらず》、二人の間に挟まれて歩いていた父と私とは更にそれを感じなかったとは不思議だと申して、父は自分が先に立ち尻込みする一同を促して再び其の場所へ戻って、幾度も其処辺《そこいら》を往来してみましたが何等変った事もありませんでした。父はその原因が知り度《た》いとて、「長居は無用」と乙吉さんが気を揉むにも不拘、幾度も其の辺を頻《しき》りと探索して見ましたが、父の云うが如き火山とか温泉とか或《あるい》は電気とかに起因する様な材料は何一つ発見出来ませんでした。乙吉さんは毎度、「本当の不思議だ」と此の時の事を話し出しては「あれは魔だノオ」と怖しがっていました。

荏《え》原中延《ばらなかのぶ》のころ

小泉《こいずみ》 時《とき》

昭和九年から十五年にかけて、荏原区中延（現在の品川区荏原）に住んでいたことがあった。私が小学校三年生から中学の三年にかけてのころである。ちょうど目蒲線の洗足駅からでも、当時大井町線の東洗足駅、または池上線の旗ヶ岡駅からでも（現在の東急大井町、池上両線の交差する旗の台駅は戦前は別べつの駅であった）、歩いて約十分足らずであった。現在は全線が東急電鉄により運営されているが、当時はまだ個々の独立した小さな会社により運行されていた。

私の記憶では、国電大井町駅から二子玉川までを走る大井町線は、木造二つ扉の小さな車両が二両連結で走っていて、もちろんドアは手動であった。この三線の中では、山手線の目黒と京浜線の蒲田を結ぶ目蒲線だけが、きれいな鋼鉄車両を使用しており、ダークグリーンの車体の前後に〝ドアーエンジン装置車〟（自動扉）と、わざわざ書き込まれていた。小学生だった私などは、この電車に乗る際には、自動ドア装置の電車を待って乗ったものである。一雄《かずお》は世田谷の桜新町の家を気に入っていたが、わざわざここへ移り住むことになったのは、喜久恵《きくえ》の妹婿で勧業銀行にいた叔父が九州に転勤になり、庭を維持する必要から、ぜひ一雄一家に住んでくれと頼まれたからであった。考えてみれば打算的な虫のいい要求であった。

頼まれたらいやと言えない一雄夫婦は、仕方なくこれを引き受け、ミニ枯山水の庭園を持つこの中延の家へ引き移った。

この中延の家に移って間もなく、佐藤春夫さんが来訪された。ハーンのシンシナティ時代の作品で、セントピーター寺院の塔上にある十字架に登って、同市の鳥瞰《ちょうかん》を記した『尖塔登攀記』を翻訳したいとの意向であった。

それから、佐藤さんのご縁で、平井呈一さんが紹介された。日本橋育ちの平井さんを、一雄は英文学より江戸文学に向いておられると言って、たいへん喜び、その後一生のお付き合いになった。

平井さんは話もおもしろく、ジェスチャーが上手で、わが家に来られると、深夜の一時、二時ごろまでも話しこんで行かれた。そのうちに、昼は一雄とこの『尖塔登攀記』の翻訳について相談を重ね、夕食後には家族も含めて話題がはずみ、三、四日は泊まって行かれることが多かった。

こんなある日、平井さんとわれわれ家族で、ハナチョウの天プラだったか、銀座尾張町の天金だったかへ食事に出かけた。この日は銀ブラをしてから、京橋、日本橋から八丁堀の下手物《げてもの》屋を覗いたりして、夜中の十二時ごろに帰宅した。私は帰りのタクシーの中で眠ってしまったようである。

翌日は日曜日であった。私は朝食をすませるとすぐ友達のところへ遊びに行ったが、昼を少しまわって帰宅すると、両親だけで遅い朝食をとっていた。聞くと、平井先生はまだお休みだという。私は平井さんと談笑しながら食事をしたかったのにと残念だったが、また遊びに出てしまった。しかし、遊んでいても何か気になって、三時少し前には帰って来た。すると、両親が何か心配顔でこそこそ話をしている。平井さんがまだお休みのようだが、少し心配だから、子供の私にそっと離れ座敷まで行き、様子を見てきてくれという。

さっそく静かに近づいて様子を窺うが、いびきも全然聞こえてこない。私は心配になった。お疲れで寝ておられるならよいが、夕方になってもこのままなら、お医者に見てもらおうか？　それでは遅すぎないか……？　両親もすっかり心配してしまった。私はその後、何回となく偵察に行かされた。子供心にも、あのおもしろい平井さんに万一のことでもあったらと思うと、いたたまれなくなった。

もう黄昏《たそがれ》近くなって、突然、平井先生が現われた。「いったい、何時ですかな、今は」とおっしゃる。一同、笑いながらも安堵の胸をなで下ろした。聞けば、喜久恵が嫁入りに持参した絹蒲団《きぬぶとん》があまり心地良かったので、ついつい寝過ごしましたと言われ、大笑いをされた。

『尖塔登攀記』その他四篇は、八雲の三十回忌に当たる昭和九年、白水社から刊行された。一雄自身も、佐藤春夫さんのお勧めもあって、小山書店の小山久二郎《おやまひさじろう》さんを紹介され、三十回忌を記念に、小山書店から五百部限定で『妖魔詩話』を出している。

昭和十一年には『ヘルンに宛てたチェンバレン教授の手紙』(Letters from Basil Hall Chamberlain to Lafcadio Hearn)を、同十二年には『ヘルンに宛てたチェンバレン教授、外《と》山《やま》博士、坪内博士の手紙』（More Letters from Basil Hall Chamberlain to Lafcadio Hearn : and Letters from M. Toyama, Y. Tsubouchi and others）を北星堂から出した。また、例の、問題の多い『異端者への手紙』も一雄の手により翻訳され、昭和十年に第一書房から出版された。

日本画家の鈴木朱雀《すずきすじやく》さんが来訪されたのも、この中延の家で、八雲の肖像画を描きたいということであった。この家は客間が一段高床の離れ座敷になっていたが、ここの離れに一雄が羽織袴ですわり、八雲の代わりにモデルになった。そのせいか、この絵を見ていると、八雲よりも座高が高く、一雄に似ている。

この肖像画は第十五回帝展に出品されたが、その後、早稲田大学に納まり、現在でも図書館に飾られている。

佐藤春夫さんが初めて来訪されたとき、家族の話から、お子さんの話題になった。佐藤さんにも男の子がおられ、「うちの子はどういうわけか牛が好きでしてね……」と詩人肌の佐藤さんは目をほころばせておられたと、両親が話してくれた。そこまではよいのだが、あとがいけない。佐藤先生のお子様はさすがに芸術味をお持ちだが、わが家のタイムときたら、本当に殺風景なものばかりに興味を持ち、軍艦、ヒコーキなど、乗り物ならなんでも……とお答えするのも恥ずかしかったと、母にさんざん嫌味を言われたものである。

この家には、土井晩翠《どいばんすい》さんが来訪されたこともある。現在、上野図書館にあるが、そのころ八雲のレリーフをつくる話が持ち上がった。このレリーフについては、一雄は賛同せず、両者の間で多少の意見の相違があったようである。

如意輪《にょいりん》観音の呪い

小泉《こいずみ》凡《ぼん》

小泉一雄夫婦はハーンが亡くなった後、西大久保の家を出て、一時期大宮郊外の三橋《みはし》というところにある旧久松《ひさまつ》伯爵邸を譲り受けて移り住んだ。それから上野池之端、駒沢、桜新町《さくらしんまち》と転々とする。一九三四（昭和九）年、今度は荏原《えばら》区中延《なかのぶ》（現在は品川区）に引っ越した。父は小学校三年生から中学校三年までをこの地で過ごしている。中延の家はもともと一雄の妻・喜久恵の親戚筋が所有する家だったが、銀行勤めで急に九州に転勤になって庭を維持するのが大変だという理由で、ぜひとも一雄一家に住んで欲しいと頼まれたのだった。桜新町が気に入っていた一雄にはどうも気乗りのしない話だった。しかし、どうしてもと再三言われるので仕方なく依頼を受け入れたという。

ハーン没後、ハーンの親友で横浜グランドホテル社長のミッチェル・マクドナルドが遺族たちの後見人として大きな支えになってくれた。独り者のマクドナルドは一雄をわが子のように可愛がり倉庫係兼秘書として、同ホテルに採用した。ところが一雄は地下室の勤務が続き一九二三（大正十二）年の夏ごろから体調を崩し信州の山田温泉で療養していた。その年の九月一日、関東大震災が起こる。激震地の横浜にいたマクドナルドはホテルから一度は避難したものの、燃え上がるホテルの中にアメリカ人女性が残されたらしいという噂を聞き、再び建物に戻り帰らぬ人となった。一雄は、一九〇四（明治三十七）年の父・八雲の死に続いて第二の父と慕ったマクドナルドにも先立たれ、心身ともにすっかり憔悴《しょうすい》してしまった。

マクドナルドが亡くなって間もないある夏の日のことだった。当時、小泉家では夏場は女中も全員で昼寝をした。昼寝から起きて家族が居間に集まってきた時、お梅《うめ》という女中が、「さっき夢の中で、真っ黒な顔をした異人さんが、ヘルン先生の書斎へ入っていかれるのを見ました。とても不思議な夢でした」と一同に告げた。その後、家族で写真を整理していた時のこと、よく小泉家を訪れたマクドナルドの写真が何枚か出てきた。その時だった。

「夢にでてきた異人さんはこの方です！」

お梅はそう叫ぶと、ショックで気を失いかけた。マクドナルドが真っ黒な顔で夢に出て来たというのは、瓦礫《がれき》に阻まれて焼死したことを意味する。マクドナルドの魂もそうして時々わが家を訪問したようだ。

さて、話は一九三四年に戻る。ホテル勤務の疲れとマクドナルドの死が骨身にこたえて不調だった一雄に、親しい知人が「お父様の思い出をお書きなさい」と勧めた。一雄はその勧めを受け入れ、定職にはつかず、執筆以外の時間は趣味に熱中していた。その頃は、まだハーン著作の印税もあったのでまずまず悠々自適な生活が送れたのだった。

当時、一雄は刀剣蒐集に凝っていた。暇さえあれば、懇意にしていた骨董屋の主人Kさんと一緒に銀座や八丁堀の骨董屋で刀剣を渉猟《しょうりょう》して歩いていた。ある日一雄は、銀座の骨董屋でふと目にとまったものがあった。それは刀剣ではなく、観音像だった。元禄時代の比較的小型の如意輪観音の石仏だ。どうしても庭に置きたくなり、その場で買うことに決めた。衝動買いである。如意輪観音は一切の衆生苦《しゆじようく》を救い願望を満たすとされる六観音のひとつで、右の第一手は必ず思惟手《しゆいしゆ》、つまり頰杖《ほおづえ》をつき首をかしげて考えるポーズをとっているのが特徴だ。大の男が二、三人がかりでタクシーにのせて中延まで戻り、さっそくそれを庭に置いてみると、なかなか立派な仏様で、竹藪や笹原の茂る庭によく溶け込んだかにみえた。

それからしばらく時がたってからのことだ。喜ばしくないことが少しずつ起こり始めた。一雄を銀座の骨董屋に案内した、仲の良いKさんが急逝してしまった。一雄は相棒を失ったように大いに悲しみ、至福の時間とさえ思えていた骨董屋巡りの楽しみが半減するのを感じた。そしてアメリカとの関係が日々険悪化の一途を辿り、ついにアメリカ政府は金融資産凍結令発令に踏み切る。つまり米国内にある敵対国日本の外国為替決済用資産を没収するという強硬な経済制裁である。当時の日本の一般家庭ではこのことがすぐに生活を脅かすことは少なかったかもしれないが、小泉家の場合は覿面《てきめん》だった。ハーンが生涯に書いた三十冊の単行本はすべて英語で書かれ、アメリカの出版社から出版されていたからだ。中には『知られぬ日本の面影』(*Glimpses of Unfamiliar Japan*)のように二十六刷にもなるベストセラーがあって、アメリカから送金される印税で何とか暮らしていくことができていた。一雄が定職につかなかった中延時代はこの印税こそが生活の糧《かて》になっていた。資産凍結はただちに生活を困窮《こんきゆう》に追い込んだ。

そんな中、今度は九州にいた家主が東京勤務になったと戻ってきた。そして、「今までの家賃を払ってすぐに出て行け」というのだ。どうしても空き家にしたくないので、家守をするように懇願されて、いやいや桜新町から引っ越してきた一雄一家にとってみればこんな身勝手で理不尽な話はなかった。しかし、有無を言わせず、「出ていけ」と言われてそれに従うしかなかった。

一雄は、この家を離れる最後の日に、腹に据えかねて喜久恵が使っていた香水の瓶を忌々《いまいま》しい例の石仏めがけて思い切り投げつけた。すると、瓶が割れて、こぼれでた香水が如意輪観音の額を伝ってぽとりぽとりと滴り落ちた。その時だった。

如意輪観音が一雄の方へ視線を向けた。そして「にやり」と微笑んだ。さすがの一雄もおののいて一刻も早く立ち退かねばと心に念じた。

一家を追い出した主人は、入れ替わりに中延の自分の家で住み始めた。しかし、一年とたたぬうちに、謎の病で世を去ってしまったのだ。そのため、この家は再び居住者を探して売りに出されることになった。ようやくある政治家がこの家を買うことになり契約が結ばれた。それからほどなくして、その政治家は暗殺されてしまった。

もうここまでくると祟りの連鎖が止まらなくなる。なぜもっと早く気づいてお祓《はら》いをしなかったのだろうか。じっさい、一雄は、観音像を一緒に買いに行った骨董屋のKさんが亡くなった頃から、「何かこの像は怪しい」と、うすうす感じていたようだ。そして早く手放したいと思い、何軒かの近くのお寺の住職に相談したが、どういうわけか、お祓いも受け入れも体《てい》よく断られてしまったのだった。

時は過ぎて、ハーンの没後五十年にあたる一九五四（昭和二十九）年、一雄は何か記念のものを上梓したいと考えていた。考えたあげく、父からの個人授業の思い出を綴る本をつくろうということになった。なぜ、十歳の時に他界したハーンの個人授業で一冊の本が書けるのか。それは、ハーンが一雄を小学校にあげずに自宅でホームスクーリング（在宅教育）をしていたからだ。一雄がひ弱だったこと、中学校からアメリカに留学させようと考えていたこと、また日本の教育は記憶力偏重で、人間が生きる上でもっとも大切な想像力が育まれないという危惧《きぐ》からだった。

ハーンは「私、大学で幾百人の書生に教えるよりも、ただ一人の一雄に教える方、何ぼう難しいです」とこぼしながらも、一雄が五歳になる頃から、出勤前と帰宅後の一日三時間を息子への英語を中心とした個人授業の時間と決めて、お盆であろうと正月であろうと、それを実行した。

習い始めのころは一雄にとっても大きな苦痛であって、「妙に口を開けたり舌を廻したりして恥《はずか》しい音を出さねばならぬ英語……それが明瞭にいえないと、たちまち叱られるし、勉強中は姿勢を崩しても叱られる窮屈なもの」だったと述懐している。でも、後にはアンデルセンの童話集やイギリスの民俗学者、アンドルー・ラングが編集した妖精譚などを読むようになって、西洋の物語に興味が出始めた。

この時にテキストに使った本は現在でもわが家に二十九冊残っている。これらの書籍にはたどたどしいカタカナでいっぱい書き込みがしてある。これはハーンがレッスンの予習をした時に書き込んだものだ。また、漢字まじりの日本語も散見されるが、これは一雄の書き込みで、後に八雲高等女学校で教えていた時にあらためてこのテキストを紐解《ひもと》いて、授業に生かそうと書き込んだものだ。テキストを見ていると、厳しくも愛情に満ちた父子の息遣いが感じられる。

さて、一雄が書いた記念の書物は *Re-Echo* と命名され、一九五七（昭和三十二）年にアメリカのカクストン社から出版された。イソップ物語、中国の昔話、北欧神話、ギリシャ神話などからハーンが選んで再話・再創造して一雄に語り聞かせた話四十話以上が、そのままの語り口で収録されている。そして一雄の親友でマッカーサー元帥の軍事秘書だった、ボナー・フェラーズの令嬢ナンシーさんに編集を依頼した。ナンシーさんは序文の中で「本書は十歳の少年の繊細《せんさい》な感情の中に東洋世界と西洋世界の出会いをみることができる」と記している。なおボナー・フェラーズについては別章であらためてお話ししたいと思う。

"*Re-Echo*"とは直訳すれば「木霊返《こだまがえ》し」。それは、ハーンは自分の書いた『怪談』をはじめとする再話文学は、原話の「エコー（木霊）」に過ぎないといつも家族に語っていたからだ。自分の文章には自信とこだわりをもつ作家だったが、再話文学についてはそんな謙虚な受けとめ方をしていた。

この本の表紙も一雄自身が描いた水彩画で、実にインパクトのあるものに仕上がっている。遠景に竹藪と三本の杉があり、手前の笹原に思惟のポーズをとる例の如意輪観音の石像が大きく描かれている。その上に、呪いを食い止めるように大きなカラスが一羽、足の爪をしっかりと石像に食い込ませてとまり、後ろを振り返って睨《にら》んでいる。これは、まさに中延の家の思い出だ。そしてカラスは前述したようにハーンであり一雄でもある。小泉家の当主の化身に相違ない。このいわくある仏像への怖れと呪いを自分で阻止しようという強い思いを見て取れる。

さらに時を経て昭和三十年代のこと、当時小泉家は世田谷区の玉川瀬田に住んでいた。この家は、民俗学者で新体詩人の柳田國男《やなぎたくにお》の令兄・井上通泰《いのうえみちやす》の別荘・南天荘《なんてんそう》を譲り受けたものだった。井上通泰とこの家の詳細については次の章で紹介する。

父の結婚が決まり、南天荘の敷地内に十五坪ほどの数寄屋《すきや》風の家を建てることになった。そして一雄のアイディアで、二百坪ほどの土地に起伏があって野性味のある庭をつくることにした。一九六〇（昭和三十五）年頃のことだ。あるお寺のご住職の紹介で出入りするようになった府中の植木屋のTさんが、一雄にこんな話を持ってきた。

「だんな、ちょっとお願いがございまして。江戸時代は元禄年間につくられた実に見事な石の如意輪観音を知り合いが預かっておりましてね。今、玉川瀬田で庭を造成していると言ったら、ぜひ、そのお宅の庭に置いていただくように頼んでくれと言われたんです」

一雄は、あの石仏に違いないと直感した。

Tさんを信頼していたが、それだけは勘弁してほしいと固辞して、その話は丁重にお断りした。

私は、この庭の造成が無事に終わった一九六一（昭和三十六）年に生まれている。自分の記憶にはないが、首をかしげて頰杖をつくくせが目立ったらしい。眠っているときも無意識のうちにそんな恰好をしていたようだ。一雄は家族によくこんなことを言っていた。

「やはり、この子は、如意輪観音の生まれ変わりだよ」

それって、あの呪いの石仏のことなのだろうか。それだけはさすがに御免こうむりたかったが……。

私は後に、石仏の話を持ち込んだ植木屋のTさんを慕って夏休みや春休みにはランチタイムを一緒に過ごすようになった。母に同じようにアルミニュームの容器に入れたお弁当をつくってもらい、一緒に縁側に座って田植えの話や府中の祭りの話などを聞きながら食べるのは、一人っ子にとって大きな楽しみだった。そんなある時、どんくさい私が縁の下にある蟻地獄を覗いていて、うっかり足をすべらせまっさかさまに石の踏み台へと頭から転落しかけたところを、Tさんは自分のお弁当を放り出して私を抱えてくれた。なんて逞《たくま》しい人だろうと感激した。少なくともわが家にはいないタイプの人だった。お陰で命拾いして今日まで生きている。

Tさんは、夕方、庭仕事が終わると坂を下ったところにある二子玉川商店街の地蔵屋という古びた酒屋に寄ってコップ酒を一杯呷《あお》り、続いて筋向いの魚元というこのあたりで唯一の魚屋に寄り、数キレの鮪《まぐろ》の赤身の刺身を食べてから国領《こくりよう》行《いき》の小田急バスに乗って帰って行った。大人になるとこんな楽しみがあるものかと子供心に思ったものだ。

米国の幽霊物語

野《の》口《ぐち》米《よね》次《じ》郎《ろう》

一つ米国の幽霊談をしよう。

それが私の取っときの二つとない経験談だといっても、必ずしも人をびっくりさせるような怪談ではない。それに幽霊そのものが顔を見せないというお粗末な物語りに過ぎないかも知れない。

場所は三十年も昔のサンフランシスコで、その頃のサンフランシスコは今日《こんにち》とは異《ちが》ってマーケット街《がい》の以東は一面に汚い貧民窟であった。この貧民窟のジェシーという町に滅法《めっぽう》家賃の安い明家《あきや》があった……私共《わたしども》その当時の英雄五六人がこの家へ住んだのである。私共は邦字新聞を発行しておったが、購読者たかだか二百人位の収入で、家賃を払った上に私共が衣食しなければならなかったから、私共の窮乏《きゅうぼう》は今日考えてもぞっとする程であった……それでこの安いただのような家は珍しい拾い物であった。然《しか》し私共の連中でただの一人も『なぜこう家賃が安いだろうか』と疑わなかった、ただもう安い家だとばかりに喜んでおった。

邦字新聞といっても三十年前には日本の活字が一つもなく、私共の新聞は謄写版《とうしゃばん》で、主筆格の比較的年を取った男が筆耕《ひっこう》でもあれば印刷職工でもあった。私共は愛国同盟とか何とかいう偉い名前をつけておったが、この同盟員中で一番年の若い青年が私で、私は飜訳係と配達夫とを兼ねた。私も私の友人と同じように一廉《ひとかど》の愛国者気取りで、行く行くは日本の官僚政治を両断してやろうという意気込みであった。その当時は日清戦争の時で、私は日々の英字新聞へ出て来る戦争の報道や、天皇陛下の勅語《ちょくご》などを邦訳したものだ……勅語なども如何《いか》にも勅語らしい言葉で訳して人から褒められたものであった。

私共がこの桁《けた》はずれに安いジェシー街の家へ移ると間もなく、私共の友人の一人が恐ろしく重い病気の床についた……その病名が何であったか今私の記憶にないが、『異境で死ぬこと位悲惨なことはない』と私はその時感ぜざるを得なかった。私共はろくろく病友を看護しなかった、実際に医師を招くほどの力もその当時の私共になかった。『ああ気の毒なことをした……どうして彼はこんなに急に死んだであろう、彼には方角でも悪かったであろうか、彼の寝台の位置が不吉であったかも知れない……そういえば彼は夜中になると唸《うな》ったらしかった、悲鳴をあげたらしかった』……私共はこんな言葉は交換し合ったが、彼のほんの形ばかりの葬式が済むと私共は彼の死をそう苦にしなくなった。

私共の家の勝手口近くに小さい方形の庭があって、私共は日曜日になると自称愛国者の遊戯に相応しい撃剣《げきけん》をしたものだ。ある日曜日に例によって私共が撃剣をして居ると、隣所の若い男が私共の遊戯を見物に来て、側《そば》で試合を見ていた私の耳元に口を寄せて『君この家に幽霊が出やしないか』と尋ねた……『幽霊……』私はびっくりしたが冷静な態度を装って、『馬鹿いえ』と彼に答えた。私はその時一二週間前に死んだ私共の友人とこの幽霊とが何か関係があるように感じた。私は私かに物凄い感じを持ったが一切口を閉じて人にそのことを語らなかった。所が翌朝、私共の連中の一人が近所の青物屋へ野菜を買いに行った、すると青物屋の主人が彼に『お前達の家は幽霊が出るといった有名な家だ。……日本人は豪気だ、幽霊を退治したらしいという評判がある』といって聞かせた。……さあこうなっては私共の家の大事件で、一人は『きゃつはその幽霊のたたりで死んだじゃないだろうか』といいだして、私が私かに感じていた恐怖心を煽った。そして私共一同は極めて不気味の感に打たれることになった。

その日午後サンフランシスコの警視庁の探偵みたような男が三人やって来て、家の隅々まで調査しようとした……もとより調査のしようもないので、家中をうろつき廻った。私共は彼等にどういう理由の主張であるかを尋ねた……彼等の一人は私共にいって聞かせた。『この家に町のオペラに出ていたコーラス・ガールが住んでおった……美人で評判の娘だった。所が娘の母親がこの色男があってせっせとこの家を訪れて彼女と蜜のような恋を語り合った。こういう恋の物語りは悲劇に終ることはいうまでもない。娘は色男を専有しようとした、母親はまけまいとして自分の娘と争った……そして色男は娘へ行こうとした。年取った母親は狂乱して来た、そしてある夜娘が色男と話し合っているのを見付《みつけ》て、彼をピストルで殺そうとしたが、丸がはずれて血を分けた娘を殺して仕舞った。結論は簡単だ……母親は警官に捕えられて目下入獄中である、そして娘はよなよな幽霊となって家の中を彷徨《さまよ》っている……これは近所の評判だ、君等の方が実際を知っている筈だ。』

こう聞いた時私は、『それでは悲劇はどの部屋で演じられたか』と探偵の一人に尋ねた。すると彼は私共の友人が死んだ部屋でしかも寝台の置いてある場所が即ちコーラス・ガールが血に染みて横たわった所であると答えた。『してみると私共の友人は彼女の幽霊にたたられたのかも知れない』と私共英雄連の胸中は一方《ひとかた》ならず戦慄を覚えはじめた……さあこうなって来ると如何《いか》に私共が日本の英雄であり官僚打破を目的とする青年政治家でも薄気味悪くて到底この家におられなくなって来た。然《しか》し兎《と》も角《かく》もその晩は私共は寝たり寝なかったりの有様で過ごした。

翌朝の英字新聞を見ると大活字で、『幽霊日本人のため撃退せらる』という見出しで一欄も私共のことが書いてあって、偉い豪傑であるように出ておった。然し私共は決して幽霊を恐れない英雄児でもなく豪傑でもなかった。

『こんな家に住むのはいやだな』と私共はみないいはじめた。

『然し新聞で豪傑扱《あつかい》をされてみると、そう急に逃げ出しも出来まい』と主筆先生はいっていわゆる豪傑笑いを洩《もら》した。

所で『僕は一寸《ちよつと》用があるから』といったような言葉を使って一人出て行き二人出て行って、その晩はとうとう主筆を一人置いてけぼりして外《ほか》のものは皆他へ泊って仕舞った。日中はだれも平気で新聞社の仕事をしたが、夜になると何とかかとかいって私共は出て行って仕舞った。一人残された主筆も、必ずしも幽霊を恐れたのでなく又実際、幽霊は出なかったであろうが、仕舞《しまい》には家を移ることに決心した。

私共が他へ移った時英字新聞は又もや、『幽霊遂に勝つ』といったような見出しで私共日本人も幽霊の威力に負けたといって三面記事を賑《にぎわ》した。これを私共は読んで、一種の国辱《こくじょく》問題を引起こしたように感じて家を移ったことを残念に思った。

『実際幽霊は出たろうか、君それを見ましたか』と私共が主筆に尋ねた。

『ウン出たよ、僕は見た』と主筆は答えて例の豪傑笑いを残した。

阿《あ》呆《ほう》由《よし》

瀧《たき》井《い》孝《こう》作《さく》

家庭の悒鬱《ゆううつ》は、神経の鋭敏な者ならば誰しも感じるが、忍従や克服や、また他の事で気持をまぎらかして、平和に波瀾の起きないように処理することは人の美徳とされている。

しかし文学的には波瀾も美しい。それは一人の人の気持の拡がり深さを表わすからだ。家庭の悒鬱を題材にした文学はフロオベルのマダムボヴリイなどはいうまでもなく代表的な作品だ。また夫婦生活などの場合でない単に家庭の一員としても悒鬱はある。ぼくが友達から聞いた話は、この家庭の悒鬱を象徴したような出来事で、ぼくは小説に描きたいと思っていたが話があまりファンタスチックなんで描写しにくいので今随筆に雑《ざっ》と記してみる。

飛騨高山の町から七八里ほど奥の小鳥谷の部落で、俗に長左衛門《ちょうざえもん》という家庭に起きた出来事だが、戸主の長左衛門も前に信州の方へ出稼ぎに行き向《むこ》うで所帯持って永年不在で、息子の由《よし》というのが残ってい、戸主の弟と其女房《その》と、此家《この》に三人で住んで百姓ぐらしだった。由は若者だがうすぼんやりにみえていつも阿呆由と呼ばれていた。

或日の夕方由は畑《はた》けから戻ると、家の前の小便壺《つぼ》へ一挺の三味線《しゃみせん》が皮もやぶれて壺の内へ突《つっ》込《こ》んであった。此《こ》の三味線は由の秘蔵物で、誰が何故こんなにしたか分らず由は怒ってみたが仕方がなくじゅつなさそうによごれた三味線は溝川で洗ったり藁でみがいたりして臭みがとれてから家の中へ持ち込んだ。

――此の三味線の災難の後、更に翌日の晩からひきつづき全く人のしわざとは思えぬ出来事が起きた。

家族三人が夕飯をすましたまだ宵《よい》の口、この百姓家の広い台所の上の梁《はり》の横たわった高い屋根裏の方で何か物音がして、上の方からひどい音を立てて栃《とち》の実がザラザラアッと落ちてきた。栃の実は餅に搗《つ》くので秋の日、山から拾いあつめてきて溜める例で、台所へ突然打ちあけられたのは家に溜めてある栃で叺《かます》は空であった。勿論梁の上に置くわけでないから、ひとりで上へあがって落ちて来たのは、只事《ただごと》でなかった。由は出来事を本家へ報《し》らせにやられた。

本家は与九郎《よくろう》と云い、与九郎は今年製板がつぶれてから苛苛《いらいら》とふきげんで怒りっぽい風で、此の晩由が家に狐がとりついたとか変な事を云って来たからすぐ叱り付けて汝こそ狐じゃろ、此方《こちら》が落目になったから附け込みやがる、と由を摑み薪雑棒《まきざっぽう》を持ち責めに掛《かか》ったりする所へ近所の者が来て、長左衛門では今何じゃら栃を撒くやら火箸《ひばし》や庖丁を上から落《おと》いて寄こすやら不審なことがある、と迎えに来たので、本家の与九郎は其許《そこもと》もだまかすのじゃないか、と半信半疑で共に出かけたりした。

長左衛門ではそれ以来毎晩、奇妙な事が屢々《しばしば》起きた。親類縁者が寄合ったが皆《み》んなの目の前でも出来事が起きた。枥撒きは何遍もだった。皆んな拾いあつめて叺に入れると又上からザッと浴びせて寄こして、手元の叺は空だったりした。鎌や庖丁や剃刀《かみそり》なども上から落ちてきた。土間や板の間へ落ちて人達は一遍も傷付かなんだが危《あ》ぶないので拾って片付けると、すぐ上からキラリと光って今片付けたばかりの品物が落ちた。それから又、屋根裏の方から裃《かみしも》や女房の襦袢《じゅばん》が、ふわりと拡がりおちて来た。

蔵の簞笥《たんす》の錠の掛《かか》った所に片付けてある衣類だ。親類の人達は毎晩寄合って事を見馴れて来たがこの風変りには思わず知らず、や、これは又何《な》んとまあ、などと云った。とさらに奇妙に、裃がひとりで宙を歩いたりしたので脅かされた。

所詮《しょせん》は人の目には見えぬ隠形者《おんぎょう》のしわざと云う意見で山家《やまが》の衆は、狐か狢《むじな》のいたずらとも云った。皆んなで度々《たびたび》家の廻りなど調べたが別状はなく、地べたに野獣の足跡は見かけたが足跡はこの辺ではよくみうけるのだ。本家の与九郎が出かけて来て、汝《なん》ずら根性がしっかりせんでみよ獣にまで阿呆にしられて、と家の者に云って上座に坐ると、其晩《その》は何の物音も出来事も起きなんだ。それで由は、今夜も始《はじま》ったで来とおくれ、などと本家へ迎えに行く例になった。

由は普段うすぼんやりに似合ず面白い嗜《たしなみ》のある男で古銭を沢山蒐集していた。若い者に今時珍らしい奴だと本家でもこれをほめ、与九郎もたまには一《ひ》とつなぎ借りて来て古銭の鑑定をしてみたりした。由は或晩此《こ》の古銭を頭からぶちかけられた。古銭をぶちかけられたり三味線の災難に遇《あ》ったりで由が祟《たた》られていると人達は云い出し、由が何かした覚えはないかと皆んなに問い詰められた。由は別に覚えはないと云ったが、蕎麦《そば》畑の花時《はなどき》に一面に踏荒《ふみあら》されたから近所の狐の穴をば一日中燻《いぶ》した位だと云ったりした。こんなのは取上げるべき話でもないが、家では聞取って、すぐ小豆飯や揚豆腐や供物で狐を祀《まつ》ったり、法華経の行者に祈禱をたのんだりした。勿論《もちろん》些《いささか》もきき目は見えなんだ。

由は余計阿呆になって又病人の風《ふう》になり大方寝ていた。本家や親類の人達は、第一戸主の長左衛門が永年留守ゆえ見込まれたのだと云い、第二には衰えた由に会わせるため、親達を呼び寄せるように信州の方へ手紙を出したりした。

親の長左衛門の漸《ようや》く戻ったのは秋のもう末枯《すえがれ》、家に奇妙な出来事もなくなりかけた時分だった。親が戻ったら全く事柄は止んだ。由の軀《からだ》も段々丈夫になって行った。此《こ》の年を越して翌年の春一家族は信州の方へ移住した。

長左衛門は廃屋になった。

此の出来事の話は僕の国の友達――与九郎の孫にあたる――が聞かせたが、僕は勿論、狐のしわざなどとは考えない。由の悒愁《ゆうしゅう》や悲哀や思慕やこんな心持の潜在意識の作用で所詮は由のしわざだと思う。物体の跳躍などはふしぎに見えるけれど、進歩した精神分析や電波などの学問に依ればさほどふしぎでもなく解釈されると思う。

僕は若者の潜在意識の作用だと思って、彼《か》れが自身の秘蔵品など傷つけたのは自身を苛酷に扱う自己鞭打《べんだ》とも見られ、かく異常な根深い悒愁に包《つつま》れた彼れをいじらしく思った。

（七年九月）

古千屋《こちや》

芥川龍之介《あくたがわりゅうのすけ》

一

樫井《かしい》の戦いのあったのは元和《げんな》元年四月二十九日だった。大阪勢の中でも名を知られた塙団《ばんだん》右衛門直之《えもんなおゆき》、淡輪六郎兵衛重政《たんなわろくろうびょうえしげまさ》等はいずれもこの戦いのために打ち死した。殊に塙団右衛門直之は金の御幣《ごへい》の指《さ》し物《もの》に十文字の槍をふりかざし、槍の柄《つか》の折れるまで戦った後《のち》、樫井の町の中に打ち死した。

四月三十日の未《ひつじ》の刻、彼等の軍勢を打ち破った浅野但馬守長晟《あさのたじまのかみながあきら》は大御所徳川家康に戦いの勝利を報じた上、直之の首を献上した。(家康は四月十七日以来、二条の城にとどまっていた。それは将軍秀忠《ひでただ》の江戸から上洛するのを待った後、大阪の城をせめるためだった。)この使に立ったのは長晟の家来、関宗兵衛《せきそうべえ》、寺川左馬助《てらかわさまのすけ》の二人だった。

家康は本多佐渡守正純《ほんださどのかみまさずみ》に命じ、直之の首を実検しようとした。正純は次《つ》ぎの間に退いて静《しず》かに首桶の蓋をとり、直之の首を内見した。それから蓋の上に卍《まんじ》を書き、さらにまた矢の根を伏せた後、こう家康に返事をした。

「直之の首は暑中の折から、頰《ほお》たれ首になっております。従って臭気も甚だしゅうございますゆえ、御検分はいかがでございましょうか?」

しかし家康は承知しなかった。

「誰も死んだ上は変りはない。とにかくこれへ持って参るように。」

正純はまた次の間へ退き、母布《ほろ》をかけた首桶を前にいつまでもじっと坐っていた。

「早うせぬか。」

家康は次ぎの間へ声をかけた。遠州横須賀の徒士《かち》のものだった塙団右衛門直之はいつか天下に名を知られた物師《ものし》の一人に数えられていた。のみならず家康の妾《しょう》お万《まん》の方も彼女の生んだ頼宣《よりのぶ》のために一時は彼に年ごとに二百両の金を合力《ごうりょく》していた。最後に直之は武芸のほかにも大龍《だいりゅう》和尚《おしょう》の会下《えか》に参じて一字不立《いちじふりゅう》の道を修めていた。家康のこういう直之の首を実検したいと思ったのも必ずしも偶然ではないのだった。……

しかし正純は返事をせずに、やはり次ぎの間に控えていた成瀬《なるせ》隼人正正成《はいとのしょうまさなり》や土井《どい》大炊頭利勝《おおいのかみとしかつ》へ問わず語りに話しかけた。

「とかく人と申すものは年をとるに従って情《じょう》ばかり剛《こわ》くなるものと聞いております。大御所ほどの弓取《ゆみとり》もやはりこれだけは下々《しもじも》のものと少しもお変りなさりませぬ。正純も弓矢の故実だけは聊《いささ》かわきまえたつもりでおります。直之の首は一つ首でもあり、目を見開いておればこそ、御実検をお断り申し上げました。それを強《し》いてお目通りへ持って参れと御意《ぎょい》なさるのはその好《よ》い証拠ではございませぬか？」

家康は花鳥《かちょう》の襖《ふすま》越しに正純の言葉を聞いた後《のち》、もちろん二度と直之の首を実検しようとは言わなかった。

二

すると同じ三十日の夜、井伊掃部頭直孝《いいかもんのかみなおたか》の陣屋に召し使いになっていた女が一人俄《にわか》に気の狂ったように叫び出した。彼女はやっと三十を越した、古千屋《こちや》という名の女だった。

「塙団右衛門ほどの侍《さむらい》の首も大御所の実検には具《そな》えおらぬか？ 某《それがし》も一手《ひとて》の大将だったものを。こういう辱《はずか》しめを受けた上は必ず祟《たた》りをせずにはおかぬぞ。……」

古千屋はつづけさまに叫びながら、その度に空中へ踊り上ろうとした。それはまた左右の男女《なんにょ》たちの力もほとんど抑えることの出来ないものだった。凄《すさま》じい古千屋の叫び声はもちろん、彼等の彼女を引据えようとする騒ぎも一かたならないのに違いなかった。

井伊の陣屋の騒がしいことはおのずから徳川家康の耳にもはいらない訣《わけ》には行かなかった。のみならず直孝は家康に謁《えつ》し、古千屋に直之の悪霊の乗り移ったために誰も皆恐れていることを話した。

「直之の怨《うら》むのも不思議はない。では早速実検しよう。」

家康は大蠟燭《おおろうそく》の光の中にこうきっぱり言葉を下した。

夜ふけの二条の城の居間に直之の首を実検するのは昼間よりも反《かえ》ってものものしかった。家康は茶色の羽織を着、下括りの袴《はかま》をつけたまま、式通りに直之の首を実検した。そのまた首の左右には具足をつけた旗本が二人いずれも太刀の柄《つか》に手をかけ、家康の実検する間はじっと首へ目を注いでいた。直之の首は頬たれ首ではなかった。が、赤銅《しやくどう》色を帯びた上、本多正純のいったように大きい両眼を見開いていた。

「これで塙団右衛門も定めし本望でございましょう。」

旗本の一人、――横田甚右衛門《よこたじんえもん》はこう言って家康に一礼した。

しかし家康は頷いたぎり、何ともこの言葉に答えなかった。のみならず直孝を呼び寄せると、彼の耳へ口をつけるようにし、「その女の素姓《すじよう》だけは検《しら》べておけよ」と小声に彼に命令した。

三

家康の実検をすました話はもちろん井伊の陣屋にも伝わって来ずにはいなかった。古千屋はこの話を耳にすると、「本望、本望」と声をあげ、しばらく微笑を浮かべていた。それからいかにも疲れはてたように深い眠りに沈んで行った。井伊の陣屋の男女たちはやっと安堵の思いをした。実際古千屋の男のように太い声に罵《のの》り立てるのは気味の悪いものだったのに違いなかった。

そのうちに夜は明けて行った。直孝は早速古千屋を召し、彼女の素姓を尋ねて見ることにした。彼女はこういう陣屋にいるには余りにか細い女だった。殊に肩の落ちているのはもの哀れよりもむしろ痛々しかった。

「そちはどこで産《う》まれたな?」

「芸州広島の御城下でございます。」

直孝はじっと古千屋を見つめ、こういう問答を重ねた後、徐《おもむろ》に最後の問を下した。

「そちは塙《ばん》のゆかりのものであろうな？」

古千屋ははっとしたらしかった。が、ちょっとためらった後、存外はっきり返事をした。

「はい。お羞《はずか》しゅうございますが……」

直之は古千屋の話によれば、彼女に子を一人生ませていた。

「そのせいでございましょうか、昨夜も御実検下さらぬと聞き、女ながらも無念に存じますと、いつか正気を失いましたと見え、何やら口走ったように承わっております。もとよりわたくしの一存《いちぞん》には覚えのないことばかりでございますが。……」

古千屋は両手をついたまま、明かに興奮しているらしかった。それはまた彼女のやつれた姿にちょうど朝日に輝いている薄《うす》ら氷《ひ》に近いものを与えていた。

「善《よ》い。善い。もう下《さが》って休息せい。」

直孝は古千屋を退けた後、もう一度家康の目通りへ出、一々彼女の身の上を話した。

「やはり塙団右衛門にゆかりのあるものでございました。」

家康は初めて微笑した。人生は彼には東海道の地図のように明かだった。家康は古千屋の狂乱の中にもいつか人生の彼に教えた、何ごとにも表裏《ひょうり》のあるという事実を感じない訣《わけ》には行かなかった。この推測は今度も七十歳を越した彼の経験に合《がっ》していた。……

「さもあろう。」

「あの女はいかがいたしましょう?」

「善いわ、やはり召使っておけ。」

直孝はやや苛立《いらだ》たしげだった。

「けれども上《かみ》を欺《あざむ》きました罪は……」

家康はしばらくだまっていた。が、彼の心の目は人生の底にある闇黒《あんこく》に——そのまた闇黒の中にいるいろいろの怪物に向っていた。

「わたくしの一存にとり計らいましても、よろしいものでございましょうか?」

「うむ、上を欺いた……」

それは実際直孝には疑う余地などのないことだった。しかし家康はいつの間にか人一倍大きい目をしたまま、何か敵勢にでも向い合ったようにこう堂々と返事をした。——

「いや、おれは欺かれはせぬ。」


(昭和二年五月七日)

首くくりの部屋

佐藤春夫《さとうはるお》

私は以前そういう題目に相当興味を持っていたけれども、今ではどちらかというとそれほどにも思わない。そりゃ無論、興に乗れば話し出す材料も多少はある——以前に人から聞いたり自分でも感じたりした（へんなものだからはっきりと見たとは言えないから）事柄も無いではないが、それを描き出して見るだけのパッショオンを今は感じない。

このほど、内田百閒《うちだひやっけん》氏の「冥途《めいど》」という本を見た。実に面白い本だ。その本がそっくりそのまま当世百物語だ。不思議なチャームのある作品集だ。ただ私にとってはやはり少し古い気がする。といってその感じ方ではない。ただ取材が古いだけで、感じ方はむしろ斬新だ。あんな空気の世界をあれだけに表現する手腕が私にあったら私も今何か面白いものが書けるのだが、どうも我々の筆は理窟にかないすぎていて百物語は書けない。

こんな話のうちで、私を一番脅かすものは分身——離魂病、ドッペルゲンゲルの話だ。自分自身とそっくり同じ人間がもうひとりひょっくり現われるという考えだ。雪隠《せっちん》の戸を開けてみたら自分がしゃがんでいたなどというのは古くからある奴だ。これは、人から聞いたことだが、彫塑家荻原守衛《おぎわらもりえ》が死ぬ時には、その一週間とか十日とか前から毎晩のように寝床の上を一寸か二寸とかぐらいの侏儒《しゆじゆ》が、それもうじゃうじゃとむらがってまわり歩いて彼を悩《なや》ましたそうだが、その侏儒がよく見るとどれもこれも形が小さいだけでそっくりそのまま自分の姿をしていたという。どうもいやな幻影だと言って彼の友人にこぼしたそうである。

ビスマークが臨終の床にいるという時にどことか新築の橋の上を歩いていたそうでそれを見かけて敬礼した人が沢山あるというのは有名な話だ。ところが私の父の分身が現われたという話があるのだ――「私の父が狸と格闘する話」という童話風の話を私が書いているが、あれは第一行目から最後の行までそっくりそのまま事実である。つくり事は一字もない。一口に言うと、ある月夜の晩に私の父が自転車で或る切り通しの坂道を越していて、そこで狸にとっつかまって狸と格闘をしたのだそうである。それをその坂道の片側町にいる人が、物音をききつけて障子の隙間から覗いていたという。この人は父が狸をねじ伏せて、自分も怪我をして自転車を引擦《ひきず》ったまま家の方へ引返したところまで見たそうだが、不思議なことには、もうひとり別の人がその坂道を通りかかって怪我をして自転車にすがって通る父を見かけたそうである。――この人はこの坂道とはよほど遠い場所に家のある人である。つまり、同じ事件のつづきが、二人の何も知らない人たちによって見られたのだ――もとより父はその晩うちでぐっすり寝入っていた。この話は二十年ほど前の事件で、私の町の人でまだ覚えている人もある。私にはどうも考えがつかないほどへんな気持をさせたものだが、今でもやっぱり考えるとへんである。

これは去年の初夏の話だが。――

ある素人下宿に私は二週間ほどいた。私の部屋は二階だがうす暗いし、私はそのころ殆《ほと》んどその家では夜寝るだけであったが、或る日、稲垣足穂などと同じ家の三階で話していて夕方、散歩に出る前に自分の部屋へちょっと這入《はい》ってそのついでに戸をしめて置こうと思って何気なく障子を開けると、その廊下の戸ぶくろのところの柱に得体の知れないものがひっかかっている。ぶらさがっている。よほどくらい夕闇のなかをじっと見ていたが、どうも何とも見究《みきわ》めがつかない、私は急にこわくなって部屋からとび出した。稲垣と外《ほか》にもう一人つれて来て、今度は電燈をつけて――さっきあんまり慌てたので電燈をともしているひまもなかった――見ると、そりゃ洗ってかわかした足駄のつま皮であった。何のことだと大笑いをしたが、私にはどういうわけか、さっき見た時には、それが足駄のつま皮などという小さなものではなく、といってそれほど大きくもなかったがすくなくとも今考えて二尺見当のもっとどっしりしたものがぶら下っていると感じられた。私は臆病な男だが、何がなんだってつま皮ぐらいなものでは飛び出しはしない筈だ。

その家は名うてのいやな家であった。人が三人とかへんな死方をしていた。私のいた部屋には、首くくりがあったのだという。若《も》しあの部屋で首をくくるとするとあの廊下のところなどが一番自然な場所のようであったし。――その家のことは稲垣が書くそうだからこれ以上は書かないが。

私は臆病だ。子供の頃からそうであった。父は私をよくそのために叱った。「一たい何が出てくると思うのだ?!」と言ったものだが、私にはその言い方が子供ごころに不満であったが、出てくるものがわかっているほどなら何もおそろしくはないのだ。思いがけなく何かが出て来て、しかもそれがいつまでもどう考えても考えがつかない代物ででもあったら……、この気持ちと理窟とは今だに私には消えないでいる。

（十二年四月）

黒猫と女の子

稲《いな》垣《がき》足《たる》穂《ほ》

三年まえの六月、私は目黒から渋谷のD坂附近にある××横町というところへ転居した。それは三階のひさしに電燈の白い陶器が点々とならんでいる堂々とした家《うち》で、昔は料理屋をやっていたとのことであった。はじめて行ったとき玄関口のわきの八手《やつで》が植《う》わっているところに「九星術《きゅうせいじゅつ》大家何々先生宿所」と大書した寒冷紗《かんれいしゃ》の幕が下りていた。玄関からすぐ板がピカピカ光った階段になっていた。それを二つのぼった三階に友だちのKとIの借りている部屋があった。階段をはさんで左右に六畳ばかりなのが二つずつ、都合四つある部屋の東北にあたるのをIが占領し、そのとなりはKとIの友だちのFというのが二三日まえから借りていた。そして、右側にある西南の一つをKが占め、私はそのとなりにきめた。

「ねえ、化物屋敷みたいだぜ」Kの部屋に集ったとき私の口から出た。ガラッと入口のガラス戸をあけたときから家のなかが陰気である。殊にへんに急な階段はおかしい気がした。この階段をはさんでとなり合った私の部屋とIの部屋は、表に面した廊下からも行ききできるようになっていたが、その廊下にはそのとき雨戸が半分しまっていたので「ひょっとしてこの部屋かもしれん」と私に思わせた。人殺し！　そんなこともあるまいが心中ぐらいはあったのでないか？　そのためにこの界隈にはめずらしい家が遊ばしてあるのでなかろうか。家の周囲に三絃《さんげん》のもれる格子戸の家が一ぱいあるところから私はややまじめに思ってみた。

この家の部屋はすべてで十一だったとおぼえている。玄関の左には主人である高田《たかだ》夫婦が住み、そのとなりに八卦《はっけ》の先生がいたが、この人はすぐにここを出た。その廊下をへだてた向うの四畳に飯たきのばあさんがいた。二階には、高田夫婦の部屋の上にあたるところに、びっこの男の子をつれた若い女の人がいた。そして三階の私たちを合わせて、九人の者がこの家に住んでいたが、最初とかわりはない滅入るような空気のなかで、ひとりにぎやかなのは三階である。なんだか気がかりであった部屋も二三日すると馴れてしまう。雨戸を開け放すとそんなに陰気でもない廊下から、代々木や新宿の森や家がキラキラとまぶしい光をあびてパノラマのようにひろがっていた。また毎晩D坂のカフェをまわっていた私たちは、下宿に帰るのは一時すぎで、それから又しゃべり合った。そんなさわぎに困っている人もあったが、主人の高田さんは「おかげで淋しくなくていい」と云っていた。ところが二週間ほどたった夜中すぎである。いつものように酔って寝た私が、うつつにふと意識すると、何者か板敷のところからミシミシと階段を下りて行く音がした。三階から人が下りるのはふしぎでない。さっきもIが小便に下りた音をはっきりきいた。が、その前後には部屋の障子のあく音がした。しかし今は、私の部屋はむろん他の三室共いずれの障子のあいたけはいもしなかったのである。気がついたのは足音が二三段下りはじめたときであったが、そのミシッ、ミシッという音はききなれた友だちのいずれのそれでもない。としたらそれは階段の突きあたりの壁から出たとする他はない。私はそう直感したがすぐうとうととしてしまった。次の朝三人にたずねてみると、誰もその時刻に下りた者はいないのである。——そう云えば夜中に階下の便所へ行くことであるが、これがまた私たちにあまり気持のいいものではなかった。二階から玄関と反対の方へついた階段を下りたところの廊下の右が便所になっている。うすぐらい電燈がてらしている二階のそこここの空部屋に人のけはいがする。ひょっくりと見おぼえのない顔に出くわすような予感がする。そして奇妙なのは、何気なく手をかけた便所の戸が、誰かうちらで引っぱっているように堅い。こんな夜中に下りると、二階の子供をつれた女の部屋の障子がまたきっと半分明《あ》いているのである。これは初めにはずいぶんだらしのない女だなと私たちに思わせていたが、毎晩そのとおりなので飯たきのばあさんにきいてみると、かの女もそれに不審をもって奥さんにたずねてみたが、奥さんは寝るまえにたしかにしめると否定したそうである。この頃、鵠沼《くげぬま》から帰ってきたS氏が、私がそれからあずかっていた荷物をおいた二階の一室に一週間ほどいることになったので話してみた。「ともかくへんだよ。こんな家が花柳街のまんなかに放ってある道理はないもの」「三階建にしては前の道幅がせまいので料理屋の許可が下りない。下宿だって公然とやれないので、たずねられたらめいめい自炊しているんだと云ってくれっておやじが云いましたが」「そりゃ口実だよ。以前にはやっていたんじゃないか」「三階の縁側のすみがいつもジメジメして、おやじは油をこぼしたんだろうと云っていますが血のような気がするんです。それからよく停電するのがきまってこの家だけなんです。明方《あけがた》にゴーと風がわたるようにゆれやしませんか」「そりゃ僕もきいたようだ。ともかく長くいるのはよくないよ。それに便所と井戸が

裏鬼門に当っているじゃないか。この部屋で首くくりでもあったのじゃないかね」（佐藤春夫氏随筆『首くくりの部屋』参照）

これから二三日たった宵《よい》、私たちはKの部屋に集っていた。私が横を向いたはずみにヤッ！と、遊びにきていた平《へい》ちゃんという少年が肩をつかみ、みんなIの部屋の方へ逃げた。軒の五六間《けん》むこうをうす赤く光った玉が、ふわふわとおったと云うのである。それを見た他の三人にかわるがわるに話しているとき、ミルクをもって炊事のばあさんがあがってきた。「ここお化《ば》屋敷《けじ》じゃないか？」私はぶっきら棒に云った。「そんなことないでしょう」「今、人魂《ひとだま》が出たんだよ」「へえ……」「誰か死んだ人があるんじゃないの」「そりゃ裏ですよ。あそこの二階で二三年前におかみがカミソリで死んだんですって……」ばあさんが開け放した障子からそっと指さしたところには、金貸しであるここの家主が住んでいた。茂った木にかこまれたその家の二階はいつも雨戸がしまって、昼でもいいかんじを起《おこ》さなかった。――が、これは空中に浮遊する燐光《りんこう》とやらいうことで片づけられぬでもない。ところがこの家からはなれぬ一匹の飼主のない赤犬があって、それが勝手に廊下をとおりぬけ、毎晩夜中から朝まで、家のまわりをめぐって吠えつづけるのである。ひどくそれを面倒がったのはIで、私は「チェッ」とつぶやいて夜中すぎになぐり殺すためのビール瓶をもって階段を下りる音をきいた。が、逃げた赤犬はすぐにもどってきて相かわらず吠えつづける。それがなんだか三階を見上げて、しかも私たちの目に見えぬものに向って吠えているように思わせる。そして、もう六月の半ばをすぎた或《あ》る朝である。

「ゆうべIが枕元へきた」そう云ってFが私の部屋へはいってきた。Iは急用で二日まえに神戸へかえったのである。「三時頃だったか、犬があまりやかましいので目をさましたら誰か枕元へ坐っているんです。起きあがろうとすると肩をおさえるんだ。そして何とかグズグズ云いながら、その手を僕の胸元へまわすのです。それに電燈がついているのですよ。決して夢じゃない、僕はハッキリ天井も床の間も見たんです」「云ってることはわかりましたか」「いやわからない。だがたしかにI君ですよ。ゆうべは蚊とり線香を三本立てておいた、それに呼び出されてきたような気がして……僕はあんなこと生れてはじめてだ」こう云ったFは次の晩からKの部屋へねたが、幽霊であったIからは三日目にしごく健全なハガキがきた。ところがこの前後に、Fがおそわれた部屋からひとりの発狂者を出した。ときどき遊びにきていた私とIの友だちであるYという男であるが、或る晩その部屋へやってきて「このごろ石器時代の墳墓をたくさんに発見した。これも地下何尺かにあったものだが、自分は三千年以前の猪だと推定する。二三日中に帝大へもって行くが時価二千円は下るまい……」そんなことを云って風呂敷包みから、それはたぶん犬であろうまだ生々しい毛と皮がついている動物の頭骨を取り出した。「この骨から青い焔《ほのお》が出て、そのあかりでしらべるとふしぎに古跡が見つかる」そう云って出て行った彼は、次の朝、夜どおし雨のなかで集めた石や煉瓦《れんが》や茶碗のカケや、また女の赤い布ぎれのようなものまで合わせてこの家の玄関に小さいピラミッドをこしらえていた。同時に私とFとは渋谷署へよばれて、一夜にして誇大妄想狂という名をかぶせられた友だちをともなって帰ってきたのであるが「あれ、あそこにもきてやがる！」彼は折から三階の瓦《かわら》を修繕のために屋根にいた職人を指さしてどなった「けさ三百人の刑事が百姓や車引に化けてD坂を下った。それから×××郡△△郡□□□郡○○郡（二ヶ月ほどまえに上京した彼は、東京近郊の郡名を立てつづけにあげた）へかけても八百人まくばられている。俺にはちァんと見えるんだ。そんなことにだまされるものか、ヘッヘッヘッ……」この瞬間のYの表情は、その後彼のトランクに見つかったこれが人間の手にかかれたかと思われるような数枚の記述（？）と一《いっ》しょに私の頭を去らないものである。私たちを突きとばして三階へかけ上ったYは、縁側から屋根にかかった梯子《はしご》にとびついて手にもっていた銅貨や銀貨をガマグチと共に職人になげつけた。縄をナイフで切って梯子を家主の二階の方へおし倒した。この気ちがいはまた数名の警官によって留置場にほりこまれ、それから青山脳病院へ送られたが、私は家のまえに黒山をきずいた人のなかから「この家から気ちがいが出るのはあたりまえだ」というささやきをきいた。

縁側に出ている私たちをジロジロ見上げる通行人や、玄関の間でタバコを吸っている耳にきこえる表をとおる人の会話が気になり出した。気味がわるいと云ってよくよそへとまりに行っていたKは、七月にはいって試験がすむと共に信州の方へ旅行に出かけてしまった。四人集っているときは冗談も口をついて出る私も、無口のFと二人きりになってしまうと気のまぎらしようがなかった。そして以前には階下《した》へおりるのがいやだったのにこんどは反対になってしまった。夏になったD坂の人混《ひとごみ》にまじっていると家のことも忘れるが、帰ってきて重いガラス戸をあけようとするともういやな気になる。で、すぐに出かける。こうして一晩に四五回もD坂へ出て帰るのは十二時より早くない。そのときにも私たちは玄関の左の高田夫婦の唐紙をあける。星かげ一つなく今にもポツリときそうな夜など、玄関から階段の上を見るのさえいやだ。Fが幻影におそわれたときいてから奇妙に三階に他の人がいて、それが二十五燭《しょく》の割にボヤけたような電燈にてらされた畳の上にじいと坐っているように思えて仕方がない。このFの八畳というのが、鉤形《かぎがた》の縁をめぐらして、家のなかで第一に朝日がさしつけるにかかわらず、なにか冷たく気が落ちつかなかった。それに唐紙のそばにある本箱の上にのせてある鏡だが、それにうつった影を見るとどういうわけか自分の顔のようでない。尤《もっと》も持主のFはこの鏡は少し青くうつるとは云っていたが、青いという他にどこかさびしいところがあって、私はいくどもからだがわるいのでないかと思わせられた。それでこれはまだこの家のへんをみんなが気にしない頃だが、私はあの鏡は伏せておけばどうだと云ったことがある。僕もいい気はしないのだとFも云ってさっそくそのとおりにしたが、やがて部屋へはいると鏡は立っている。こんどは自分でふせたが夕方になるとまた前どおりになっている。むろん四人のなかで鏡らしい鏡をもっているのはFひとりなので、他の二人がそれを見て元のようにしておかないのだと考えられた。しかし同じようなことが重なるので二人に注意するとKもIも鏡はふせておくしこの頃手をふれないとの返事である。これはFと私と二人切りになってからもつづいた。「この間もお留守にはいって、安全カミソリがあったからちょっとそらしてもらおうと鏡を見たのさ。と、きゅうにいやな気になっちゃってね、そる気がしないのだ。誰か他の人がうつっているように見えるね」おやじもそんなことを云うから、私はどこかへすてた方がいいと思った。そして、私たちは昼でもこの部屋へはいらなかった。あとになって気がつくと、私たちが最初から話したり顔を合わしていたところは、あまりきれいでないKの部屋か私の部屋にかぎられていたのはどんなわけだろう。そして、もう使わないシーンとした八畳の部屋には、本箱の上のれいの鏡がななめになって天井の一部をうつしていた。そのことが夜帰ってきた頭のなかにうかぶ。昼の明るいしかし死んだような光のかわりに、赤っちゃけた電燈をうけたその鏡の面をふと見ると、全く見おぼえもない真青な人の顔があるのでないか? いやそこにうつっている天井の一隅に、もうろうとした何者とも知れない影が見えるのじゃないか?……こんなに妖怪めいてきたなかで唯一の避難所は高田夫婦の部屋であった。そこだって感じがよいというわけでないが、六畳でひろい鉤形の縁がついているのが部屋を割りに陽気に見せた。いつも明々《あかあか》と御燈明《おとうみょう》がともった稲荷が祭ってあったし、おやじはそのまえでカシワ手を打っていた。毎晩のように見かける四角い顔の頭領と、ちょび髯《ひげ》の洋服屋さんは高田夫婦の昔からの友人で、天井の電燈が敷島《しきしま》のけむりにボーとして、徳利のむこうにこの二人の赤い顔が見えるとき、ぶちまけ笑いが家中にひびいた。私たちも一しょに話しこみ三時すぎても解散しないことがあった。しかしこの部屋がどんなににぎやかなときでも私たちは怪談めいた話題にはふれなかった。あるとき私がよそできいたそんな一つを話そうとすると、おかみが何とも云えぬいやな顔をした。日露戦争で鉄砲のきずを三ヶ所に受けたおやじは平気だったが、それでも話を変えようとしているふうが見えた。こんなわけで三階に私がひとりのこっている晩は——下りそぐれてしまうと机に向ったままでうしろをふり向くのもこわいことがある——「さびしいでしょう」ときまって下から呼びにきた。それは飯たきのばあさんとおやじにかぎられていて、一度でおりないときは二度も三度もかわるがわるに呼びにきた。「今夜はFさんが御留守でさびしいでしょう。お話しなさいましな」おかみは長火鉢のむこうでお茶を入れてくれる。「あまり家がひろいよ。まだ見つからないかい」と私がおやじに云うと「一つ明治神宮のそばにあるんだがまだよくたずねてないのですよ。何にしてもここはひどすぎるね。それにやっぱり方角がわるいんだって……私もここへきてから散々な目に会っちゃった」「ともかく早く移ったらいいね」「ああ来月早々どこかに引越すつもりだ。小ぎれいな二階があってね、三人ばかりなじみの方ばかりにきてもらうようにして、——私はそうなったら何か別の職業をはじめようと思うんだ。こんどは全く弱っちゃったよ」おやじは毎日のように蝙蝠傘《こうもりがさ》をさして家をさがしていた。二三日が一週間にのび、それがまたのびてとうとう盆になった。

十四日の夕方であった。——昼まえに洗面におりたとき、私は高田夫婦がやなぎバシや、小さいかやのこもや、蓮《はす》の葉にのせたホーズキやなすびや、子供の頃に見おぼえのあるゴタゴタしたものを仏壇にそなえているのを見て、はじめてお盆だとわかったのだが、その夕方、電燈がつくという二階の廊下はわびしく青ざめたツアイライトに光っていた。私が三階からフラリと下りて行くと、れいの奥さんの障子のそばで、十二三の女の子がゴムまりをついている。「きょうは和服をきているな」私が思ったのは、私たちがここへきた頃にいた八卦の先生の娘とかいう、いつも水色の洋服をきた女の子が、その後もちょいちょい高田夫婦のところへ遊びにきて私たちともなじみになっていたからである。「おじさん」女の子はなれなれしく私の顔を見たが、九星家の娘ではない。メリンスの着物に赤い帯をしめていた。ゴムまりは西瓜《すいか》ほどの大きなエナメルの絵のかいてあるやつであった。「遊びにきたの」と云うと「え」とうなずいて笑った。私はたぶん奥さんの知っている子であろうと思った。円顔だったか細おもてであったかは思い出せぬが、ただそんなあまり印象ののこらぬ普通の女の子であった。私についてきて高田夫婦の部屋の縁側に坐った。「おばさん猫ちょうだい」女の子はおかみのひざにいる飼猫の三毛を指さした。「タバコあるかい」私はいっておやじに云ったが、そのたもとから出た敷島の箱には一本もなかった。「買ってきたげるわ」女の子は私の手から十銭銀貨をひったくるようにして出て行った。「気がきいた子だな、この近くの置屋にでもいるのかな」私はそう思っただけですぐ買ってきてくれたエヤーシップをうけ取った。「ねえおばさんその猫ちょうだいよ」女の子は坐りなおしてまた同じことを云う。「これはうちの猫だからあげられないの」「でもおとなりのおじさんがあげると云ったもの」「そんならこの猫はどう？　これなら何匹でもあげますよ」おかみはその子があまり三毛をほしがるので、ちょうど傍《そば》の長火鉢の下にうずくまっていた三匹の黒猫を指さした。

——「いや、けさ廊下のすみにこいつが三匹くっつき合ってるのさ。どこからはいってきたんだろうね——みんな閉《しま》っていたのにねえ、おい」きのうの夕方、やはり同じところにからだをすり合わせているその三匹を見てたずねた私に、おやじは答えておかみを顧《かえり》みた。「そうですよ。それにいくら追っても帰らないんです」おかみの云うとおり、私もかわるがわるに表へつれ出そうとしたがすぐにもどってきた。おやじの話によると、見わけもつかぬほど似ている三匹のうち二匹はめすで、その一つの方に首には赤い緒がついていた。「一ばんいいのを飼ってみようかな」と云うと、「かってごらん。カラス猫って縁ぎがいいんですって。爪の白い黒猫は多いが、こんな爪まで黒いのはめずらしいんですよ」おかみは云った。その夜中におやじが雨戸のそとへつき出したが、いつまでも鳴いているので又うちらへ入れたと云った。——が、女の子はやはり三毛がほしいと云ったが、おかみはとうとう黒猫を一匹もたせて帰らせたそうである。私はそのときとなりの部屋で箸を取っていたが、そのひざへなぜか一匹がうるさく上ってきて仕方がないので、私はカッとしてひっつかむなり縁側から敷石のうえにたたきつけた。黒猫はたしかに頭を打った——と思った。クルクルとまわったのに向い合って飯をたべていたFは顔をそむけてしまった。「ひどいことするものじゃないよ」悲鳴をききつけてとんできたおやじがけわしい顔をした。「あの猫の恰好たらないですよ」Fもたしなめるように云った。が、私も猫が出てこないので、床下で血を吐いて死んでいるのじゃないかと思った。そんなことが銀座へ出かけた心をめいらせ、私は新橋から尾張町へ行っただけで帰ってきた。「あの女の子は誰です」おかみがたずねた。「知りませんよ」「あなたの知っていらっしゃる方じゃないんですか」「いや、僕はここへ遊びにきた子だとばかり思っていましたが……」「へーえ、奇体だなあ。知らない子が二階へ上っているはずはないじゃないか」「それにあんな子は近所にいませんよ。猫を下さい、猫を下さいって私にせがむんです」家中の者は誰もその子を知らなかった。「ねえ、それはそうと猫は出てきたでしょうか」私は口に出した。「ええ、出てきましたよ。私は又死にはしまいかと思ってね」おかみが指さした縁側には、なるほど戸ぶくろの下に金いろの目が四つ光っている。むろん一匹はふしぎな子供がもって行ったからである。

呼んでみるとのっそりやってきた。私はなでてやった。が、格別よろこぶふうもなければ、と云っていやがるのでもない。「へんと云えばこの猫もへんですよ。私たちにまといついてきて仕様がないんです。さっきも便所へ行こうとしたら足にからみついて歩かせないんです。それに裏の方からおおやの人がくると、びっくりして逃げちゃうのです。どうしたわけなんでしょうね」おかみは眉の根をつり上げた。……

＊

数日のうちに、高田夫婦とばあさんと私たち合わして五人は、五丁ほどへだたったところへ転居した。それと共にいくらか予期していたことが高田夫婦によって語られた。私たちが住んでいたのは間ちがいなく名うてのハンテッドハウスなのであった。家のなかの空気が、最初にそこを借りた夫婦にそんな予覚を起《おこ》させないではなかったが、二人には平気であった。ところで二三週間たって三階のふき掃除にあがったおかみが、裏のおおやに面した八畳の縁をふきながらふと手元を見ると、八の字についた人間の手の趾《あと》がハッキリと浮んでいる。おかみはぞうきんもバケツもそのままに下りたが、以来めったに三階へのぼらなかった。三階へ上って階段を下りようとすると、うしろ髪をひかれるような何とも云えぬいやな気になる。これは飯たきのばあさんも同じ意見であった。それだから私たちの三階にいることが内々階下の心配になり、どこか下の部屋に移ってもらおうとも考えたが、気附かぬうちは明《あか》す必要もない、そのうちに転居するつもりでいた。だが、その頃高田夫婦とばあさんの目には、私たちの様子がだんだんおかしくなってきた。元気なおしゃべり屋のKが浮かぬ顔をするようになると、Fの顔いろも日ましにわるくなってきた。それにおやじまさりのおかみの気分もすぐれず、七月に入ってからは隔日に寝るようになったなら、三毛とてもぐったりしてしまった。そこでおやじは盆になる前に、おかみをつれて知り合いのよく当てる卜者《ぼくしゃ》を訪れた。「それ、それ、その目は誰の目だ！」卜者はおかみの顔に指さきをつきつけた。「生きた人の目ではない。死霊の目だ」そう云って、その家には三人の変死者があって、そのうち二人は女で、女の一人がおかみにのりうつっていると云った。

おやじの話すのによると、全くそのとおり彼はまだおかみにもばあさんにも話していないが、そこがどうしても下宿屋として許可されぬ理由ということについて、古くからいる渋谷署の刑事にたずねてみると、もう十年以前になるがその家はD坂一流の料理屋として大へん繁昌していた。ところが、経営者が或る不法な理由のためにそれを今の家主の手に渡さなければならぬことになって、それを口惜《くや》しがって経営者とかその息子とかが三階の八畳で割腹して死んだ。料理屋はとざされ、借り手のない家で下宿をはじめた人の主婦が二階のどこかで首をくくった。それからまたそこに住んだ人が井戸に身を投げた。こんなことがつづくので借家にすることは止められぬが、下宿屋とては許さないことにしている……というのであった。ところで、今の家主の妻というのも狂い死をしたのだが、家主は一片の読経だにしない。それで赤犬はむろん、盆の夜に突然はいってきた三匹の黒猫についても大切にすることにしていたが、私が庭へなげつけたりしたので大へん心配していたのだそうである。なんでもその卜者が云うには、そうした因縁ある家ははじめの一月《ひとつき》は何事も起らぬが、一月たつと共に主人からだんだんと住人の上にたたってくる、思うにこんどはあるじの星が非常にいいのでまず主婦からかかってきたので、そうと気附いた以上一刻もそこにいるのは危険である。そういうことなので早々に引越した。云われてみると、いざとなって離れにくかったのは私だけでなく、Fだってこんどの家を見たとき、「ここここそ幽霊が出そうだ。みんなが移るなら僕だけ三階にのこる」などと云った。

血の趾はふだんは赤黒いシミで目立たないが、水にぬらすと板の表面へ白くうき出すとおやじは云った。さみだれの夜、私たちがその縁で話しているとおおやから、戸をしめてもらわぬと部屋がいたむと云ってどなりこんできたことがある。このおおやは又、盆の二三日まえ、職人をよんでその八畳の天井や柱をきれいに洗わせた。れいの足音も、二階の障子も、おかみにはその家へきた夜から経験していた。一ど奥さんというのがこないまえに、はばかりに起きたついでに階段の下からそっと仰ぐと、いつもあいている障子がめずらしくしまって明りがさし男の影法師があるのでオヤと思ったとき、それがグーと障子一ぱいにひろがった。——床のなかでうとうとしたとき足をひかれることや、高田夫婦の部屋の隅にあるそこへ坐るとグラグラとゆれるかんじのする畳や、二階から三階への階段にあるちょっとさけてとおらねばならぬ個所や、掃除するときにはきためられるふしぎな毛屑や、家中にただようているくさみや、玄関の右側の四畳のすみに、料理屋時代から取りのけずにおいてある大きな金庫のことなども話された。——これはおかみが一ど好奇心に鍵をまわしているとカチッといったが、それ以上は動かす気になれなかった。

次の夜、私とFとおやじは三階へ手の趾を見に行った。まっくらな階段を懐中電燈の光りで三階へのぼった。障子をあけたおやじが手にしたぞうきんでぬぐったところ、円い光にてらされて、いかにも筋までわかる人の手がアリアリと浮き出した。りんしょくで有名な家主が、私たちが去ると共にはぐようにしてはずしてしまった電球のため各部屋共まっくらななかに、この八畳だけにぼんやりと電燈がともっていた。

二匹の黒猫はもういないらしかった。

家は誰にもすぐ知れるところで、ハッキリした根拠のないことでその所有者にいくらかでもの迷惑をあたえるのはむろん軽卒だとも考えられる。家主の悪者ということも、当事者自身に取っては、こうした種類につきまとう心外千万なおせっかいかも知れぬ。化物屋敷と云っても現に住んでいる人もあろうし、あの若い奥さんなど、私たちが去ってから半月以上もそこで自炊をやっていた。これは只《ただ》、世に云う幽霊館に住んでみた私の記述であるというに過ぎない。近時世界的になってきた六《む》つかしい議論の是非については私は何のまとまった意見も持っていないことを断っておく。

Ⅲ

III

怪談女の輪

泉《いずみ》 鏡花《きょうか》

枕に就いたのは黄昏《たそがれ》の頃、之《これ》を逢魔《おうま》が時、雀色時《すずめいろどき》などという一日の内《うち》人間の影法師が一番ぼんやりとする時で、五時から六時の間に起《おこ》ったこと、私が十七の秋のはじめ。

部屋は四畳敷けた。薄暗い縦に長い一室、両方が襖《ふすま》で何室《どっち》も他の座敷へ出入が出来る。詰《つま》り奥の方から一方の襖を開けて、一方の襖から玄関へ通抜《とおりぬ》けられるのであった。

一方は明窓《あかりまど》の障子がはまって、其《その》外は畳二畳ばかりの、しっくい叩《だたき》の池で、金魚も緋鯉《ひごい》も居るのではない。建物で取廻《とりま》わした此《こ》の一棟の其池のある上ばかり大屋根が長方形に切開いてあるから雨水が溜って居る。雨落《あまおち》に敷詰めた礫《こいし》には苔が生えて、蛞蝓《なめくじ》が這う、湿《し》けてじとじとする、内の細君が元結をここに棄てると、三七二十一日《さんしちにじゆういちにち》にして化して足巻《あしまき》と名づける蟷螂《かまきり》の腹の寄生虫となるといって塾生は罵《ののし》った。池を囲んだ三方の羽目《はめ》は板が外れて壁があらわれて居た。

室数《へやかず》は総体十七もあって、庭で取廻した大家《たいけ》だけれども、何百年の古邸《ふるやしき》、些《すこ》も手が入らないから、鼠《ねずみ》だらけ、埃だらけ、草だらけ。

　塾生と家族とが住んで使っているのは三室《みま》か四室《よま》に過ぎない。玄関を入ると十五六畳の板敷、其《それ》へ卓子《テエブル》椅子を備えて道場といった格の、英漢数学の教場《きようじよう》になって居る。外の蜘蛛《くも》の巣の奥には何が住んでるか、内の者にも分りはせなんだ。
其日から数えて丁度《ちょうど》一週間前の夜、夜学は無かった頃で、昼間の通学生は帰って了《しま》い、夕飯が済んで、私の部屋の卓子《つくえ》の上で、灯下に美少年録を読んで居た。
一体塾では小説が厳禁なので、うっかり教師に見着《みつ》かると大目玉を喰うのみならず、此《この》以前も三馬《さんば》の浮世風呂を一冊没収されて四週間置放《ししゅうかんおきっぱな》しにされたため、貸本屋から厳談《げんだん》に逢って、大金を取られ、目を白くしたことがある。
其夜は教師も用達《ようたし》に出掛けて留守であったから、良《やや》落着いて読みはじめた。やがて、
二足つかみの供振《ともぶり》を、見返るお夏《なつ》は手を上げて、憚様《はばかりさま》やとばかりに、夕暮近《ぢか》き野路《のぢ》の雨、
思ふ男と相合傘の人目稀《まれ》なる横溦《よこしぶき》、濡れぬ前《さき》こそ今はしも、
と前後も弁《わきま》えず読んで居ると、私の卓子を横に附着《つきつ》けてある件《くだん》の明取の障子へ、ぱらぱらと音がした。
忍んで小説を読む内は、木にも萱《かや》にも心を置いたので、吃驚《びっくり》して、振返ると、又ぱらぱらといった。
雨か不知《しら》、時しも秋のはじめなり、洋灯《ランプ》に油をさす折に覗いた夕暮の空の模様では、今夜は真昼の様な月夜でなければならないがと思う内も猶《なお》其音は絶えず聞える。おやおや裏庭の榎《えのき》の大木の彼《あ》の葉が散込むにしては風もないがと、然《そ》う思うと、はじめは臆病で障子を開けなかったのが、今は薄気味悪くなって手を拱《こまぬ》いて、思わず暗い天井を仰いで耳を澄ました。
一分、二分、間《あいだ》を措《お》いては聞える霰《あられ》のような音は次第に烈しくなって、池に落込む小溦《こしぶき》の形《け》

勢《はい》も交って、一時は呼吸《いき》もつかれず、ものも言われなかった。だが、しばらくして少し静まると、再びなまけた連続した調子でぱらぱら。

家の内は不残《のこらず》、寂《しん》として居たが、この音を知らないではなく、いずれも声を飲んで脈を数えて居たらしい。

窓と筋斜《すじかい》に上下差向って居る二階から、一度東京に来て博文館の店で働いて居たことのある、山田なにがしという名代《なだい》の臆病ものが、あてもなく、おいおいと沈んだ声でいった。

同時に一室《ひとま》措いた奥の居室《へや》から震え声で、何でしょうね。更に、一寸《ちょっと》何でしょうね。止むことを得ず、ええ、何ですか、音がしますが、と、之《これ》をキッカケに思い切って障子を開けた。池はひっくりかえっても居らず、羽目板も落ちず、壁の破《やぶれ》も平時《いつも》のままで、月は形は見えないが光は真白にさして居る。とばかりで、何事も無く、手早く又障子を閉めた。音はかわらず聞えて留《や》まぬ。

処《ところ》へ、細君はしどけない寝衣《ねまき》のまま、寝かしつけて居たらしい、乳呑児《ちのみご》を真白な乳のあたりへしっかりと抱いて色を蒼うして出て見えたが、ぴったり私の椅子の下《もと》に坐って、石のように堅くなって目を睜《みは》って居る。

おい山田下りて来い、と二階を大声で呼ぶと、ワッといいさま、けたたましく、石垣が崩れるようにがたぴしと駈け下りて、私の部屋へ一所になった。いずれも一言《ひとこと》もなし。

此上《このうえ》何事か起ったら、三人とも団子に化《な》ってしまったろう。

何だか此《この》池を仕切った屋根のあたりで頻《しきり》に礫《つぶて》を打つような音がしたが、ぐるぐる渦を巻いちゃあ屋根の上へ何十ともない礫がひょいひょい駈けて歩《ある》行く様だった。おかしいから、俺は門の処に立って気を取られて居たが、変だなあ、うむ、外は良《い》い月夜で、虫の這うのが見えるようだぜ、恐しく寒いじゃあないか、と折から帰って来た教師はいったのである。

幸い美少年録も見着《みつ》からず、教師は細君を連れて別室に去り、音も其《それ》ッ切《きり》聞えずに済んだ。

夜が明けると、多勢の通学生をつかまえて、山田が其吹聴《そのふいちょう》といったらない。鵺《ぬえ》が来て池で行水を使ったほどに、事大袈裟《ことおおげさ》に立到《たちいた》る。

其奴《そいつ》引捕《ひっとら》えて呉《く》れようと、海陸軍を志願で、クライブ伝、三角術などを講じて居る連中が、鉄骨の扇、短刀などを持参で夜更まで詰懸《つめかけ》る、近所の仕出屋から自弁で兵糧を取寄せる、百目蠟燭《ろうそく》を買入れるという騒動。

四五日経った、が豪傑連何の仕出したこともなく、無事にあそんで静まって了《しま》った。

扨《さて》其黄昏には、少し風の心持、私は熱が出て悪寒《さむけ》がしたから掻巻《かいまき》にくるまって、転寝《うたたね》の内も心が置かれる小説の捜索をされまいため、貸本を蔵《かく》してある件の押入に附着《くっつ》いて寝た。眠くはないので、ぱちくりぱちくり目を瞬《あ》いて居ても、物は幻に見える様になって、天井も壁も卓子《テエブル》の脚も段々消えて行く心細さ。

塾の山田は、湯に行って、教場にも二階にも誰《たれ》も居らず、物音もしなかった。枕頭《まくらもと》へ……ばたばたという跫音《あしおと》、ものの近寄る気勢《けはい》がする。

枕をかえして、頭《つむり》を上げた、が誰も来たのではなかった。

しばらくすると、再び、しとしとしとしとと摺足《すりあし》の軽い、譬《たと》えば身体《からだ》の無いものが、踵《きびす》ばかり畳を踏んで来るかと思い取られた。また顔を上げると何にも居らない。其時は前より天窓《あたま》が重かった、顔を上げるが物憂《ものう》かった。

繰返して三度、また跫音がしたが、其時は枕が上らなかった。室内の空気は唯弥《ただいや》が上に蔽《おおい》重《かさな》って、おのずと重量が出来て圧《おさ》えつけるような！

鼻も口も切《せつな》さに堪えられず、手をもがいて空《くう》を払いながら呼吸《いき》も絶え絶えに身を起した、足が立つと、思わずよろめいて向うの襖へぶつかったのである。

其《その》まま押開けると、襖は開いたが何となくたてつけに粘気《ねばりけ》があるように思った。此処《ここ》では風が涼しかろうと、其《それ》を頼《たのみ》に恁《こ》うして次の室《ま》へ出たのだが矢張蒸暑い、押覆《おっかぶ》さったようで呼吸苦《いきぐる》しい。

最《も》う一ツ向うの広室《ひろま》へ行こうと、あえぎあえぎ六畳敷を縦に切って行くのだが、瞬く内に凡《およ》そ五百里も歩行《ある》いたように感じて、疲労して堪えられぬ。取縋るものはないのだから、部屋の中央《まんなか》に胸を抱いて、立ちながら吻《ほっ》と呼吸《いき》をついた。

まあ、彼《あ》の恐しい所から何《ど》の位離れたろうと思って怖々と振返ると、ものの五尺とは隔たらぬ私の居室《いま》の敷居を跨《また》いで明々地《あからさま》に薄紅《うすくれない》のぼやけた絹に搦《から》まって蒼白い女の脚ばかりが歩行いて来た。思わず駈け出した私の身体は畳の上をぐるぐるまわったと思った。其《そ》のも一ツの広室を夢中で突切ったが、暗がりで三尺の壁の処へ突当って行処《ゆきどころ》はない、此処で恐しいものに捕えられるのかと思って、あわれ神にも仏にも聞えよと、其壁を押破ろうとして拳《こぶし》で敲《たた》くと、ぐらぐらとして開《あ》きそうであった。力を籠《こめ》て、向うへ押して見たが効《こう》がないので、手許へ引くと、颯《さつ》と開《ひら》いた。

目を塞いで飛込もうとしたけれども、あかるかったから驚いて退《さが》った。

唯《と》見ると、床の間も何にもない。心持十畳ばかりもあろうと思われる一室《ひとま》にぐるりと輪になって、凡そ二十人余《あまり》女が居た。私は目まいがした故《せい》か一人も顔は見なかった。又顔のある者とも思わなかった。白い乳を出して居るのは胸の処ばかり、背向《うしろむき》のは帯の結目《ゆいめ》許《ばか》り、畳に手をついて居るのもあったし、立膝をして居るのもあったと思うのと見るのと瞬《また》くうち、ずらりと居並んだのが一斉に私を見た、と胸に応《こた》えた、爾時《そのとき》、物凄い声音《こわね》を揃えて、わあといった、わあといって笑いつけた何とも頼《たの》ない、譬えようのない声が、天窓《あたま》から私を引抱《ひっかか》えたように思った。トタンに、背後《うしろ》から私の身体《からだ》を横切ったのは例のもので、其《その》女の脚が前へ廻って、眼さきに見えた。啊呀《あなや》という間に内へ引摺込まれそうになったので、はッとすると前へ倒れた。熱のある身体はもんどりを打って、元のまま寝床の上にドッと跳《おど》るのが身を空に擲《なげう》つようで、心着《づ》くと地震かと思ったが、冷い汗は滝のように流れて、やがて枕について綿のようになって我に返った。

其《それ》から煩《わずら》いついて、何時《いつ》まで経っても治らなかったから、何もいわないで其の内をさがった。奥では頻《しきり》に嬰児《あかご》の泣声がした。

直《ただ》ちに忘れるように快復したのである。

地方でも其《その》界隈は、封建の頃極めて風の悪い士町《さむらいまち》で、妙齢の婦人の此処へ連込《つれこ》まれたもの、また通懸《とおりかか》ったもの、況《ま》して腰元妾奉公になど行ったものの生きて帰った例《ためし》はない、とあとで聞いた。殊に件《くだん》の邸《やしき》に就いては、種々の話があるが、却って拵事《こしらえごと》じみるからいうまい。

教師は其《その》あとで、嬰児《あかご》が夜泣をして堪えられないということで直《じき》に余所《よそ》へ越した。幾度も住《すみ》人《て》が変って、今度のは久しく住んで居るそうである。

怪談開けずの間

喜《き》多《た》村《むら》緑《ろく》郎《ろう》

綿入《わたい》れを着たお化けはあまりないと見えて、夏になると怪談が芝居にも読物にもドロドロと来ますね、私の怪談も毎年怪談会を催したりしてすっかり種切れになって居るが、ずっと古い話をしましょう。

「開けずの間の怪」とでも名づけておきましょう、松崎天民《まつざきてんみん》君が大阪の新聞社に居た頃の事で、盛んに新聞へ同君があの筆法で書き立《たて》たものだから、世間では喜多村の宅は大変な化物屋敷のように喧伝《けんでん》されたので、その当時の方はよく御存じだろうと思います。

恰度《ちょうど》故人高田實《たかだみのる》、秋月《あきづき》桂太郎《けいたろう》今の小織《こおり》君等と朝日座で「七本桜」というチョッと怪談めいた狂言を出した時で、夏のかかりだったと思います、急に転居の必要にせまられて方々家を探して居ると頃合の家が見つかった。この家がお話しする化物屋敷なので、いまもちゃんとそのままで、ある方がすまっておられるから処はいえませんが、大阪の東の方の高台にある家といって置きましょう。この家は高塀つきのいきな家で、まあ二号邸とでもいった建方《たてかた》、昔流の大阪式の広い通り庭があって、玄関が四畳半、次《つ》ぎの間と仏間と台所が又四畳半、奥が十畳、二階の二間がこれまた四畳半、つまり七ツの間が六ツまで四畳半というので、これは後に聞いた事だが、大阪では四畳半の畳数《かず》が他の部屋の畳数の合計より多い事は大変家相が悪いと嫌われているそうです。いよいよ引越して見ると、二階の一間が物入れに使っていたらしく、次ぎの間が丁度表に向っておって、その東北隅、つまり俗にいう鬼門に畳とすれすれに小窓がある。又別に二尺程高い窓がある。つまり表に二つの窓があいている。鬼門の窓の正反対の処に隣室の物入れとなっている四畳半へ出入する戸があるのだが、不思議な事には、その戸には大きな錠前がピンとおりていて、まだその上に五寸釘で厳重に打ってある。そして上の方には豊川稲荷の御祈禱《きとう》のお札が貼ってある。こいつは何か曰《いわ》くがありそうだとは思ったが、そこを開けていろんな不用の道具なんかを入れて置く事とした。その時の私の方の家の人数を一寸《ちよつと》申しますと、私夫婦と書生が二人、車夫一人、女中一人つまり六人家内という訳で二階の四畳半へ書生と車夫の二人、玄関に書生の、台所に女中、奥の十畳を私共夫婦とこう寝室を極《き》めたのです。

引越してから半月程は何事もなくすみましたが、或日車夫が突然に二階で寝るのは今晩から堪忍して貰いたいというのでだんだん様子を聞いて見ると、

「昨夕はどうも暑くて寝苦しいので、あの下の方の小窓を開けて寝ましたが、一時過ぎまで寝つかれずに居ると、恰度真上の屋根で夜の夜中に不思議にも鴉《からす》が三声程啼くんです。おかしいなと思って居ると、四谷怪談のように表でカランコロンと下駄の音がする。その音が宅の前でピッタリ止んだと思うと、あの窓から生《な》ま温い風がスーッと吹き込む。この暑いのに体中がゾーッとしたと思うと、後のあのお札の貼ってある戸の処へバッと青い火の玉が出て、フワリフワリとして居るんです、あんまり怖ろしいので声も出ませんから眼をつむって居るうちに、つ

いうとうとしたらしいですが、迚《とて》も今晩からはあんな怖ろしい処では寝られません」
一方書生も同じものを見たというのです。私はそんな馬鹿な事があるものか夢でも見たんだろうと一笑に附してしまいました。と、その翌晩私が夜半に便所へ行きますと、二階に寝ている車夫だか、書生だかがしきりにうなされて居るらしい声を聞きました。だが、別に気にもとめないで、そのまま翌朝になりますと車夫が起きて来ないのでハテなと思って、二階へ上って見ますと蒼い顔をして寝て居るので、
「如何《どう》した？」と聞くと
「誠にすみませんが今晩からここに寝るんでしたらお暇《いとま》を頂きます、昨晩はひどい目にあいました。例の通りランプ――その時分はまだ電燈は盛り場以外にはなかった――を消して寝て居ましたが何だか暗がりではおそろしくなって来ましたので、車の提灯を持って来て灯をつけて居ますと、例のカランコロン、この窓から生まぬるい風がスーッ又来たなと思いますと、今度は火の玉ではなく、その戸の辺りから大きな腕がニューッと出ました。ハッと思ったと同時に蠟燭《ろうそく》の灯がフッと消えた。すると天井の方で細い細い声で『灯がほしい』といったかと思うと、又腕だけがニュッと出て蠟燭を摑もうとするので、これ取られてはと思ったからその腕を力まかせに摑みますと、私はズルズルと引ずられて羅生門の綱《つな》のように今度は襟がみをつかまれて段梯子《だんばしご》の所まで行きました。これは大変とあの柱にしがみつき力一ぱいその腕を振《ふり》ほどいた拍子に私は二階から転げ落ちたので、今日は腰が痛んでとても走れません。この二階にはこりごりしました」

こうした事があってから、これを書生や車夫が芝居へ行って誰彼《たれかれ》に話したからたまりません、何しろこうした事を本当にするのが芝居者《もの》の常ですから、それからそれへといい伝えて、道頓堀中はこの化物の噂で持ち切りという有様、前に一寸いったように松崎天民君がこれを聞いて、新聞に書いてもいいかといって来たから、何なりと書いてくれというとサア大変です。大きな活字で××の化物屋敷なんてな見出しで、ある事ない事を二三日も連載したからたまらない。喜多村の宅では幽霊が出るというので毎晩毎晩表へ来る人が大変で、氷屋やあま酒屋の店が出る、まるでお祭りか夜店のような騒ぎとなりました。宅では女中と妻の二人で芝居から皆の戻るのを待って居るのですから、何だか薄気味悪くて仕方がないので、夏の事だから皆が芝居から戻って来るまで、表で涼みながら待ってるというような事となった。あまり評判が高いので、芝居の方でも皆が心配してくれて、一度鶴さんに見て貰ってはという事になった。この鶴さんというのは岩尾慶三郎《いわおけいざぶろう》君の床山《とこやま》で大変な聾でものを言わしてもぼんやりとした男だが、稲荷さんごりで、末広《すえひろ》さんがこの男にお下りになるというので、岩尾君もすっかり末広さんを信じて居るので、一度鶴さんに頼んで末広さんに伺って貰う事となった。早速鶴さんに来て貰った。芝居からも沢山に役者がついて来て鶴さんを取り巻いていると型の如く末広さんがお下りになった。成程《なるほど》常の鶴さんとは打って変って神さんらしい言葉づかい、聾の筈の鶴さんの耳はよくきこえる。末広さんのお言葉によると、この部屋は高貴の間で人間共の住まう処でない。まして車夫や書生などが寝て居るのはもっての外《ほか》だ。よく清めて神様を祀《まつ》って置けとの命令、私はこの方が余程《よほど》怪物臭いと思いましたが、兎《と》に角《かく》この部屋《ま》へは祭壇をもうけてお祀りをして置く事にした。

私はあまり気にはして居ないのですが、近所の評判はもう大変です。血みどろの女が出る。いやたぬきが出るの、灯をくれという幽霊が出るのとワイワイというので驚いたのは家主です、早速やって来て世間でいろんな風評を立てますが、この際お宅に引越されてはいよいよ化物屋敷にしられる、家賃はいう通りにまけるから転宅だけはしないでくれと頼むのです。私は何とも思っていないから心配御無用といって帰しました。

それから暫くたって或日の事ひょっくりと二人連《づれ》の男が訪ねて来て私にあいたいというのであってみますと、一人は四十五六歳位で頭のはげた鼻の高い眼のギロリとした男で、銘仙《めいせん》か何かのかすりの着物に、けんちゅうの兵子帯《へこおび》という姿、一人は三十五六で一寸《ちょっと》職人態《てい》で法華の大きな珠数《じゅず》を首にかけて居るので来意を聞くと、新聞や噂で聞くとお宅に怪しい事がある様子だが一度私達に見せて頂きたいというのです。私はハハーンこれは又何か祈禱でもして金を取ろうというのだろうと思いましたが、一通り座敷その他を見せると、歳のいった方の男はしきりに鼻をひこつかせて、そこここを匂うてあるいた後、縁先で暫く考えておりましたが、法華の珠数の方の男に「これはテキかアバタだね」とこういうのです。そして私に、どうもよく分りませんが、これはいたちか蛇に違いない。庭をよく調べないと分らないが、この屋敷中に、大木の根が残っておるらしい。その根があればきっとへびであるが、それが違ったらいたちらしい。というのです。そういわれて見るといたちは沢山に居て、昼間座敷を走り抜けたこともあり、大きなのが庭の隅で寝て居て犬と間違えたことがあったので、それを話すと、御祈禱をして置くといって帰りましたが、後に大変長文の書いた物をくれ、それが不思議とよく当たりまして、不思議に思い、その後その人にも一度逢いたいと思っていますが、どこの人とも知れずそのままになって居ます。これは後の話ですが、この人がいった「テキかアバタ」という言葉や、車夫が化物と組打《くみうち》をやった事などを泉鏡花さんにお話ししたら、この事を鏡花さんが作品の中に取り入れておられます。

怪談が変な話になりましたが、まあ怪談ということにしておいて頂きましょう。いろいろ後に考えて見ますと、化物騒ぎは車夫や書生の造《こしら》え事らしいのです。というのは、その頃の私達の仲間は皆道頓堀に近い処に住まって居ましたので、芝居へ行くのも大変楽だったが、私のその宅は一寸遠いので、車夫はそれが大変に不満だったらしく、又書生にしましても只今《ただいま》のように電車や自動車のあるではなし、夜遅くコチコチと歩いて帰るのが苦労なので、二階に寝て居る二人が心を合して一狂言《ひと》打ったのが、あんな大騒ぎとなったのではなかろうかと思います。いやもう甚《はなは》だお粗末な怪談で恐れ入ります。

色の褪めた女

小山内《おさない》薫《かおる》

大井君が死ぬ一年前の日記を見ると、非常に綿密な日と非常に粗雑な日とがある。朝何時何十分に起きて何と何の新聞を読んで、何時に学校へ出て、第何時間目に何処《どこ》の教場で何を教えた処が、生徒が難しい質問をして困らしたとか、欠伸《あくび》をして癪《しゃく》に障《さわ》ったとか、帰途《かえり》に牛肉を買って竹の皮包を抱えて来たとか、今日で電車の回数切符が尽《なく》なったとか、こんなつまらぬ事を明細に書いてある日があるかと思うと、何一つ出来事は書かずに、

「嘘と嘘とは手を握る能《あた》わず。」

とか、

「生くべき人の死なむとするを死すべき人の生きよと止《と》む。」

とか、感想の様な格言の様な文句が大きく書いてあるだけの日がある。又左様《そう》かと思うと「小豆煮て寝ころび食ふや春の雨」とか、「ひとり覚めて我が宿寂し百舌《もず》の声」とか、発句一行ですましてある日がある。数字で何か計算の様な事だけしてある日がある。「今日は三両二分《ぶ》稼いだ。」とだけ書いてある日がある。「日記を記す暇《いとま》なし。」と忙しそうに書いた日がある。全《まる》で真白な日がある。此位《このくらい》不規則な、不統一な日記は無い、如何《どう》考えても一人の日記とは思えぬ、

哲学者と実業家と俳諧師と学校教師と小説家と職人とが一日代りに書いた日記だ。

この不思議な日記の中に次の様な不思議な事が書いてあった――

『十二月五日。

夕刻、四年振《ぶり》で品川の村田君（当時街鉄《がいてつ》社員）を訪ね、ビールの御馳走になり乍《なが》ら種々《いろいろ》電車の話を聴く。発電所の石炭焚《せきたんだき》で石炭の焚き様《よう》の熟練一つで非常な月給を貰ってる老爺《じいさん》があると云う話を聴いて何だか酷《ひど》く感心する――自分の月給と石炭焚の月給と比べて見て、又一つ感心する。

大分夜が更けたなと思って時計を見ると、最《も》う十二時近い。忙てて挨拶もそこそこに八ツ山下の停車場へ駈けつけると「赤《あか》」が今出る処だ。急いで乗ると、誰も居ない。車掌に「今川橋まで。」と断って置いて、扨隅《さて》ッこを占領して寝仕度をする――電車《くるま》は動き出した。

＊

ガタ、ガタ、ガタンと電車が留《と ま》ったので、眼が覚めると最う大門《だいもん》！　客は矢張僕一人だ。

誰か乗るのかなと思って居ると、一人の少《わか》い女が這入《はい》って来た。僕と反対の側の隅ッこに腰を卸《おろ》す……

見ると女は羽織を着て居る、頭巾《ずきん》を被って居る――頭巾はもと紫だったか、今では最う灰色に褪《さ》めて居る。羽織はもと茶だったか、これも灰色に褪めて居る。衣服《きもの》の色も褪めて居る。帯の色も褪めて居る。羽織の紐も褪めて居る。白足袋は灰色に汚れて居る。

この日和《ひより》続きに足駄を穿《は》いて居る。足駄の歯に何時《いつ》附着いた泥だか灰色に乾いて居る。右の足駄の横鼻緒が一本切れて居る。鼻緒の色も褪めて居る。俯向《うつむ》いて物思わしげに眼を閉じた顔の色も褪めて居る——頭の天辺《てっぺん》から足の爪先まで、色の褪めてない処は一つも無い。これは色の褪めた女だ！

如何《どう》して此《この》女は如是《こんな》に色が褪めたのだろう。盥《たらい》の水にでも浸《つか》って居たのかしら。左様《そう》だ。「苦労」と云う者が若《も》し水なら、其《その》水に二年も三年も全身を浸して居たのだろう——居るのだろう——。水も大分呑んだらしい、舌の色も必然《きっと》褪めて居る、心臓の色も必然褪めて居る……

車掌は鞄の口を開けて、片手に帯をした切符を、片手にペンチを弄り乍《なが》ら、器械的《まさぐ》に女に近づく。

女は顔も上げずに、帯の間から財布を出した——財布の色も褪めて居る……財布を振ると中から往復切符の「復」が一枚出る——女の財産は此《この》切符一枚らしい。其《その》貴き一枚に車掌は容赦もなくペンチを入れて、之《これ》を女に渡しながら、

「何処《どこ》まで御出《おいで》になります？」

(行先を訊くのは途《みち》を急ぐ為《た》めだ。)

「何処まで行っても可《い》いんでしょう。」

女は尚俯向き乍ら云う。

車掌は笑って、

「何処まで入《い》らしても構いませんが、此《この》電車は上野の車庫へ這入《はい》るんですから。」

「え?」

「この電車は上野までしか参りません。」

「では上野まで。」

と云って又眠るともなく眼を閉じる……

木場《きば》の堀に何年も用《つか》われずに浮いてる色の褪めた材木――場末の呉服屋に何年も売れずに垂《ぶら》下《さが》ってる色の褪めたメリンス……女を見てると種々な事が脳裏《あたま》に浮ぶ。

乃公《おれ》も何時か色の褪める時があるだろう――いや、今褪めてる最中かも知れない。と思うと慄然《ぞっ》とする――今川橋!

降りようとして、ひょっと見ると、色の褪めた少《わか》い女は前後も知らず眠りこけて居る。

一体女は何処まで行くんだろう? 家へ帰って臥床《とこ》へ這入っても気になる。

十二月六日
昨夜の女は何処まで行ったろう。車掌は「上野の車庫まで」と云ったが、今日も彼《あ》の電車は唯一人色の褪めた女を載せて走ってるような気がする、いつまでもいつまでも走ってるような気がする――廃物が塵取《ごみとり》で掃溜へ運ばれる様《よう》に、色の褪めた女は電車で掃溜へ行くのではあるまいか……
今日は電車に乗らずに学校へ行く。

父が招く

岡《おか》本《もと》綺《き》堂《どう》

欧洲航路のある汽船が、ロンドン出帆後、方々《ほうぼう》の港々で道草を食いながら、印度洋のミニコイ燈台（ラカジパ群島のミニコイ島にある）燈台の沖合にさしかかった。大正八年八月の中旬で、丁度、ヨーロッパの旅を終えて、私はその船で帰国の途中であった。

ところで、この印度洋、ここへかかったが最後約一週間以上というものは陸地らしい陸地には全然出っ会《くわ》さず、あきあきする所へ、しかも真夏の印度洋というので、頭脳までがいい加減に変てこになりかけて来たそこへ、やっとミニコイの燈台が、小さく、かすかではあるが見えはじめたのだから、全くその時は、われながらやれやれという気持ちになった。恐らく他の船客諸君も同様の感じを持たれたことと思う。

その夜であった。船客である英国の一婦人が甲板を散歩していると、ふと妙な風景が眼にはいった。船員の一人が、二等室の甲板からしきりに何か海中へ投げ込んでいる。その婦人は、はじめは不用なものでも捨てているのだろう位で別に気にとめないでいたが――、それにしては一寸《ちょっと》様子がおかしい、何だか態度に変ったところがある――と見て直ぐ引っ返して船長にその旨を告げた。それで船長が出て行った。

「──君、そこで君は何をやっているのか」

船員はキョトンと船長を見たが、

「お父さんが呼んでいるんです。僕に来いといって──、だから、僕は今荷物を先へ送っている所なんです」

船長は、何かしら、背筋を冷たいものが這うような感じがした。そして、聞いた。

「どこから、君のお父さんは、君に来いと呼んでいるのかね」

「あそこから──、です」

そういって、船員が、物憂《ものう》そうに指したところは、薄暗い灰色の海の中だった。

船員は貨物係の若い事務員補であった。

その後、この船員が正気づいてからの話によると、その夜彼は甲板でボンヤリ海を眺めながら東京にいる父のことを思い出していた。すると、いつの間にやらその東京にいるはずの父が浴衣《ゆかた》を着て、甲板の彼のところから二三十歩さきに立っていた。そして、おれは先へ行くからお前もあとから来いよ。そういうと父は船から出て波の上をずんずん歩いて向うへ行ってしまった。それで自分も一緒に行く気になり、船室へとって返して、今度向うで買い求めた家族へのお土産や手廻りの荷物を以前父を見た場所に運び出し、荷物を送ったあとから自分も行くつもりであった、といった。

◇

その二、三日前だった。船の三等室に支那人《しな》の手品師がいる。七、八人の同勢で、ヨーロッパの各地を手品で稼ぎ廻り、相当金を儲けて帰国の途中であったが、そのうちの一人が印度洋へさしかかってから突然発狂して海へ身投《みなげ》しようとした事件があった。幸いその支那人は仲間の支那人に発見され、身投はせずに済んだが――。続いて、貨物係船員である。何かしらそこに、のろわれた、――というような観念が執拗に、船客を脅《おびや》かしたのである。

しかし、その心配は無駄だった。その後、船は無事で、一人の発狂者も、身投者もなく、神戸へ入港した。そして、出迎えてくれた人々の顔を見るや否や、そんな不吉な話は、遠い昔の出来事のような気がして、やがてさっぱりと忘れてしまった。

自分が自分に出会った話

畑《はた》 耕《こう》一《いち》

怪談趣味——それは、妖怪変化の真理真相や氏素性《うじすじょう》をただすことではない。飽くまでそれは、「趣味」でなくてはならない。物理学、心理学、生理学、犯罪学——と、こんな一切の科学、またあらゆる哲学からハッキリ離れて、その戦慄の題材や事件を、人間の「感情」として受け容れることでなくてはならない。霊魂不滅とか、潜在意識とか、動物磁気とか、精神病理とか、そんな種類の言葉は、この趣味の上には、単なる興味とか刺戟とかの意味あいにのみ取扱わるべきである。怪談趣味とは、飽《あく》まで「怖いもの見たさ」以上に出ることを許されぬ好奇心を根本としなければならぬ。

ドロシイ・スカアボロウというアメリカの幽霊研究家は曰《いわ》く——古代及び中世に於《おけ》る文学戯曲に現われた幽霊は、みな厳格で気むずかし屋（ことにゴシク型のやつと来たらひどい）で、敬意と恐怖を人に強要し、まったく卑屈にちかいほどコセコセした威嚇《いかく》を行う。そのマラリア熱的なる息ぐるしき気体は、不愛想に且《か》つ陰険にフラフラ揺れ、おまけに骨の音をガラつかせるの、黴《かび》くさい経帷子《きようかたびら》をバタつかせるの、蒼白い火を燃やすの、鎖を床の上に引摺るのと、さかんに小細工をやる。実にケチな野郎である——と。大賛成である。僕は一時怪談趣味に駆られてちょっと誰にも負けない位《くら》いこの種の読み物を漁《あさ》った。日本のもので結構と文章と、真の戦慄を感じたものは、上田秋成の「雨月物語」にある「青頭巾」くらいのものだ。

なんといっても、僕等は現代人だ。怪談趣味は理窟なしでなければならんというものの、僕等の経験及至《ないし》生活内容が僕等の「事実」を支配している以上、一片の形式や解釈なんかに驚かされはしない。よし、僕等のもつ科学や哲学を、この場合除外するにしても、僕等はこれら旧型の怪談に、滅多には脅《おび》えはしない。リーヴは、自覚せる理性を持てる人でなければ怪談の魅力に感ずることはできないといっている。理外の理——そこに怪談の名が存するのだが、理外の理は怪談の逃げ場とはならない。荒唐無稽は怪談における愚かなる趣味である。理外の理ながらどこまでも、僕等の経験なり生活なりを尊重して貰わなければ、どうにもゾーッとしようがない。

では、現代の戦慄とはなんぞや？　リーヴはこれを、たとえばポーの作品に見るが如き「不安定な不健康なもの」と、定義している。大体僕は首肯する。それが、僕等の感情生活の真実に根底を置く場合として首肯する。

だが、「不安定な不健康なもの」といって、その種目はかなりに多い。幻影、妖夢、怪光、交霊、遊神、化物屋敷——など、その特性からいくつにも分類ができる。が、この戦慄目録のうちで、最も僕の称揚せんとするものは、「自分で自分に出会《でくわ》した話」である。

僕は、因縁因果の関係になっている妖怪談を、最もつまらないと考えているが、この一科目を除いての他は、そこに対象的な別個の事物なり事情なりを必要とするため、どうも因縁因果に陥りやすい。「なぜなれば」「それ故に」という話の筋になりやすい。条件附きになりやすい。怪異に条件がつくと、つい理論理窟がからまって、ハッと息を呑んでも、そのあとで、静かに原因と結果を判じようとする思慮分別が浮かぶ。それではなまぬるい。ハッと息を呑んだら、呑みづめで口の利《き》けなくなる戦慄でなければいけない。そうしたものこそ怪談趣味の最高峰である。

ところでこのためにはSelf-seeing――なんと訳したらいいだろうか、重行者《ドツペルゲンガア》ともちがうんだが――と分科さるべき怪異が、一番恐ろしい凄味がある。自分でもう一つほかの「自分」を見るのである。「彼」と呼びかけるべき縁遠いものでない。――だけに、理智理性を働かせる余地がないのだ。

この例は東洋の怪談には甚《はなは》だすくない。離魂分身として取扱われたものと「姿」でなく、人魂とか怪鳥奇獣とか、その他全然別個の形で現われるのが西洋には随分多い。扮装容貌身長すべて自分と同じ他の「自分」にまざまざ出《で》会《くわ》すのだ。ゲーテの「伊太利紀行」にはゲーテ自身、その怪異を実験した一節がある。一時映画界を騒がした「プラーグの大学生」や、またオスカア・ワイルドの「ドリアン・グレイの肖像」など、この種目に加えられていい戦慄である。

――

モスクワの某劇場で起《おこ》った話だが、或るバレーの一団を率いる座長の女が、なかなかの研究家でもありまた野心家でもあった。イサドラ・ダンカンが「死と少女」を音楽なしに踊ったころ、その向うを張って、彼女自身或る身振《みぶり》狂言的な舞踊を工夫していたが、熱心のあまり深夜、コッソリ楽屋から舞台へ出かけ、蠟燭を点《とも》して一生懸命踊っていると、その彼女の足拍子と同じ足拍子が、ふとうしろでしたので、おやっと振り返って見ると、そこに彼女と同じ寝間着姿のまま彼女とまったく同じ容貌、体格の女が、自分の手振りに合せながら飛び廻っているので気絶したという。ダブリン大学の地質学者R教授は、その所属の学会への報告書を書くため、或る夏の夕方、研究室に一人居残って、熱心にペンを走らせていると、いきなり一つの手がデスクの脇からスッと伸びて、彼の草稿の一行を指さした。驚いて顔をあげると彼は、そこにすべて同じな他の彼自身がニヤリと微笑したのを、まざまざと見た。瞬間、それは幻影の如く、窓外に迫った薄闇の中に溶け込んでしまったが、指された箇所を調べるとそこには、教授がうっかり書き誤った一行があって、その一行には全論文に矛盾を起《おこ》さしめるほどの重大な誤謬があったという。

またこれも、大学での出来事だが、ベルリン大学に神学を講ずるW教授が、探したい書物があったので、或る午後図書館の書庫へ自身で入ってゆき、薄暗い書架を漁《あさ》っていると、ちょうど自分の求める書物のあるべき場所に、一人の老人が前こごみになって、一冊を抽《ぬ》き出し頻《しき》りにページを繰《く》っている。この場所の書物は大学内の他の教授には不必要なはずだがと思ったもののその老人を妨げてはならないと、教授は静かに立って待っていた。が、老人はいつまでもいつまでもページを繰っているので、教授はやや腹立たしく「退《ど》いてください」といいかけた途端、老人はヒョロリと立って自分にその書物を突きつけた。怪しんで相対した彼を見ると、あっ！　それは教授自身とまったく同じ他の恐ろしき一個であった。しかもさし出された書物には、教授が読もうとしたページがちゃんと開かれていた。

——こうした怪談の中に、ことに特異であるのは、ニューヨークにあった事件だ。或る裁縫師と収税吏とが若く美しい銀行家の未亡人を競争した。そして裁縫師が敗北した。もとより命がけの恋である。彼は収税吏と未亡人とを刺し殺してやろうと考えた。鋭いナイフをポケットに忍ばせて、彼は時期の到るを待った。或る夕暮裁縫師は自分の前を、急いで行きぬける収税吏を見つけた。すぐ彼はあとを追った。案の如く収税吏は未亡人の家を訪う道すがらであったのだ。塀際に身を隠して見ていると、未亡人は二階の窓から乗り出すようにして、収税吏に微笑を投げた。収税吏は有頂天にドアを開けて家に駈け入った。嫉妬のほむらが裁縫師の胸に燃え立った。と、ほんの三十秒も過ぎぬ間に、二階の部屋にけたたましい男女の悲鳴が起《おこ》った。裁縫師は驚いて半ば無意識に戸口に近寄ると、途端に内部からドアを開けて、よろめきながら出て来た男があった。右手にギラリと閃めくナイフを握りながら、喘《あえ》ぎ喘ぎあたりを見すかしている。裁縫師はその男をひと目見るなり息もつまるばかり仰天した。その男——その男は、自分と同じく襟の大きな茶色の外套を着ていた。鍔《つば》のせまい黒の中折帽をかぶっていた。いや、それればかりではない。よくよく気をつけると、その眉、その眼その鼻、その口、すべてが自分と同じ人物だった。彼はたしかに自分よりもさきにその家に飛び込んだ「自分」を見たのだった！　裁縫師は思わず声をあげて、その「自分」に駈け寄ろうとしたら、その「自分」はスッと大地に吸わるる如く消え去った。裁縫師はムーッと気絶してしまった。それから半時間とたたぬうちに、裁縫師は殺人者として拘引された。前代未聞の不可解な裁判が開かれた。しかし裁縫師はむしろ喜んで服罪しようとした。この問題は物見高い米国人には、大騒ぎで評判され討論されたが、結局証拠不十分で無罪となった――

このほか、自分の幽霊に導かれて、うつつの如く他の部屋へ移った途端、前の部屋の天井が落ちた話だの、墓地で自分の墓を建てている「自分」を見た翌日死去した話だの、いろいろ物凄い例がある。

なにしろ生きている人間が、それ自身の幽霊を見るのだから、怪談として理窟なしの戦慄でなければならない。――もし、これを心理学的に、或《あるい》は精神病学的に解釈しようとする人があれば、それはすでに折角《せっかく》の怪談趣味からは離れてしまうのである。怪談は、どこまでもそのテーマに、無条件に戦慄しなければならないものなのである。怪談趣味――それは妖怪変化の真理真相をただすことでない。

蒲《ふ》団《とん》

橘《たちばな》外《そと》男《お》

怨霊《おんりよう》というものがあるかないかそんな机上の空論などを、いまさら筆者は諸君と論判したいとは少しも思わない。ただここに掲げる一篇の事実を提《ひっさ》げて、いっさいを諸君の批判の下に委《ゆだ》ねんと思うのみである。科学がこの世の中のことすべてを割り切っているかどうか、それも筆者は諸君と議論したいとは少しも願わない。が、一言贅言《ぜいげん》を挟《さしはさ》ませて下さるならば、読者も御承知のとおり浄土宗の総本山巨刹《きよさつ》増×寺は、今より二十八年前の明治四十二年三月二日の夜半、風もなく火の気もなき黒本尊より突如《とつじよ》怪火を発し、徳川三百年の由緒を語る御霊屋《みたまや》を除き、本堂、庫裡《くり》、護国堂等壮麗なる七堂伽藍《がらん》いっさいを灰燼《かいじん》に帰せしめた。そしてその怪火の原因は放火と言い失火と称され、諸説紛々として爾来《じらい》二十八年を過ぐる今日に至るまでなお帰一するところを知らぬ。もし世に怨霊というものがないならば、いったい増×寺は何が故に突如炎上したのであろうか？　この事実を諸君はなんと御覧になるか？　世の中のこと万端科学のみをもって闡明《せんめい》せられ得ると過信しきっている人々に、あえて借問《しやもん》したいと考えている。筆者の周囲に未だ現存している人々への迷惑を慮《おもんぱか》って、この物語の発生した場所人物について、露《あらわ》に指し示して諸君に明確なる全貌をお伝えすることのできぬのを遺憾とするが、きわめてだいたいの輪郭《アウトライン》だけを申し上げるならば、この物語を話してくれた当の目撃者である主人公というのは当年五十五歳、いかにも律儀《りちぎ》な田舎の商店の主人公にふさわしく、小倉《こくら》の前垂れを懸けて角帯を締めた、とうてい嘘や偽りなぞは冗談にも言えそうのない分別盛りの人物であった。そして場所は上洲多野郡の某町。土蔵の二戸前も持って、この辺きっての大きな古着屋であった。薄暗い帳場格子には、今なお古風な大福帳なぞのぶら下げてある「越前屋」といえば、この辺きっての大きな古着屋であった。

　では以下私と言うのは、ことごとくこの質実なる古着屋の主人公自らを指すものと御承知願いたい。

一

　左様《さよう》でございます、この辺の習慣で、私どもでも春と秋との年二回、東京へ品物の仕入れに出るのでございますが、ちょうどその年も、親父《おやじ》が小僧を連れまして仕入れにまいったのでございますが、雨ばかりよく降りました年で、夏の終り頃から、毎日雨がビショビショと降り続いていたように記憶いたしております。

　もうだいぶ古いことでございますからハッキリともいたしませんが。……そうでございます、なんでも今年は莫迦《ばか》に冷えが早く来たというんで、私ども、袷《あわせ》に羽織なぞを引っ掛けて店に坐っておりましたように覚えておりますから、十月の初め頃ではなかったかと思うのでございます。

親父は馬喰町《ばくろちょう》の方に宿を取っておりまして毎日、柳原、日陰町界隈《かいわい》の問屋筋で出物を漁っておりましたのでございますが、そう申してはなんでございますが、親父はなかなか商売の方は明かるうございまして、その時分はちょうどおかげと店も大変繁昌いたしておりましたものですから、なんでもここんところでもう一押しグンと延《の》して一儲けせんならんと申して、その秋はことに仕入れの方も踏ん張りますつもりで出掛けてまいったのでございました。

出先から寄越す手紙にも、彦吉《ひこきち》安心してくれ、だいぶわりのいい買物が色々できたから、この秋はかなり旨い商売ができるだろうとか、それについてはお前方にもぜひ一つ踏ん張ってもらわねばならんとか、まことに景気のいい手紙を寄越しますものですから、私どももこの秋こそは一つ腕に撚《よ》りをかけて角《かど》の万戸屋《まんどや》さんに負けんように儲けにゃならんと、親父の帰りを楽しみに待っていたようなわけでございました。

それに私にはまた私だけの内々の楽しみなことがございまして。……と申すのは、その翌《あく》る年の春には、かねて親どもで話のできておりました新町の油新道《あぶらしんみち》の三河屋の娘と――それが私のただいまの家内なのでございますが――祝言をするはずになっておりましたから、私としては店に坐っておりましても、自然と商売の方に励みの出る年だったのでございます。

ともかくそうこうするうちに親父は仕入れを済ませて帰ってまいりましたが、親父が帰ってまいりますれば、東京から買い付けてきた品の荷解《ほど》きもしなければなりません。仕切りと合せて正札《しょうふだ》の付け替えもいたさなければなりませず、皺《しわ》のできておりますところへは霧を吹いて火《ひ》熨斗《のし》も当てなければなりませんし、三、四日は急に眼の廻るような忙《せわ》しさでございました。

ところでたった一つ親父の仕入れてまいりました品物のうちで、私の腑《ふ》に落ちぬ物がございました。それは敷二枚の夜着と掛けが一枚ずつ、都合四枚一組の青海波《せいがいは》模様の縮緬《ちりめん》の蒲団なのでございました。よほど立派なお邸からの出物と見えまして、仕立てもごく丁寧《ていねい》に綿もとびきり上等のが使ってあり、ふっくらとまことに結構な品なのでございました。がいくら結構な品でも縮緬の蒲団ときては手に負えません。そう申してはなんですが、まずこの辺の田舎では、いくら上等な蒲団でも銘仙《めいせん》がせいぜい、郡内ときては前橋あたりの知事様のお出《い》でになる宿屋か待合《まちあい》ぐらいのものでございましょう。

「お父《とっ》つぁん……縮緬じゃないか」

と私は蒲団の皮を抓《つま》み上げて見せました。

「そうよ！　縮緬よ」

と親父は眼鏡を掛けて帳合いをしながら、いっこう平気なのでございます。

「冗談じゃないぜお父つぁん！　いったい誰がこんな物を使う？　なんだってこんな途方もない物を仕入れて来たんですい？」

と私には親父の肚《はら》がわからないもんですから、眼を円くして凝視《みつめ》ました。

「ハハハハハハお前がきっとそういうだろうと思ってたのだ！　彦吉、文句を言わずにこれを見ねい！　これを！」

と親父はすこぶる上機嫌で帳場格子の中から、今まで自分の調べていた仕切りを差し示すのでございます。なんと、親父の手で抑えているところには十八円五十銭と書いてあるではございませんか。この素晴らしい縮緬の蒲団が一組たった十八円五十銭！　タダみたいな値段でございます。東京からの運賃一円十銭を入れましても十九円六十銭！　拵《こしら》える時にはおそらく百四、五十円も、あるいはもっとかかったかもしれません。その新品同様な蒲団がたった十九円六十銭！　値《ね》ではございません。

「お父つぁん！　お前ほんとうにその値で買いなすったのかえ？」

「そうともよ！　この値で買わずにどの値で買う？　ハハハハハ彦吉！　魂消《たまげ》たか！　年は取っても父つぁんの腕金には筋金がへえっていらあ！　この秋東京には仕入れに上った仲間内は八百人や千人はあるだろうが、まずこのくれえの掘出し物をしたのはそう言っちゃなんだが父つぁんくれえなものだろう！」

と親父はいっそう得意気に、鼻を蠢《うごめ》かしているのでございます。

「値じゃないね。どこかに、からくりでもあるんじゃないのかい？」

とあまりに度はずれな廉《やす》さに吃驚《びっくり》してしきりに蒲団を弄《いじ》り廻している私の側へ来て、親父も愉快そうに蒲団を撫でます。買い手がすぐ付く付かぬは別として、まずどう棄値《すてね》に踏んでもこれなら場所へ出して七十五円から八十円！　この辺のあまり上等の品の疏《は》けぬところでも六十円以下ではとうてい手離せる品ではございません。ます内輪に見積って五十円の儲け、蒲団一組の儲けとしては私ども商売を始めて以来のことでございましょう。

「人様がさんざん着古した垢や汗のついたものばかり二、三十年も弄りまわしていて、たまにこのくらいの儲けのねいことにはな」

と親父も惚れ惚れと、自分の掘り出してきた品物に見入っておりました。

「六十五円！　まず六十五円がいいところだろうな。半年寝かしたとして、その金利を見積って……」

と親父はしきりに算盤《そろばん》を弾いておりましたが、

「この辺の百姓どもにゃ、ちょっくらちょいとは手が出せめえ。なにも彦吉ちっとも売り急ぐには及ばねえから、六十五円の正札を付けて、通りからいっとう眼につくところへ飾っておきねえ。まあま、この秋には疏けねえでも、年が明けて春にでもなりゃ、花曲輪《はなぐるわ》町あたりから買いに来んともかぎるめえ」

花曲輪町というのはこの町の花柳《いろ》町《まち》なのでございました。ともかく親父が申しますのには、この蒲団を売ってたのは問屋筋でもなんでもなく、芝の露月町とかのごく寂《さび》れた、見るからに貧しそうな仲間店《なかまうち》の奥に三十二円として飾ってあったのが眼にはいったので、ためしに二十二円まで値を付けてみたのだそうでございます。ところが、向うでもよほどもてあましていたとみえて一も二もなく応じたので、それならばと本腰を据えて、とうとう十八円なにがしまで値切り落としてしまったのだと、こういうことでございました。それでも向うはまだいい顔をして、いよいよ品物を引取る時には、ほっとしたような様子をしていたところを見れば、値切ればまだ、一、二円のところは落ちたかもしれないが、いくら商売だからといっても物には冥利《みょうり》というものがあるからのと、親父は私が店の真ん中に一段高く飾り立てた蒲団を眺め眺め、満足そうにそう言いました。そして、

「これだけの品を飾っておけるようになったんだから越前屋も大したものさな」とさも愉快らしく言うのでございました。

神ならぬ身のその時には、私どもにもまだこの蒲団の恐ろしさというものが少しもわからなかったのでございます。ただ親父が買った東京の同業の店でそう言ったというままに、よほど立派な東京のお邸からでも出たものに違いなかろうが、なんとかして早くいい客が付いてくれればいいがと、そんなことばかりを考えていたものでございます。

二

が、それほど勢い込んだ甲斐もなく、その年の秋の商売はまったくいけませんでした。なぜああいけなかったのか、後から考えてみましてもとんとその原因も何もわかりませんでしたが、品物の仕入れが拙《まず》くいったのかというと、客は相当に品物に気を惹かれたように欲しそうな顔を見せているところから考えれば、仕入れが失敗《しくじ》ったというわけでもございません。

さっきも言いましたとおり雨ばかりビショビショと降っておりましたから、雨で客の出脚が阻まれたのかとも思えますが、これも表の人通りは別段ふだんに較べて減りもせず、店へも客脚だけはかなりあったのですから、いちがいに雨のせいとばかりも思えなかったのでございます。

ともかく客の組数は相当にあり、そして来た客は品物をあっちに引っくり返しこっちにおっくり返しては、左見右見《とみこうみ》、気は惹かれているようなのですが、なかなか商いにはならなかったのでございました。

二日三日は商売のことですから何とも思いはしませんが、それが十日二十日と続くと、さすがに気になってまいります。農村に金が落ちなかったのかと思ってもみますが、これもその年あたりは春蚕《はるご》の出来が大変によろしかった年でしたから在方《ざいかた》は、みんなたんまりと纏《まとま》った金を握っていたはずでございますし、またげんに私どもの競争相手の万戸屋あたりではいつ行ってみても客は押すな押すなの引っ張りだこで、品物を奪い合っているのですから、これも悪いのは私の家だけだったのでございます。不思議だ不思議だと言い暮らしているうちに、やがて雨はだんだん氷雨《ひさめ》に変ってゆき、たまに天気がいい日には、名物の赤城下《あかぎおろ》しの空っ風が吹きまくって、木の葉の落ちる時候になってまいりました。

もうこの頃では在方のお百姓衆も、冬仕度に買い込むものはすっかり買い整えてしまったとみえて、町を通る在方の衆の姿も、だいぶちらりほらりと影が薄くなってまいりました。

冬の準備に仕入れたものを春に廻すというわけにもなりませんから、仕方がなく品物は薄い利で仲間内へ廻して捌《さば》いてもらって、ともかく春はまた元気をつけて売り出すことにしたのでございましたが、親父なぞはスッカリ気落ちしてしまいまして、

「俺が商売を始めてから、こんな酷《ひど》い目にあったことはまだただの一度もねえ」

とこぼし抜いておりました。それも今言いましたとおり、仕入れを誤ったのならばまだ気持の慰めようもございましたが、品物を廻した仲間内では、廻すや否や飛ぶように疏《は》けて、

「越前屋さんじゃこんないい品物をたくさん持ちながら、なんだって寝かしてお置きになったんで?」

なぞと人の気も知らずに、不思議そうに聞かれたりしますと、なんとも言えぬ情けない気持でございました。

しかもその年は家中になんだか妙な出来事ばかり重なり合いまして、阿母《おふくろ》が仏壇を拝んでいて、お灯明《とうみょう》を消そうとして手で煽いだ拍子に火傷《やけど》をして、そこに痣《あざ》ができましたがそのまた痣がいつまで経っても直りもせずに、日が経つに従ってますます大きくなって蓮《はす》の花そっくりの妙な恰好になってまいりましたり、何十年にも寝たことのない親父が、下駄を穿《は》く拍子にちょっと躓《つまず》いたと思ったら足を挫《くじ》いておりまして、それを直すのに一月近くも寝込んでしまいましたり、そうかと思えば小僧が仏壇のお花を棄てるのに誤って蠟燭《ろうそく》立てを小指の先に突き刺して、そこが腫《う》んで瘭疽《ひょうそ》になってとうとう小指を切って二十日余りも寝ついてしまいましたり、もちろんものの拍子と言えばそれまでのことでございましょうが、妙に厭なことばかり重なり合ってきたのでございました。ちょっとしたことから、あんまり厭な出来事ばかり重なり合うものですから、この次にはまたどういうことが起《おこ》るのだろうかと、しまいには、まるでもう順番でも待つような気持で怯々《びくびく》ものでございました。

ともかくそのうちに雪も降りまして、もう町はいよいよ年末の売り出しに掛かっているのでございましたが、この頃気がついたことは、どうも家の中がなんともいえずじめじめとして陰気くさくなってきたことでございました。どこがどういうふうに陰気くさいのか、これも取り上げて別段にこうというところはなかったのでございますが、ただ家の中が妙に薄暗く、だれもの顔が変に抹香くさくなってまいったのでございます。

番頭や小僧たちと一緒に店に坐っておりましても往来を眺めておりましてひょいと奥を振り返ったりいたしますと、帳場格子の中に頰杖突いて凝乎《じっ》とこちらのほうを眺めております親父の顔なぞが、竦然《ぞっ》とするほど青褪《あおざ》めた恐ろしい人相に映りましたり、奥の間へ行って仏壇を拝んでいる阿母《おふくろ》がひょいと振り向いた顔が、まるで芝居でいたします渡辺《わたなべ》の綱《つな》のところへ腕を取り戻しにまいりますあの髪を振り乱した羅生門の鬼女そっくりの凄まじい顔に見えまして、思わず飛び上がったりしたこともございました。しかもそれがあながち私ばかりの眼にそう見えたわけではなく、親父や阿母や番頭どもにまでやはりそういうふうに映っていたとみえまして、時々土蔵の中で用を足して出てくる出逢い頭《がしら》なぞに番頭がヒイ！　と品物を取り落として、

「若！　脅かさないで下さいよう！　ああ吃驚《びっくり》した！」

と真っ蒼な顔をしていることもございました。なにもこちらではちっとも脅かす気はないのですが、家の中全体がこう何か眼に見えない墓場のような物怪《もののけ》に包まれているものですから、すること為《な》すことが、ただもう陰気なじめじめとしたものに見えて仕方がなかったのでございます。

そしてちょうどその頃にあの不思議なことが起ったのでございました。親父はその二、三日ばかり前から、大胡《おおご》の方へ出掛けて留守でございましたが、その日も朝から篠突《しのつ》くような烈しい雨で、小歇《おや》みもなく降り続いているなんとなく薄ら暗い胴震いのしそうなほど寒い日だった

と覚えております。夕方頃からはもう往来の人もなく、ただ滝のような雨が川をなして道を流れておりました。親父も留守ですし、どうせこんな晩にはお客なんぞの来っこもないだろうから、大戸を降ろして久しぶりに骨休めでもしようと、割合に早くみんな寝《やす》んでしまったのでございます。

番頭や小僧たちはみんな二階に上がって床についてしまいましたし、私はいつも親父や阿母と三人で寝《やす》むことになっている奥の仏壇の間で、床へはいって洋灯《ランプ》を引き寄せて講談本なぞを読んでおりました。

雨はいっそう酷くなってまいりますし、夜もだいぶん更けてこの雨の中を、この刻限に往来なぞ歩いている人は一人もなかろうと思われますのに、ちょうどその時でございました。どこにも隙間はないのに、阿母が今寝ようとして上げておいた仏壇のお灯明が、フッとかき消えたかと思うと、この酷い大雨の中を樋《とい》から落ちる雨垂れの音の合間合間に、トントントンとかすかに店の大戸を叩くものがございました。最初のうちは風の音かと思っておりましたが、またそのうちにかすかな叩く音がいたすのでございます。

「おや！　阿母《おっか》さん、だれか叩いている！」

「そのようだね」

と母も凝乎《じっ》と耳を澄ませておりましたが、もう寝んでしまった店の者を起すのも気の毒と思ったものか、そのまま つかつかと真っ暗な店先を抜けて、大戸の上の小さな潜り窓をあける音がすると、やがて表にいるだれかと話しているような按排《あんばい》でございました。

私の寝ておりますところからはだいぶ離れておりますし、それにひっきりなしに軒を叩いている雨の音にかき消されて床についている私の耳には聞こえてもきませんでしたが、そのうちに母はまた潜りを降してこちらへ戻ってまいりましたが、ふだんはまことに気丈な阿母《おふくろ》なのですが、この時の顔といったら何ともいえぬ浮かぬ面持をして、戻ってまいりましても凝乎《じっ》と火鉢に靠《もた》れて考え込んでいるのでございます。

「だれだい？　阿母《おっか》さん！　だれが来たんだい？」

と私は聞きましたが、阿母《おふくろ》は急には口もきけずに私の顔を上《うわ》の空で眺めながら、何かまじまじと考え込んでいるのでございます。

「なんだね、阿母さん、そんな怖い顔をして！　だれが来たんだよ」

となんにも知りませんから私はもう一度促しました。

「不思議なことがあるもんだ。今女の人が来たんだよ」

「女の人が来たって？　何も不思議なことはないじゃないか！　何の用で？」

と知りませんから私は阿母の様子を気にも留めてはいませんでした。

「それがお前、お父《と》つぁんが今夜お帰りになるからって今知らせに寄って下さったんだよ」

「え！　お父つぁんが？」

と私も頭を擡《もた》げました。

「お父つぁんが今夜帰って来るというのかい？　だってお父つぁんは大胡の友さんの寄合いに行ったんだろう？　明日でなければ帰れないじゃないか？」

「だから阿母さんが今考えているんだよ。お父つぁんが、用事の都合で急に今夜お帰りになることになったから、それで知らせに来て下さったんだとさ！」

「それじゃお父つぁんは帰って来るんだろう。だれが知らせに来てくれたんだい？」

「それがお前、わたしが今まで一度も見たことも聞いたこともない方なんだよ。丸髷《まるまげ》に結って、綺麗なとても綺麗な、わたしはだれか花曲輪の芸妓衆でもあろうかと思ったくらい、なんともいえぬ綺麗な奥さんが……それがお前真っ青な顔をして……」

「阿母さんお止しよ！　そんな妙な顔をして！　なんだってそんな真似をするんだ！」

「いいえ、それがお前！」

と阿母は真剣だったのでございます。笑い顔一つしませんでした。

「それがお前！　ここから下《か》が」と両手で腰の両脇を扱《こ》くような恰好をしました。「ずっぷりとまるで血のように真っ紅になって……確かに血なんだよ、あれは！　ああ思い出してもわたしゃ厭な気持がする」

と阿母は眼を閉《つぶ》って、二、三回頭を振りました。

「何をくだらんことを言っている！」私は見ていないことですからいっこう平気で、おおかた親父の知り合いの芸妓衆でも、雨の中を紅い腰巻《ゆもじ》でも出して通りすがりに知らせてくれたのだろうと、たいして心に留めてもいませんでした。

「何かお父つぁんの身に変ったことがなければいいがねえ」

と阿母は案じ顔にそう言いましたが、一度閉じた仏壇をまた開いて一心に念仏を唱えはじめました。がその途端にドンドンドンと今度は烈しく戸を叩いて、まさかと思った親父がほんとうに帰って来た時には私もまったく竦然《ぞっ》としました。なんともいえぬ気持で、脇の下から粟立つような気持だったのでございます。

「なんだ！　なんだ！　ただせえ陰気くせえ陰気くせえと言ってるのに二人して蒼い顔をして！　こうヤケに降りやがっては堪《たま》ったもんじゃねえ」

と全身ビショ濡れになりながら親父はいって来ましたが、もちろんだれにも話さず急に思い立って帰って来たことですし、知らせになんぞ人を寄越した覚えもなければ、それに第一そんな歯切れのいい東京弁を使う綺麗な女の人なんぞ、一人だって知り合いはないと言うのでございます。

「阿呆らしい！　この土砂降り雨の中にだれが物好きにそんな余計なことをしくさる奴がある！　おおかたお前があんまり居眠りばかりしよるもんだから狐でも悪戯《いたずら》しに寄ったんだろ」

とろくろく相手にもならずに、濡れているものですからそのまま風呂にどっぷりとつかって、さも気持よさそうに大口開いて笑っておりました。

それでも風呂場の入り口に佇んで腑《ふ》に落ちぬようにくどくどと並べ立てている母の話を聞いているうちに、だんだん真顔になってきたのでございます。一つには阿母が人並以上な気丈者で、そんな腰巻《ゆもじ》と血糊のべっとりついたのとを見間違えるような粗忽者《あわてもの》ではないことに気がついたのでございましょう。

「そうだな！　血糊がべっとりついていたというのは可怪《おかし》いな！　こんな雨の中でも見えるほ

どに血が流れ出していたんでは、何かよっぽどの深傷《ふかで》を受けていたんだろうが……いくら土砂降り雨の中だって、交番のお巡りが立っておらんことはあるまいが、そうすりゃお巡りにはすぐ不審を打たれにゃならねいはずだが」と小首を傾げました。「……それもそうだし第一そんな深傷を受けた女なんぞが、平気な顔をしてヒョコヒョコ俺の帰るのを知らせに来たというのも可怪《おかし》いじゃねいか」と母と顔を見合せながら、風呂桶の縁に頭をよっかからせて沈吟《ちんぎん》しておりましたが、

「何やら怪体《けったい》な話やなあ！　こんな晩にはよっぽど火の用心でもしっかりしておかんことには、とんでもねえことが起るかも知れねえぞ！」

と大声を出してごしごしと身体を洗いはじめました。がいよいよ今度は、今のことが身に染みて気にかかり出したのでございましょう。身体を洗う手も間もなく止めて、また、

「そうだなあ！」と考え込みました。

「なるほどお前の言うとおり、今夜帰《けえ》ろうという気になったのは、ふっと俺がそう考えただけのことでだれにも言った覚えはねいが……どうしてそんなことがわかったもんだろうなあ！」

と独語《ひとりごと》のように考え込んだのでございます。

「こいつはなんだか考えれば考えるほど背筋のゾクゾクしてくるような気持だ！　お卯《う》の！　一本燗《かん》をしておくれんか！　こんな妙な晩には酒でも飲まんことにはやりきれねえ」

と風呂もそこそこに上がってきてしまいました。

もちろん私が見たわけではございませんから、これ以上ハッキリしたことは申し上げられま

せんが、まったく厭な晩でございました。

その後は別段そのことについては変ったことも起りませんでしたが、阿母の話ではなんでもよほどの水際立った別嬪《べっぴん》だったと申すことでございました。こういう商売をいたしておりますといろいろな芸妓衆などしょっちゅう見ておりますから、普通の美しさでは格別驚きもしませんが、今までその年になるまで一度も見たことのないほどの別嬪だったと、後々《あとあと》までもよくそう申しておりましたからよほどの美しさだったのでございましょう。

三

そういうふうなわけで、ただささえ陰気な家の中に、またぞろこういう妙なことが起ったものですから、当分はなんともいえぬ暗い沈んだ空気で、ほとほと気の滅入るような気持でございましたが、とうとうその年の暮の商売もからっきし駄目なのでございます。

なんで取り立てた理由もないのに、こう商売が寂《さ》れてくるのか、みんなもつくづく気を腐らせてしまいましたが、普通の古着類でも捌《さば》けないのですから、まして店の真ん中に飾ってある例の蒲団なぞの売れようはずもございません。正札だけはあれから二度ばかり取り替えまして、今では五十円の値印《ねじる》しにしておきましたが、一度どうかした拍子に、万戸屋さんの主人が通りかかって、ふとこの蒲団に眼をつけて、

「ほほう、また大した物をお仕入れでございますな。五十円《はんぞく》とは安い。もしなんでしたら仲間

相場でなくとも札値で結構、手前の方へ譲っていただいてもよろしゅうございますが」

と言った時には、親父も厭な顔をして聞こえぬふうを装っておりました。

私には親父の気持はよくわかるのでございますが、これがわきの人から言われましたのなら、五十円が四十五円でも、こんないつ売れるともわからぬ嵩張《かさば》った物なぞは疏《は》いてしまいたかったのでございましょうが、今こちらが落ち目になりかかっているところだけに、万戸屋からこれを言われたのでは、僻《ひが》みかもしれませんが、意地になっても応じられるわけのものではなかったのでございます。

が、万戸屋にはもちろん親父のこういう気持なぞわかろうはずもございません。よほど気に入ったものとみえて、

「私の方でも一遍切り出したからにはお世辞やお追従《ついしょう》で申してるわけではございませんから、いかがです、越前屋さん、もう五円色をつけようじゃありませんか。私はこの品物に惚れたんだ。〆《しめ》て五十五円！　それでひとつ手を打って下さらんか」

と熱心な頼みでしたが親父にしてみれば、これではなおさらうんとは言われなくなってきたのでございます。

「せっかくのお頼みだがこいつだけはいけねえ！　万戸屋さんいけねえわけがある」と親父は苦り切って蒲団を見上げましたが「店に飾ってはおいたが、こいつだけは売り物にしたくねえんだ！　来春には倅《せがれ》に嫁取りもしなけりゃならねえので、その時の間に合せようと思って実はめっけ出してきたんだ。せっかくだが……」

とキッパリと断ってしまいました。そして、

「売り物じゃねえと言ってるのに、だれがこんなくだらねえものを付けやがったのか！」

と苦笑しいしい、親父は万戸屋の眼の前で蒲団にぶら下げてあった正札を引きちぎってしまいました。もちろん親父にも別段の魂胆があってそんなことを言ったわけではございません。ただ一時の方便で万戸屋を扱《あし》らうために、口から出まかせを言ったにすぎなかったのでございますが、嘘にもせよ、ともかく万戸屋の前でそんな大口を叩いてしまったものですから、ちょっと正札を付けておくというのも工合が悪くなりましたので、その後は蒲団は正札なしで相も変らず店晒《たなざら》しになったまま、一番人目につきやすい場所に積んでございました。

さて、そうこうしているうちにその年も暮れて春を迎え、一月もまたたく間に経ってしまいましたが、二月になればいよいよ私の祝言を挙げなければなりませんでした。

前にも言ったとおり家内は同じ郡内の新町というところから嫁に来ることになっていたのでございますが、時節柄万事控え目にしてというわけで、祝言なぞもごく質素《じみ》にほんの内輪だけでやることにいたしました。それでも日がいよいよ迫ってくるにつれて仲人は打合せにまいりますやら、親類どもからも祝ってきますやらで、何やかや、まことに忙しい日を送っておりましたのでございます。

そんなわけで、まあ当分は家の中もだいぶ明るいような気持でございましたが、さてその祝言の当夜でございました。その頃は裏手のほうに廊下続きで二間ばかりの離れ座敷がございまして――これからお話するような事件のあった後でございますから、ただいまは取り毀《こわ》してそ

の跡へ土蔵を建てました——ふだんは雨戸を締めっきりにしてお客様でもないかぎり使う用もなかったのでございますが、この離れの方を当分の間私ども夫婦の住居にすることに決めていたのでございます。

お開きになりまして、集まっておりました客人や町内の人たちもそれぞれ帰ります。そして私たち夫婦はその自分たちの居間へはいったわけなのでございますが、こういう田舎の住居《すまい》でその頃はまだこの町には電灯なぞもございませず、枕許に立てた洋灯《ランプ》の光りも、床の間や鴨居天井のあたりまでは届かず、まことに薄暗い陰気な座敷でございました。が、ともかく新しく嫁取りもしましたことでございますし、家中はさすがに賑わっておりますから、私も別段なんとも思わず寝に就いたわけなのでございました。

その時にどういうわけですか敷いてありましたのが、店にいつも店晒しになっておりましたあの縮緬の蒲団なのでございます。ちゃんと家内の嫁入り道具の中に夜具もまいっておりますし、まさか親父が言いつけたわけでもなかろうにと、ちょっと不思議な気もいたしましたが、なにせ結婚当夜のことでございまして万事万端両親や仲人の采配どおりになって花婿で納まっている時のことでございますから、私も深くは気にも留めず、そのままその蒲団に眠ったわけなのでございます。

初めての晩でございましたから気は張っていたのでございましょうが、それでもやがてとろとろとして、何時間ぐらい経った頃でございましたろうか。いきなり夢中で家内にしがみつかれて私は吃驚《びっくり》して眼を醒ましました。急いで跳ね起きて洋灯《ランプ》に火を点《つ》けましたが、

「どうしたのだ、どうしたのだ？」

と問い質《ただ》しましても、家内はただガクガクと震えているだけで、口もきけずに蒲団を引っかぶっているだけなのでございます。ようやく真っ蒼な顔を蒲団の間から覗かせて、まだ震えの止まらぬ声で、

「綺麗な……眼の醒めるような綺麗な奥さんが血みどろになって……そ、そこに悄然《しょんぼり》と……お立ちなすって……真っ蒼な顔をしてわたしの方を見ておいでになって……お怖《こわ》やの！」

と急いでまた蒲団の中へ顔を埋めました。身体中にビッショリ冷汗をかいて、その熱気は私にまでも伝わってくるのでございます。

「夢に魘《うな》されたのではないかい？　そんな莫迦《ばか》なものがいるはずがないじゃないか！　どこにいたんだ？　この辺にかい？　この辺にか？」

と私もあまりいい気持はしませんのですが、初めて顔を合せた家内の手前、弱身を見せるわけにもゆかなかったものですから、起きて床の間のあたり、屏風《びょうぶ》の廻りなぞをくまなく調べてみましたが別段に変ったこともございません。ただそこには薄暗い洋灯《ランプ》に照らされて、家内の脱ぎ棄てた衣裳が衣桁《いこう》から深い襞《ひだ》を作っているばかりでございました。

「おおかた夢に魘されたのだろう？」

「でもわたし、宵の口からまだ少しも眠ってはいませんでしたもん」

と家内は恥ずかしそうに顔を赧《あか》らめました。そしてまだ気味悪そうに吻《ほ》っと溜息を吐《つ》いているのでございます。

「それじゃ夢を見たわけでもないが」

と私は苦笑いいたしました。

「じゃきっとこの衣桁に掛かっている着物でも、灯の工合でお前さんにそう見えたんだよ……きっとそうだよ」

家内は不服そうに頭を振りましたが、なにせ、宵に初めて顔を合せたばかりのことですから、家内も私もまだ他人行儀で、そう親しく口をきき合っていたわけではありません。万事が遠慮がちな時ですから、恐ろしそうに震えながらも家内もそれ以上はもう言いませんでした。

血塗《まみ》れになった美しい奥さんが真っ蒼な顔をして立っていたと言えば、ずっと以前、去年の秋の暮れ、あの土砂降りの雨の晩に大戸を叩いて阿母《おふくろ》と話をしていった女の人というのと寸分も変りのない姿でございます。私もあの晩のことを思い出して、なんともいえぬ、肌寒い気持を感じたのでございますが、その時は私もまだ二十六、七くらいの若い時分でございました。いままで稼業大切に働いて道楽一つした覚えもございませんから、女と共寝をしたのはこれが生れて初めてでございました。派手な長襦袢《ながじゆばん》一枚で震えている、初めてもらった妻というものがどうにも私の目には可愛く見えて仕方がございません。やがて今の気味悪い話なぞも忘れるともなく頭から消え去ってしまったのでございます。

やがて母屋の方で時計が四時を打ちましたし、納屋の方から一番鶏《どり》の声なぞがいたしまして、もう眠る間もございませんから、その晩はとうとうそれきりまじまじと床の中で夜を明かしてしまいました。そして夜が明ければいくら結婚早々でも、やはり商家のことでございますからまた店の方も手伝わなければなりません。それに家の中も私の気持もなんとなしに賑やかに浮き立っておりましたから、いつかのあの血だらけになった女の人の話を阿母にもう一度聞いてみようみようと思いながら、つい取り紛れてそれなりだったのでございます。

そして前夜からのことはそれきりすっかり忘れ果てていたのでございました。が、ちょうど晩の八時頃ちょっと用事がありまして離れの自分の居間へまいろうとしておりますと、血相変えて部屋を飛び出して来た家内と、廊下でぶつかり合ってしまったのでございます。

「また……あの怖い女の人が！　早く貴方《あんた》！　早く行って見て！」家内は結い立ての髷《まげ》も乱して蒼褪《あおざ》めきって歯の根も合わぬくらいに震えているのでございます。途端に前夜のあの出来事がハッと私の胸を衝《つ》きました。とり縋《すが》る妻を振り切るようにして私は大急ぎで今家内の逃げ出した座敷へ飛び込んで見ました。

が、そこには明るく洋灯《ランプ》が輝いて、長押《なげし》の隅々、床の間、相変らずどこに何一つの変ったところもないのでございます。今まで家内はそこで片づけ物をしていたと見えて、押し入れの唐紙が半開きになり、そこから嫁入り道具や髪の物なぞがはみ出しているばかりでございました。

私は隣りの座敷の唐紙もことごとく開け放して見ました。しかもここにも別段の変ったところはないのでございます。そして第一まだこんな宵の口の、八時や九時頃家のものもみんな起きて往来も賑やかな時刻に、幽霊なぞというそんな莫迦《ばか》なものの出ようはずもないことでございました。

「何を莫迦なことばかり言ってるんだい？　来てごらん！　何にもいやしないじゃないか！

お前さんの気のせいだよ！　どこにそんなものがいる！　さ、来てごらん！」

と私はまた廊下へ引き返してきて家内の手を執《と》りました。

「だって……あの血だらけな恰好をしてあの蒲団の上に坐っていたんですもん。淋しそうな顔をして……真っ青な顔をして！　わたし怖《こお》うて、もうどうもならん」

と家内はまだ今のその顔が眼先にちらついてくるのでしょう。さも恐ろしそうに肩を震わせておりました。

「どこにもそんなものはいやしないと言うのに！　お鹿《しか》、来てごらん！　どこにそんなものがいる」

じれったくなって私は力をこめて家内の手を引きました。がその途端でございます。ギョッとしてすんでのことに私は声を立ててそこを逃げ出すところでございました。血の気もない顔をして私に手を引っ張られながら、まだその場を動こうともしないで私を凝視《みつめ》ている家内の顔が、みるみる何ともいえぬ凄まじい形相《ぎょうそう》に変ってきて、その腰から半身以下が真っ紅に染まりながら、私の顔を食い入らんばかりに眺めているのでございます。

私は竦然《ぞっ》と総毛立ちながら、思わず眼を閉じて二、三度頭を振りました。そして、こわごわ眼を開けて見れば、そこに恐ろしそうに私を振り仰いで竦《すく》んでいるのは、やっぱり私の可愛い家内のお鹿の顔に相違ございません。

「そんな怖い顔をしないどいて！　なぜまた貴方《あんた》そんな怖い顔をしてわたしの顔ばっかり見ていらっしゃるん？」

と家内は震えながらも、怪訝《けげん》そうに私の顔を覗き込みましたが、その拍子に何を私の眼の中に見たものか、

「キャッ！」

と叫ぶと憑かれたように私を振りもぎって母屋のほうへ逃げ出しました。そして今の家内の叫びに驚いたのでしょう。茫然《ぼんやり》と突っ立っている私の耳にも、店の方から番頭や小僧たちのどやどやと駈け出して来る跫音《あしおと》が聞こえてきたのでございます。

四

騒ぎは一時に大きくなりました。そして困ったことには妻はもう私さえも恐ろしがって、私が側へ寄ると慌てて父や番頭の陰へ隠れるようにして飛び退《の》きました。そしてこんな恐ろしい家には一刻もいることができないから、すぐに離縁を貰って家へ帰ると言うのでございます。

「莫迦《ばか》なことを言いなされ！　昨日祝言がすんだばかりで何の理由があって家へ帰らせられる？　幽霊？　莫迦な！　幽霊が出るから家へ戻って来たと貴女《あんた》は親許へ戻っていいなさる気か！　阿呆らしい！　家に幽霊が出るもんなら、なにも昨日や今日に来た貴女一人の眼には映らんわ。親子三人番頭も小僧もこうして多勢いるに、今までにそういう人々の眼に映らんというはずがないじゃないか！」

と親父は頭ごなしに呶鳴《どな》りつけました。阿母《おふくろ》は阿母で離縁をしてくれなぞととんでもないこ

とを言い出すには、何かそんな莫迦げた理由《わけ》ではなくて、ほんとうの理由があるに違いない。理由によってはそちらから離縁を望まぬでも、こちらから熨斗《のし》を付けて親許へ帰して上げるから、仲人を呼ぶまでのことはない、ここでハッキリした理由を言いなさいというようなわけで、彦吉《これ》がここにいるために言いにくいのなら彦吉《これ》にはしばらく店の方へ出てもらいましょう、といきり立つのでございます。お陰で私はしばらく莫迦な顔をして、店番を勤めていたような始末でございました。

さすがにこう膝詰談判《ひざづめだんぱん》をくいましては、家内もただ恐ろしい怖いだけではすまされなくなってまいりましたのでしょう。泣きながら昨夜《ゆうべ》からの一部始終をありのままにぶち撒《ま》けたものとみえまして、やがて私がまた奥の間へ戻ってまいりました時には、親父と阿母と家内との三人がまことに気拙《きまず》そうに顔見合せながら坐っているのでございます。

「それほどお前が言うのでは、まんざら根も葉もないことでもないだろうが、困ったことが持ち上がったものだな」

と親父は腕組みをして苦り切っていました。

「ただされ去年の秋から商売の方も旨く行っていねいのに、またこんな噂でも立った日にはよけい商売の方にも響いてくるし、弱ったもんだ」

「それにしても彦吉が幽霊というわけでもあるまいに、なにもお前さんが彦吉までを怖がることもないだろうにね」

と母も厭な顔をしているのでございます。

「……」

妻はまるで自分が悪いことでもしでかしたかのように、切なげに俯向《うつむ》いておりました。

「ところでそんなことばかり言っていても仕方がないが、さしずめ今夜のところですがね」

と阿母が膝を乗り出してまいりました。だれの彼のというよりも、もしそういう自分の逢ったあの女の人そっくりの幽霊が出るものならば、わたしが自分で今夜はひとつ離れへ泊ってみようじゃないかね、と言い出してきたのでございます。

「怨みのあるところへ出るというのなら話もわかっているが、なんの怨みつらみもないここの家へなんぞ出てケチをつけるのがわたしには腑に落ちない。今夜出て来たらわたしだってもう容赦はないね。向う様どころか！　こっちこそ、怨みの百万だら並べ立ててやらなけりゃ腹が癒《い》えないよ」

と阿母は煙管《きせる》を叩いて意気込みました。もちろんその反面には嫁いで来て早々妙なことを言い出してきた家内に対して、もし幽霊でも出なかったぶんにはそのままにはしておかないよという母の勝気な、いつもの気性がありありと眉の間に溢《あふ》れていたのでございました。

「また婆さんがつまらねいことを買い込みよる。人が怖がることをなにも無理に買って出るには及ばねえがな。ほかに部屋がねえというわけじゃあるめえし、離れが気味悪かったら、なあに戸締めっ放しにして使わずにおけば済むことなんだから」

と、親父は穏やかな気性ですから笑っておりましたが、母の気丈はよくのみ込んでいましたから、どうせ言い出したからには後へは引かないと思ったのでしょう。

「それもいいだろう。こんな強い婆さんに出て来られたら先様《さきさま》で面食らって引っ込んでしまうだろう。そいじゃまあそうと決まったら、さあもう若いもんは引き取って寝《やす》んだがいい！　寝んだがいい！」

とその時小僧が呼びに来たのを機会《しお》に店の方へ立って行ってしまいました。そんなことでまあこの騒ぎにもケリがついたのでございましたが、私と家内とで、店と奥との隣りの三畳の方へ、家内の嫁入りの蒲団を搬《はこ》び込んでいました時には、阿母はもう昨夜《ゆうべ》まで私たちの使っておりました例の蒲団の上に横になって、

「ああ極楽や！　広々とした座敷の中でこんな結構な蒲団の上にのびのびと寝てられるものを、お前さんたちは粋狂な人たちやな」

と笑い笑い私たちを眺めて冗談なぞを言っておりました。

それをまた私も笑いながら、蒲団を搬《はこ》んでおりましたのですが、さすがに親父の寝ている隣り座敷だという安心があったのかもしれません。あるいは座敷が狭くて床を敷くともう幽霊の出てくる隙間もないほどに、一杯になったのに気持が休まったのでございましょうか。

家内もまことに心が落ち着いて、初めて楽しそうな笑顔なぞを見せてくれましたのでつい私もうっかりして阿母の様子も気にかけずに安心して眠ってしまいましたのですが……。

ハッとして夢うつつのうちに、思わず私は枕に頭を擡《もた》げて耳を澄ませました。

かたわらに家内は、二日間の疲れが出たのか気持よさそうにスヤスヤと軽い寝息を立てて眠っておりましたが、どこか地の底からでも響いてくるような人の呻《うめ》き声がかすかに耳を打って

くるのでございます。高く低く尾を曳《ひ》いて、まるで喉首でも締めつけられているような、総毛立つほど厭な魘《うな》され声でございました。

阿母《おっか》さんだな！　と気がついて私がはね起きた時には、隣りで親父も眼を醒ましたらしい気色でございました。

「お父《とっ》つぁん、眼が醒めているのかい？」

「魘されているようだな」

と親父も嗄《しわが》れ声でございます。

「なんだな大きなことを言って！　だから止せばいいのに、から意地はねえじゃねいか！　彦吉！　起してやりねえ！」

「よし起して来てやろう」

と私が障子に手を掛けた途端、ひときわ高くううむと身の毛のよだつような声を張り上げたと思いましたが、それっきりパッタリと声は途絶えて、離れからはもう何の物音も聞こえてはきませんでした。

「なんだか様子が可怪《おかし》いぞ！」

と親父も気に掛かるとみえて起き出したらしい工合です。変に胸騒ぎがして廊下を離れの前まで行って、

「阿母《おっか》さん！　阿母さん！」

と呼んでみましたが、内部《なか》は洋灯《ランプ》も消えて何の物音もしないのでございます。もう猶予はで

きませんから障子に手を掛けて一思いにがらっと引き開けようとしましたが、どうしたことか障子が磐石《ばんじゃく》のような重さで開かないのでございます。

「いけねえ！　変だ！」

と親父もいつの間にか背後《うしろ》に突っ立っていて、一緒になって開けようと焦ってみましたが、開かばこそ！　ふと気づいて隣りの障子に手を掛けましたが、これもまた敷居際に閊《つか》えて滑らかに開きません。苛《い》ら立ち切ってうんと力を籠《こ》めると一緒に、障子は敷居をはずれて物凄い勢いでドサッ！　と掩《おお》いかぶさるように縁側へ倒れかかってまいりましたが、一瞥《ひとめ》見るといきなり私は「阿母さん！」と夢中で取り縋《すが》りました。

外から開かなかったのも道理！　肥った母は寝巻の胸もはだけたまま、よほど苦しんだものとみえて、両手を開けるだけ開いて、障子に向って大の字なりに縋りつきながら、眼を吊るし上げてもう息は絶えていたのでございました。


せっかくのお望みでございますから、私の存じておりますことだけは申し上げましたが、どうぞ阿母《おふくろ》のところはこの辺で御勘弁下さいまし。

ともかく母の初七日も済んだ後、親類どもも寄り集まりましていろいろと後々の相談をいたしましたが、結局だれ言うともなく、どうも蒲団に何か怪しい怨霊でも憑いているのではないかということになりました。

この蒲団を仕入れましてから、商売も左前になったり家中が陰気臭くなっておかしなことばかり続きますし、それに現に亡くなった晩も、阿母は、あの蒲団を敷いておりましたが、私どもは幸か不幸か、座敷を変えておりましたばっかりに、蒲団も家内の持ってまいりましたのを使いましたからなんのこともなかったのでございますが、どうもこの蒲団に何か怪しいことがあるのではなかろうかということになりまして、初七日の法事も済んだあと、親類どもにも集まってもらいまして、この蒲団を解《ほど》いて見たのでございます。

中の綿もいちいち揉みほぐして丹念に調べて見ましたが、掛け蒲団にはなんのこともございませんでした。夜着にも別段変ったことはございませんでした。それから敷蒲団――これも一枚の方にはなんの変ったところもございませんが、残る一枚の方、つまり私どもの重ねた下の方に当る分なのですが、これを解いてまいりますと、真ん中頃に二カ所どす黒くコチコチに乾《ひ》干《か》らびた、どうも血らしいものの付いているところがございます。

さてはとここを取り分け丁寧に解きほぐしてゆきますと、どうでございましょう！　カラカラに乾干らびた女の片手の指が五本……よほど鋭利な刃物でバラリと落《おと》したものでございましょう、肉なぞはすっかり落ちて、撚《よ》れ撚れになった皮膚が白い骨と爪だけに纏《まと》わりついて現れてまいりました。

それともう一つ、……これはいかにも申し上げにくいのでございますが、御婦人のある場所を抉《えぐ》り取ったとみえて、これも白くカラカラに乾干らびきった皮膚が、ただ一摑みの毛だけはそのままに綿に包《くる》まって出てまいりました時には、その場におりました者七、八人思わず「呀《あ》っ」と叫んだきり、あまりの不気味さに顔色を変えぬものはございませんでした。

手の指の方はともかくとして、御婦人でこの場所を抉られましたらもうどんなことをしましても命のあろうはずはございません。なるほど亡くなった阿母《おふくろ》が話し合ったというあの美しい女の人も、家内の見ました怨霊も、腰から下が血塗れになっていたというわけがようく私どもにも合点がまいったのでございます。

存ぜぬ昔ならばともかくも、もうこういうことを知りました以上一刻でもこんな蒲団を家へ置いとくわけにはなりませんから、すぐ元どおりに縫い繕《つくろ》って、私どもの菩提寺の舒林寺《じょりんじ》というのへ何はともあれ預かってもらうことにしたのでございました。

実はその時警察の方へも一応届けたらという話が出ぬでもございませんでしたが、いまさらこんな日数《ひかず》の経ったものを警察へ届けたからとて、亡くなった阿母が戻ってくれるものでもございませんし、それよりも何事も因縁と諦めて、どういう身の上のお方かは存じませんが、こんな酷《むご》たらしい殺され方をなすった方の後生《ごしょう》をようくお祈りして上げたらということになって、いちおう菩提寺の方へお預けしたようなわけなのでございます。

五

その後舒林寺の住持の方からもお話がありまして、こういう怨霊の籠《こも》ったものはこんな小さな田舎の寺に置くよりも、いっそ総本山の増×寺へお納めして、今の大僧正様は近代での名僧智識と評判の高いお方だから、こういうお方に引導を渡してもらったならば、この非業《ひごう》な最期を遂げられた御婦人も安心して成仏ができるだろうから、そうなさったらどうだろうかという御相談でございました。もしその気持があるのなら、衲《わし》も一緒に行って、ようく大僧正様に頼んで上げてもいいとの親切なお話でしたから、さっそく親父にその話をいたしましたら、阿母を亡くしましてからめっきり気が弱くなっております親父は、一も二もなく賛成してくれまして、ぜひそうお願いした方がいいと申すのでございます。

で、親父の代りに私と親類の者と、それから御住持との三人で蒲団とそのほかにお経料として五十円携えて上京いたしまして、増×寺様にわけをお話してようくお願いしてまいりました。増×寺様でも快くお引受け下さいまして、懇《ねんごろ》に回向《えこう》をしておくから、もう何にも心配せずに安心してお帰りと仰せて下さいましたので、はじめて私どもも吻《ほっ》といたしました。

ところがどうでございましょう。不思議なことには、去年の秋親父が仕入れから帰ってまいりまして以来、急に店が寂れ出して、さきほども申し上げましたように、まるで物怪《もののけ》に憑かれたように暗くじめじめとしておりました家の中が、増×寺様から帰ってまいりますと一緒に拭ったようにからっと晴れ渡りまして、店へ見える客も、働いております番頭や小僧たち、煤《すす》けた天井の隅々までも、気のせいか見違えるように明るく生き生きとしてきたことでございます。まるで雨降りのあげくに、青空が顔を覗かせてきたような工合でございました。本来なれば阿母があんな悲業な最期を遂げまして、家の中はいっそう陰気さを増さなければならなかったはずなのでございますが、かえって思いもかけずその反対になってまいりました時には、今まで知らなかったこととは申せ、あの蒲団に絡まる怨霊の恐ろしさに、いまさらながらただただ震え上がらずにはいられなかったのでございます。そしてこれもひとえに増×寺の有難い御引導のお陰と、手を合せておりましたのでございますが、しかもそれがどうでございましょう。忘れもせぬ、三月の二日、ちょうど私どもがお納めして安心して帰ってまいりましたその翌《あく》る日に新聞を見ますと、あの結構な増×寺が時も時私どもが蒲団をお納めして帰りましたその晩のうちに、原因分らずの怪火を発して見る間に焼け落ちてしまったと出ているではございませんか！

恐ろしいことだと思いました。因縁でございます。何事ももう因縁でございます。そうとよりほかには、もうなんと申す言葉もないのでございます。

そう思って私どもはそれ以来、名前もわからず所もわからぬままに、御住持にその御婦人の戒名《かいみょう》を書いていただいて、阿母の位牌に並べてこうやって朝晩拝んでいるのでございます。御覧下さいまし、仏壇のあの右の方に並べてある白木のお位牌《いはい》がそれでございます。そうそう、その時念のために親父に書いてもらった所書《ところがき》を見て、その蒲団を買った芝の露月町の小さな古着屋さんとかいうのを訪ねてみましたが、名宛《なあて》の所にはそういう人は住んでいず、どうしてもわかりませんでした。諦めて帰ろうとしておりましたところが、ようやく煙草を買いにはいった家で、その古着屋さんならば、もう七、八カ月も前にお内儀《かみ》さんとかが発狂して、御亭主は子供とお内儀さんを連れて夜逃げ同様在所の方とかへ引っ込んだということで、しみじみ恐ろしいことだと思いました。

え？　親父でございますか？　もうこれも疾《とっ》くに亡くなりました。

阿母《おふくろ》もあんな死に方をしたもんだから、その因縁の絡まる怨霊の主の素性をぜひどうにかして知りたいもんだ、と生前口癖のように申しておりましたが、七年以前にふとした風邪が因《もと》でポックリ亡くなりました。死ぬ以前からめっきり気が弱くなりまして、仏弄《いじ》りばかりいたしておりましたが、これもやはり因縁なのでございましょう。

西洋狗張子《いぬはりこ》——現代幽霊物語の数々

牧《まき》　逸《いつ》馬《ま》

1

元禄四年とかに出た、了意《りょうい》和尚の怪談物語り「狗張子」の序に、

「あめつちひらけ初めしよりこのかた、人その中に生《うま》れて、時うつり年あらたまり、後に生れし人は、わが見ぬ世の事を昔というならし。昔もその時は今ぞかし。今をすぎて生れし人は、今をもまた昔というべし。むかしと今とさらにかわる所なし。」

とある。面白い。これをちょっと摸《もじ》って、

「東に生れし人は、わが見ぬ地の事を西というならし。西も、その西よりすれば東ぞかし。東と西とさらにかわるところなし。」

やはり怪談となると、西洋でも、「因縁《いんえん》」とか、「魂魄《こんぱく》この地にとどまりて」なんかということになるらしい。

倫敦《ロンドン》の新聞 The Daily News 紙が、そのマガジン・ペエジを公開して、広く実際の怪異談を募ったことがある。

僕の手許にある、一九二六年十一月六日附けの同紙に、

「公衆の大部分は、幽霊なるものの実在を確信するものである。――と、編輯子《へんしゅうし》は確信する。が、遺憾ながら、多くは、はなはだ不適当な、不十分な証材《エヴィデンス》に基づいているのだ。そこで全国を見わたすと、例《たと》えば、田舎である。人影も稀《まれ》な農園、静まり返った郊外の道路、さては都会でも、倫敦のアパアトメントなど、実際いま現に人が住み、かつては死人がその生前の生活を持ったところに、何《ど》うして幽霊、もしくは幽霊らしいものが、時として現われないと誰《たれ》が断言出来る？　人のあたまで解釈出来ない無気味な、神秘的な現象――それは何処《どこ》にでもあるものだ。

で、本紙はここに、この種の出来事を読者のあいだに募集する。自己又は知人の経験による明白な事実でなければならないことは言うまでもない。土地に伝わる口碑《こうひ》、俗説の類は採らないことを、特に明言して置く。或《あ》る人は、成る程ちょっと説明のつかない経験というものは、誰にでもあるだろうが、それをペンにして世上に発表することは、全く無駄だ、愚劣だと言う。しかし、吾々《われわれ》生きている人間から観て、無駄であり、愚劣に思われることこそ、往往《おうおう》にして幽霊にとってはこの上なく重大、且つ尊厳である場合がすくなくないのだ。否、最も瑣末にして常人の看過し易い顕現が、霊界及び霊界的な事物の特徴であると観察して、大過ないと信ずるのである。故にこんな詰《つま》らない話しを――などと逡巡《しゅんじゅん》せずに、揮《ふる》って御投稿あらんことを。

時代は、変《かわ》った。幽霊も、時代と緒《とも》に推移しなければならない。何時《いつ》までも『血の滴る手』と『鎖を引き擦る』幽霊でもあるまいと思う。これらの過去、並びに伝奇《ロマンス》の世界に属する幽霊は、吾人《ごじん》の与《くみ》せざるところである。

新しき型の幽霊よ、出でよ！」
そして、掲載の分には、十篇につき二十磅《ポンド》――二百円――の賞金を、長短に応じて分配するとある。後《あと》ではこれを四十磅《ポンド》に増額した。成績がよかったのだろう。三千七百余通集まった。そのなかから厳選して、毎日二、三篇ずつ載せたのだ。かなり長くつづいている。

このデエリイ・ニュウス紙の「妖怪事実談を募集する言葉」はこれでも大真面目なのだろうが、幽霊という芸術家的性格も、英吉利《イギリス》へ出ると、靴のようにあまりにも実務的に、麵麭《パン》のようにかさかさになるのかも知れない。ふたたび狗張子には、「月日《つきひ》星《ほし》のめぐり、雨露のうるおい、山はたかく海はふかし。松の葉のほそく蓮の葉のまろき、鳥けだもの昆虫、色も声も水も火も、只《ただ》いにしえにたがうことなし。久しきをつたうるには、かすかにしてこまやかならず。ちかきをつたうるには正しくしてつまびらかなり。」

デエリイ・ニュウス紙の厳選した中から、僕がまた厳選してみる。応募者の住所氏名は一々《いちいち》記さないことにしよう。

いそがしい日でした。特別に忙しい日でした。その頃流行《はや》った西班牙《スペイン》風邪で、事務所の人がふたりも寝込んでいたので、私はその人達の分も働かせられてへとへとになってしまいました。仕事の多いのは構いませんが、それでも、夕方になって私室《サンクタム》に引き取った時は、長い一日が終《おわ》ったよろこびで一ぱいでした。申し遅れましたが、当時私は、倫敦の或る大きな看護婦学校――今でもあります――の学務課に勤めていたので御座います。

ラジオが発明されて間もない時分でした。学校に、立派な機械が取りつけてあって、私たち校内に寝泊りしている者は、そこから銘めい自分の部屋へ引きこんで、耳に聴取器を当てて寝るまでの時間を楽しむように許されておりました。で、その晩も私は、煖炉の前へ椅子を引いて、あの、電話交換手のする輪のようなものを頭へ掛けて、ラジオを伝わって来る音楽に耳を傾けていました。

忘れましたが、演目は何でも、独逸《ドイツ》から来た有名な管絃楽団《オウケストラ》だったようにおぼえています。九時ごろでしたろうか――。

一生懸命に聴き入っていましたが、すると、そのうちに私は、吃驚《びっくり》して椅子から跳び上ったのです。

「誰か来て頂戴！　助けて――分校の物置き――。」

という消魂《けたたま》しい声です。それがはっきり、オウケストラの音波の上に、ラジオを通して聞こえたじゃありませんか。

私は呼吸《いき》を凝《こ》らして、もう一度きこえやしないかと待ってみましたが、それきり、あとはまた和やかな交響楽のメロディです。

何だか、ひとりでいるのが薄気味悪くなって、私は直《す》ぐ廊下へ出ました。

分校というのは、この、わたくしどものいます看護婦学校と、中庭を隔てて、丁度背中合わせに、一つ裏の通りに面している、古い小さな建物なんです。もと下宿屋だったのが、久しく明《あ》いていたので、学校が手狭で困っていたもんですから、最近買い取ったのでした。が、使うにしても、内部《なか》などかなり造作《ぞうさく》を変えなければなりませんし、それに、何《ど》ういう風に模様更《が》えするかまだきまっていませんでしたから、私たちは、もう分校と呼んでいましたが、実際には、買った時の空家のまんまで、戸には外部《そと》から固く錠が下り、窓など板がぶっつけてあって、昼間中庭の植込みを通って見ますと、まことに殺風景なものでした。

人のいる訳はなし、誰も行《ゆ》くところではないので御座います。ことに夜の九時――それに、「分校の物置き」と申しましたね。物置きといっても、別に小屋のようなものがついているのでもございません。きっと、何処《どこ》の家でも物置き代《がわ》りに使う、屋根裏の荷物部屋のことに相違ない。私は、そう思いましたけれど、一体あの、唐突《だしぬけ》にラジオを伝わって来た声を、真剣にとったものか何《ど》うか、それが疑問で御座います。何《ど》うして、音楽に混って、あんな声が聞こえて来たのだろう――誰かが、マイクロフォンの前で冗談を言ったのかしら――でも、それにしては、分校などというのが変です。分校なんて、勿論《もちろん》、ほかにもある学校が沢山御座いましょうけれど、さしずめ私たち、この看護婦学校の言葉なんですものね。考えているうちに、私はぞっとして来て、廊下を小走りにまだみんなの騒いでいる娯楽室へ這入《はい》って行きました。

「今のラジオの声、どなたかお聞きになって?」

扉《ドア》を開けた私は、ちょっと変な顔いろをしていたかも知れません。ブリッジや、ダンスの真似や、雑談に先生の悪口が出たりして、相変らずわいわい言っていた、寄宿生や医務局の人達が、ぎょっとして見返りました。

そして、皆不思議そうに、

「いいえ、何《なん》にも――。」

「あら、ラジオの声って、なあに?」

「何いってるの。ラジオはしょっちゅう何か声を出してるじゃないの。」

などと、口ぐちに、訊いたり、冷かしたり致します。私はついむきになって、今聞こえた声のことを、皆に話そうかと思いましたが、何だか、言わないほうがいい、言ってはいけないような気がして、黙り込みました。

「あんまり早くお眠《やす》みになるからよ。夢でもみたんだわ、きっと。」

誰かがこんなことをいうと、どっと笑って、それきり私には構わず、また一同ピンポンを初めたり、ピアノを叩いたり、がやがやお饒舌《しゃべ》りをつづけています。

夢かしら?――私も一時そんな気が致しました。ラジオを聴いているつもりで、オウケストラの旋律《メロディ》に魅されたように、瞬間とろとろとしたのかも知れない。でも、私には、居眠りした記憶など、すこしもないんですの。

ほんとに、助けを呼ぶらしい、たましいの籠《こも》った声でした。

「誰か来て頂戴! 助けて――分校の物置き――。」

まだ耳の底に残っています。何だか、気になって耐《たま》らなくなって来ました。

「誰か中庭へ散歩に出ない? 好《い》い月だわ。」

全く、月の美しい晩だったんです。そうしている娯楽室の窓にも、門の傍《そば》の大きな樫の樹の梢《こずえ》が、くっきりした影を見せていました。

とにかく中庭までで出てみよう——こう思った私は、一人では厭《いや》ですから、だれかお仲間を拵えようと、そう言って近くの顔を見まわしたんですけれど、もうみんな相手にならないといったように、振り向く人も御座いません。

「気紛れな方ねえ。」一人が、吐き出すように、「この寒い十二月の晩に、お庭に散歩に出ようなんて——何《ど》うかしてるわ。」

取りつく島もないようになった私が、ぼんやり娯楽室を出ますと、ちょうど向うの医務局のほうから、大きな跫音《あしおと》を響かせて男の方が来るのに出会いました。

九時過ぎですから、そんなに晩《おそ》くはなかったんです。

ベレスフォウド先生といって、医員の一人がお帰宅《かえり》になるところでした。

私は、なぜか自分でも判《わか》らずに、先生に獅嚙《しが》みつくように昂奮《こうふん》して、

「神経だなんて、お笑いにならないで下さいましね。あたくし、只今部屋でラジオを聴いていますと——。」

すっかりお話ししました。先生も、初めはにやにやしていらっしゃいましたが、私の様子があまり真剣なので、

「宜《よ》し。じゃあ、僕が一緒に行ってみよう。来給《たま》え。」

医務局へ引っ返して、分校の鍵と懐中電燈と、握り太のステッキを持って来られました。

私も、部屋から外套《がいとう》を着てきて、二人で、中庭へ出たので御座います。

倫敦でも、ハムステッドのあの辺は、古い木が繁っていて、まるで森の奥のようでございます。月に浮かれて、梟《ふくろう》が鳴いたりします。ばさっ、と、隣家の檐《のき》をかすめるのは、蝙蝠《こうもり》の羽ばたきなんです。明るい夜《よ》の微風が渡るたびに、立木《たてぎ》が、小さな、割れるような音を立てます。あき家の「分校」は、窓に打った板が白く光って、大怪我をした盲人のように無気味に見えました。

2

中庭を横切ると、分校の裏手で、年中陽の当《あた》らない、古い、円《まる》い石畳みが、苔のうえに薄氷《うすごおり》を張らせて、兎《と》もすると足が滑りそうです。あぶなさと怖さに、恥かしいのを忘れて、私はベレスフォウド先生が手を取って下さるのに任せていました。

懐中電燈を光らせて、まず一通り外側を廻ってみましたが、何の異常も御座いません。おもての往来に面した、玄関の扉《ドア》に鍵を当てて、這入《はい》ろうとしていますと――何でしょう。家内《なか》からかすかに声が聞こえて来るんです。泣き声のような、呻きのような――私は、夢中で、逃げ出そうとしましたが、考えてみると、ベレスフォウド先生も一人ではやっぱり怖かったのでしょう、しっかり手を握っているので、そのまま引っ張られるように這入《はい》ってしまいました。

階下《した》の各室には、何ごともありません。

「物置きと申しましたのよ。屋根裏《アティック》のことでは御座いませんでしょうか。」

私が囁《ささや》きました時、また、声が聞こえて参りました。確かに人間の声です。それも、私の言葉に答えるかのように、家のずっと上のほう、何《ど》うも屋根裏らしいんです。

女の前に、弱いところを見せまいとなすって、先生も、一生懸命だったんじゃないでしょうか。私は、先生にくっついて、顫《ふる》える足で、階段を上《あが》って行きました。

古い家――ことにもと下宿屋だったと知っているだけに、何《ど》んなに多勢の、そして色んな生活の人々が、様ざまな感情でこの階段を上下したことだろう――そんなことが思われて、恐怖は一層募るばかりです。

二階も、一わたり見て歩きましたが、何のことも御座いません。ただ、その、啜《すす》り泣きのような、訴えるような声が、だんだん近いところに聞こえて来るだけです。

私の考えたとおり、「物置き」といったのは、たしかに屋根裏のことらしいんです。

最後の階段を昇りつめると、三階、つまりその屋根裏です。

厚い扉《ドア》があります。いま、声ははっきり、戸の向う側から聞こえています。

先生が、把手《ハンドル》をがちゃがちゃいわせましたが、鍵がかかっていて開きません。

「おい、誰だ! なぜそんなところに這入《はい》っているんだ。あけ給え――開けろ!」

室内《なか》からは、低く細く泣き声がつづいて、何ですか、"Can't" と繰り返すような声が、聞こえました。開けられない、というのでしょう。ベレスフォウド先生は、大学を出て間もない、若い方なので、もうこうなると、威勢がいいのでした。手にしていらしったステッキを私に持たして置いて、全身の重みを投げて戸へぶつかったんです。
五、六度そうやって、激しく肩で押しているうちに、めりめりいって、扉《ドア》が開きました。私も先生も、のめり込むように這入《はい》りましたが――真っ暗で、何も見えません。と、さっと掃かれた先生の懐中電燈に、うつったものがあります。
子供なんです。男と女と、二人の幼児《こども》なんです。姉弟《きょうだい》でしたろう、よく似ていました。姉は九つぐらい、弟は六つか七つでしょうね。ふたりとも綺麗な、黒っぽい着物を着て、可愛い顔をしています。

くらい寒い荷物部屋の床に、じっと坐って、楽しそうに、にこにこしているんです。

「何処《どこ》の子だ？　どうしてここへ――。」

先生は、大声にそんなこと言いましたが、いいながら、階段を駈け下りて来ました。私はその前に、子供たちを一眼見て、転がるように降りていたんです。あの場合、ああしてにこにこ笑っていた子供の顔ほど、意外にも恐ろしかったものを想像することは出来ません。

どこの子か――何《ど》うして錠の下りた家の、しかも鍵の掛《かか》った屋根うらに這入《はい》り込んだか、そして、あの、交響楽と一緒に私にだけ聞えたラジオの声は？――一切判《わか》りませんし、誰にも満足に説明出来まいと存じます。

勿論《もちろん》、朝を待って、みんなでもう一度見に行きましたが、屋根部屋《アチイック》のドアがこわれているだけで、子供など何処にも居ませんでした。

デエリイ・ニュウス記者様。

一九一八年の二月、私が西部戦線から帰還した連隊を除隊になって、ルウトンの伯母の家へ泊りに行った時のことである。

寝室が皆ふさがっていたので、伯母は、五月蠅《うるさ》いほど弁解したのち、玄関から真っ直《す》ぐ伸びている廊下に面した、階下のサイド・ルウムに、急に私のために寝台を置くことになった。階下《した》の部屋に寝るのは、英吉利《イギリス》では余りないことだが、それでも、最近までの塹壕《ざんごう》生活に較べれば、何《ど》んなに優《ま》しだか知れやしない。私は伯母が気の毒がるほど、何とも思っていなかった。

その最初の晩だったが、家《うち》じゅう寝《しん》に就いて、私もぐっすり、もうかなり長く眠ったと思う頃、何者かに起《おこ》されたような気がして自然に、或《ある》いは不自然に、眼が覚めた。寝返りを打って、また眠りだそうとしていると、戸のそとの廊下を、何かしきりに往ったり来たりする音が、微かに聞えて来る。軽い、さやさやいう音で、何といったらいいか、変な——とよりほか、鳥渡《ちよつと》形容出来ないのだ。柔かい、引きずるような、あちこちへ触るような、実に怪異な物音である。私は、枕の上に耳を立てて、これに対する可能な原因を色いろ考えてみたが、何《ど》うも解《わか》らない、そのうちにふと、思いついたことがある。思い付いた、とよりも、思い当《あた》った——と言うのは、私の神経である。神経——私は、三年と百六十五日間、仏蘭西《フランス》で、炸裂《さくれつ》する砲弾と爆撃機の唸りのなかの生活を生活して来たのだ。戦争というものは、一時人の神経系統を組織的に破壊する。帰郷兵のほとんど凡《すべ》てがそうであるように、私も幾《いく》らか「何《ど》うかして」いるのかも知れない。そう思うと、ちょっと自己反撥の気持ちも手伝って、勇を鼓《こ》してその音の出どころを調べてやれという気になった。

が、困ったことには、燐寸《マッチ》がない。マッチは、当時競売《せり》のようにプレミアムがついて、仲《なか》なか手に這入《はい》らないのだ。伯母なども宝石のように大事にしていて、夜そこらへ出して置くようなことは決してなかった。音は、依然として断続して聞えて来る。私は思い切って、寝台を下りた。襯衣《シャツ》一枚で扉《ドア》をあけて、廊下を覗いて見た。

真っ暗である。眼をつぶっているように、まっくらだった。音は矢張りつづいていて、気の故《せい》か、表の戸口のほうから聞えて来るようだ。怖《おっか》なびっくりで、私はそっちへ歩いて行った。が、二、三歩進んだと思うと、この、家の中に、何処《どこ》からともなく、氷のような、恐ろしく冷たい風が吹き捲《ま》くって、はっとすると同時に何か白い物が闇黒《やみ》の奥から飛んで来た――それは、空中の低いところを、流れるようにやってきたのだが――そして、私の裸の脛《すね》から股《もも》へかけて、いきなりしっかり抱きついたのだ。つめたい、湿った、慄然《ぞっ》とする感触――恐怖の叫び声を咽喉《のど》に詰らせて、私は、狂人のように両手を下げて其《そ》のものを摑んでみた。

すると、ほっとして、次《つ》ぎに、私は其処《そこ》で独りでげらげら笑い出したのだが、それは、濡れた新聞紙だった。気がつくと、玄関《フロント》の戸が開け放しになっていて、戸外《そと》の薄明りがぼんやり見えている。誰か、最後に帰宅《かえ》って来た人が、しっかり戸締りをしなかったのだろう。何時《いつ》の間にか雨になって、それに風が加わったものだから、ドアが吹き開けられたのだ。雨に濡れた新聞紙が、音を立てて舞い込んで来ていたのである。

伯母とよくこの話をして笑ったが、暗い中で脚へ巻きつかれた時は、笑いごとではなかった。

戦線でも経験しなかった、呼吸《いき》の止まるような恐怖だった。

これなどは、幽霊の正体見たり新聞紙だが、如何《いか》にもありそうなのを取る。デエリイ・ニュウスの編輯子は、新聞記者だけに、この投書に"Latest News"という見出しをつけている。題のほうがよっぽど洒落《しゃれ》ている。

一月程前です。

僕――倫敦《ロンドン》大学の法科生――は、チャアリン・クロスからウェストミンスタアへ地下鉄《アンダグランド》に乗っていました。

朝の八時二十五分でした。夏の終りの蒸し暑い日で、チャアリン・クロスの停車場から、三等車へ乗り込んだ私は、二人ずつ並んで坐る横席《クロスシイツ》というのへ腰を下ろしました。窓の側には、すでに誰か居たので、私は、車内へ寄ったはしへ掛けたのです。

向い側には、労働者体《てい》の、頸《くび》に青いハンケチを結んだ男が、すわっている。入口に近く、官吏らしい身なりの、この暑さにきちんと山高帽をかぶった年老《としと》った紳士が、立っています。

そして、しきりに此方《こっち》を見ているんです。その視線のぐあいが私に向けられているようでもあり、また、そうらしくもないので、私は間もなく、焦立《いらだ》たしいような、奇妙な不安を感じ出しました。

――何をあんなに見てるんだろう?

そう思って、ふと隣席《となり》へ眼をやると、私も、何がなし異常な気持ちに打たれた。老人なんです。茶色の服を着て、杖に重ねた両手のうえに頤《あご》を載せている、只《ただ》の老人なんだが、――いや、ただの老人というべく、それは余りにもみすぼらしく、弱々しく、そして、何といったらいいか、まるで無機物のように、存在それ自身に、生きものには必ずある光沢というものが、すこしもないのだ。感じられないのだ。

が、それはまだいい。チャアリン・クロスとウェストミンスタアの真ん中のところで――気がつくと、座席にいないんです。

降りたのなら、私の前を通らなければならない。第一、地下鉄は、チャアリン・クロスを発《で》たきり、まだ一度も停まらないんです。窓は、上のはしがすこし開いているだけで、これも、開閉《あけた》てすれば気がつく筈だし、それに、窓から飛んだものなら、あけ放しになっていなければならない。何よりも、隣席《となり》に、そんな動きがあったなら、私も、前の男も、知らずに居る訳はありません。入口にいる紳士などは、不思議そうに、絶えずその老人を見ていたんですから――。

ほんの鳥渡《ちよつと》の間の出来事だ。

前方《まえ》の労働者が、驚きの叫びを上げました。

「いやあ！　何《ど》うしたんだ一体。」と、私のはしへ屈《かが》み込んで、「何処《どこ》へ行ったんだろう！」

向うの入口の老紳士も、ぽかんと頤《あご》を落して、今のいままで老人のいた、或いは、かれの影のあった、私のとなりの空席を、ぼんやり凝視《みつ》めている。

私が飽気《あつけ》に取られていると、労働者ていの男は、つづけて、

「ねえ、いま其処《そこ》に、誰か腰かけていましたねえ。」

「ええ、確かに居ましたよ。痩せた、年寄のようでしたが。」

「何《ど》うして降りたんだろう――?」と、急に寒くなったように、眼一ぱいに恐怖を見せて、

「どこいったんです。」

「さあ――私も変に思ってるんですが。」

全体、あの老人は誰だった? 何者だった? 彼《ヒイ》ではなくて、無生物の代名詞の「イット」だったのだろうか。

「妙なことがあるものですなあ。」

入口の傍《かたわら》から、老紳士が大声に、私に話しかけました。

3

これは姉の経験である。

姉は画家――あまり有名ではないが――なのだが、先頃南仏蘭西《フランス》の海岸へ写生旅行に行って、ちょっと伊太利《イタリー》の国境へ這入《はい》ったところにある聖《サン》レモへ一泊したことがある。

ホテルの名は逸したが、姉の部屋は、燈台のように海へつき出た突鼻《とっぱな》にあって、三階だった。削《そ》いだような岩の上に建っていて、下には、土台と擦《す》れすれに深い水がぐるりを取り巻いて渦

をまいていた。

その浪に邪魔されながらも、一夜何事もなく、姉はぐっすり安眠したのだったが、朝起きてみると、海に面した窓硝子《ガラス》に、白い線で女の顔が描いてあった。変に思って窓を開けてみたところが、硝子の外側に海水が当って、それが乾いて、塩が白く結晶したらしいのが、はっきり女の顔の形になっているのだ。

高い三階の、しかも、その一つの窓だけなのである。

おまけに、女の顔の下に、六本指の人間の手の型が、やはり塩がこびり附いて白く残っていた。

誰かのいたずらにしても、下は海で、舟で来たところで壁伝いに人が上《のぼ》ってこられるような場処《ばしょ》ではないのだ。

何《ど》うも不思議だと、姉は未《いま》だに、時々思い出しては話している。


実に不思議な話ですが、事実です。

私は、ブリス町《まち》に近いカウペン村に、もう十七年も住んでいる者で、友人のひとりに、倫敦の伝道会社に関係しているJ・T・ファウナスという牧師があります。丁度その時、ファウナス君は、会社から派遣されてこのカウペンに来て、毎日曜村の教会で説教をしていましたが、夜寝る前に、私はいつもファウナス君を引っ張り出して、運動のために、村はずれの野原まで、二人で競争のように足早に往復するのがつねでした。

その晩は、薄く霧が掛《かか》っていましたが、そのくせ、闇黒《やみ》の底に青い夜光《やこう》が浮動しているような、何となくぼんやりした感じでした。十一時頃だったと思います。何時《いつ》ものところまで行って引っ返して来ますと、村の中ほどに、四つ辻に面して、羅馬《ローマ》カトリック教の経営している小さな病院があります。その傍《かたわら》を通りながら、ふと気がつくと、何処《どこ》から来たのか、一匹の大きな黒犬が、私達と歩調を合せるように、ぴったりくっついて、並んで歩いているのです。長い道をあるいて来たとみえて、草臥《くたび》れ切っている様子です。舌を出して、息を弾ませながら、悲しそうな眼で私たちを見上げます。一分間も、そうやって尾《つ》いて来たでしょうか——私もファウナスも犬に話しかけましたし、ファウナス君は、かなり長い間蹲踞《しゃが》んで、犬の頭を撫でていてやりました。

「きっと途《みち》に迷ったんだね。」

「そうだろう。村では見かけたことのない犬だ。」

そんなことを話し合って、また、歩き出そうとした時です。

びっくりしました。犬が、私達の眼のまえで、くるくると縮まって円くなるように見えたかと思うと、今度は、反対に拡がり出したんです。ひろがる——つまり、spread するんですが、何といったらいいか、こう、糊《のり》でも伸ばすように、平べったくなる感じなんです。そして、おや！　と思っているうちに、普通の寝台蒲団《ベッド・クィルト》ぐらいの大きさになってしまいました。まっ黒で、薄っぺらで、紙のようにひらひらしているんです。

私とファウナス君が、飽気《あっけ》に取られて佇んでいるとそれは、風に乗るような具合に空中へ舞い上って、樹の枝に触ってばさっと大きな音を立てたのち空高く悠々《ゆうゆう》と飛んで消えて往《い》きました。

　夢の中にいるような気もちで私たちは、ぼんやり立ちすくんで見送っていたんです。

　翌日と、その後、ファウナス君がカウペン村にいるあいだ二、三度、白昼《ひるま》も、それから夜の同じ時刻にも、その羅馬教病院の横へ行ってみましたが、犬にしろ何にしろ、もう別に変ったことには出会いませんでした。

　幽霊といっていいか何《ど》うか知らないが、幾ら考えても、僕には解らないのだ。

　何か心理的に、或いは科学的に説明がつくのかも知れないが、兎《と》に角《かく》、場処《ばしょ》それ自身が、あまり愉快なところではなかった。


　一九一八年欧洲大戦のソンムの戦場だった。日中の事で——お天気のいい午後だったが——僕は、前線から伝令を命じられて、後方の司令部へ引っ返すべく一人で、広い平原を横切りつつあった。

　と、何《ど》うしたのか、独軍の撃ち出す砲弾が急にその野原へ集中しはじめたので、僕は、兎のように走り廻って、いきなり、手近の地面に、抉《えぐ》り取ったように大きくあいている砲丸の跡へ跳びこんだ。見ると、その穴の底に、独逸《ドイツ》兵の死体が一つ、上向きに倒れて、顔を反《そ》らし加減に、蒼い空に破裂する砲弾をうっとり仰いでいるといった恰好なのだ。僕はぎょっとしたが、戦場では、弾《たま》さえ避けられれば、死人の山へでも、頭を突っ込んでいなければならないことがあるので、そんな贅沢《ぜいたく》を言ってはいられないし、それに、独逸《ドイツ》兵を、そう間近に見るのは初めてで、好奇心もあった。

僕は、這うように寄って行って、その男を見詰め出したのだが、直《す》ぐ僕は、ふっと奇妙なことに気がついた。

死体は、背中を下に、仰向けになっていたと言ったが、よく見ると、そして、細《くわ》しくいうと、そうではないのだ。その大砲の穴は、大きなもので、かなり古いらしく、底には、赤錆のした針金が、とぐろを巻いたように抛《ほう》り込んである。周囲の斜面から、底から、一めんに新しい草が生えて、小さな、槍のような青い葉の尖《さき》が、すくすくと立っていた。

死体の顔と上半身――それだけが僕の眼に見えた全部だったが――は、丁度その針金の輪と草を枕に、すこし空《くう》に持ち上って、じっと浮いているように見えるのだ。ことに、その顔である。気体的――それとも蒸気的とでもいうのか、僕は、あんな繊細な顔を見たことがない。戦場のことだから、戦死者には慣れているが、あの顔が僕を駆って異常な恐怖に追い詰《つ》めてしまった。

何と言ったらいいか、ちょっと説明出来ないのである。全体が肉色の蜘蛛《くも》の巣のようなもので、夢のように美しく、巧みに作られてある。針金と草のあいだを、縦横無尽《じゅうおうむじん》に細い糸が張り渡って、それが、人の顔になっているのだ。午後の光線が、水中にでも直射するように差し貫いて、下の針金も、草の葉も、石ころも、はっきり見える。僕は、あまり綺麗なので、魅縛《みばく》されたようにわれを忘れて見惚《みと》れていた。そのうちに、砲弾も止み、僕は、伝令として急いでいるので、死体をそのままにして穴を這い出したのだが、あの泡細工のような独逸《ドイツ》兵の顔は、三年に余る僕の戦線の印象のすべてを代表していまも眼のまえを去らずにいるのだ。

雲散霧消した話

黒《くろ》沼《ぬま》　健《けん》

1

統計に現われた数字の示すところによると、年々何十万という人間が、われわれの理知の及ばぬところへ消えてなくなるという。

中にはトーマス・バンティン（この人のことは、後で説明する）のように、一旦は消えても、後年にひょっこり姿を現わす人もいる。しかし、H・P・ラヴクラフト（この人のことも後で説明する）やアンブローズ・ビアースのように、今日《こんにち》に至るまで依然神秘の扉の奥深く閉じこめられたままになっているのが大半のようである。

その消失のしかたたるや、実に奇妙奇天烈《きてれつ》、さながら今日の科学を軽蔑しているような趣がある。これら消失した人間を捜している側の人々も、この消失現象の説明には、科学以外の別個の知識をもってしなければ、目的は達しられないかのように、考え出してきている。

トーマス・バンティンは、テネシーのナッシュビルに住んでいた。結婚生活に恵まれず、慰安を酒に求め、酒浸りの日を送っていた。こうした男性には、とかく同情の目をもって接近する女性が現われる。彼の場合には、この役割を秘書のベティ・マカディがつとめたのである。同情がやがて恋愛の道を辿る下世話《げせわ》の譬《たとえ》通り、バンティンはいつかベティと恋仲になっていた。

そしてバンティンが先《ま》ず消えてなくなったのである。それから六週間経って、今度はベティが消失した。その結果は一定期間の経過とともに、二人は法律上死亡と見做《みな》されることになった。バンティンの遺産、それからベティ名義の財産が、それぞれ二人の親戚のもの達の手に移ったことはいうまでもない。

　ところがここに、この消失事件に疑惑の目を光らしていたものがあった。生命保険会社の調査課の人々だった。彼らは、法律が二人の死亡を宣告したに拘《かかわ》らず、捜査の手を一向にゆるめなかったのである。

　そして刻苦の二十年、凱歌《がいか》はついに保険会社に挙《あが》った。

　トーマス・バンティンとベティ・マカディはテキサスのオレンジで、トーマス・パーマー夫妻と名乗って幸福に暮しているのを発見された。二人の間には六人の子供と一人の孫まであった。発見されたときのベティの言葉によれば、

「あたし達は、あのときどうしても別れることが出来なかったのです。財産を捨てて行ったことですって？――あなた、お金なんて、愛情の前には、何でもないものですわ」

2

　H・P・ラヴクラフトは、十年ほど前まではアメリカ屈指の怪奇幻想の作家としてもてはやされていた。その作品はエドガー・アラン・ポーのそれに倍して、多くの短編集に転載されて

いた。その悪魔的な作風は、世の批評家をして、彼は悪魔の援助をえて小説を書いているのではないかとまでいわせたほどであった。だが、作者自身は甚《はなは》だ温厚な、そしてものに拘《こだわ》りやすい性質の人物で、何かに取り憑かれてでもいるように常住おどおどしていた。

このラヴクラフトが突然、ウィスコンシンの家から消えてなくなったのである。後から調べたところによると、彼の衣服類は何一つ持ち出されず全部家に残っていた。自動車もガレージに入っていた。しかも彼は、そこの駅から、列車に乗った形跡もなく、また、街道をてくって行った様子もない。地面の中へ潜《もぐ》ったか、それとも空中に溶け込んでしまったか、とにかく消えてなくなったのである。

以来、十余年の歳月が経過している。だが、今日までのところ、誰も彼のその後の消息を知っているものはない。或《あるい》は、彼は幽霊と魔法については、世界的の権威なので、怒った霊が彼を何処《どこ》かへ誘拐して行ったのではないか？　霊界の事情にあまりにも詳しいということが、彼らの怒りに触れたのではないかと、飛んでもない憶測を巡《めぐ》らすものまで出てきた。

かと思うと中には、ラヴクラフトはファウストのように悪魔と契約を取り結んだのに違いないと主張する手合いもいた。彼は或る期間、悪魔からいろいろ創作上のネタの提供をうけ、それによって作品をものして、あのような成果をおさめた。だが、契約の期限が切れたので、彼は悪魔に連れて行かれたのである、とまことしやかに説いた。

一方、そうした超自然現象を否定する向きも、次のような事実を突きつけられると、完全に顔色がなかった。つまり周囲の状況から判断して、ラヴクラフトには何ら姿を晦《くら》ます理由がなかったのである。自殺はもちろんのこと、他殺の事由も考えられなかった。

つまり彼には、そのような動機は一つもなかった。

3

事実は小説よりも奇なりというが、かの怪奇作家アンブローズ・ビアースの消えかたも甚《はなは》だ数奇を極めていた。冒険と戦争を好んだこの作家は、一九一〇年のメキシコ革命についで国中を震撼させたパンチョー・ヴィラの恐怖政治の折、忽然《こつぜん》と消えてなくなった。一九一三年のことである。


伝えるところによると、ビアースは青年時代、一つの夢に取り憑かれていた。その夢には「怪しの者」がいつも姿を現わす。そして、お前は決してこの地球に住んでいる、普通の人達のようなまともな死にかたはしない、としちくどくいい聞かしたという。このことが頭にこびりついていたビアースは、後年、友達の一人に、

「僕が死ぬときには、君らは僕の骨を探すことは出来ないだろう」

といった意味の手紙を書いたことがあった。

そのときビアースはメキシコにあって、パンチョー・ヴィラのゲリラ部隊に客分として参加していた。このアメリカが産んだ鬼才が最後にその姿を目撃されたのは、ファレスに近い丘の上であった。それを最後として彼は二度とその姿を見られず、その声も聞かれることがなかっ

たのである。丁度、パンチョーの得意の襲撃の直後、ビアースは彼の二人の手下に護衛されて家へ帰るところであった。

その道すがらビアースはたまたま、その昔インディアンが黄金を埋めたと伝えられている洞窟の前へ通りかかった。ビアースは、急にその洞窟の中へ入って見たくなった。しかし、護衛の手下は、そこにはインディアンの呪いがかけられているからと、言葉をつくして彼の暴挙を思い止まらせようとした。

ビアースは手下の言葉には耳を藉《か》さず、恐怖に震えている手下どもを外に残して単身中へ入って行ったものである。

ところがビアースは中へ入ったまま待てど暮せど姿を現わさない。手下どもは、さすがに気になって彼の名を高々と呼んだ。だが、返事は何もなかった。手下どもの耳に聞えたのは、彼ら自身の呼声《よびごえ》の空しい木霊《こだま》でしかなかった。

ビアースを無事に安全地帯まで送り届けることが出来なかったら、パンチョーが怒って手下のものどもを射殺することは判りきっていた。そうなると何としてもビアースを探し出さなくてはならない。そこで彼らはこわごわ洞窟の中へ入って行った。中は案外に浅く、二分ばかり行くと行きどまりになった。

手下のものどもは松明《たいまつ》を高々とかかげてあたりを見回した。だが、ビアースの姿は何処《どこ》にもない。彼はいったい何処へ行ってしまったのだろう？　どのようにして、そこから姿を消したものであろう？　手下の連中は秘密の隠し扉でもありゃしないかと、ぐるりの岩壁を隈《くま》なく調べた。が、そのようなものはついに見当らなかった。

四十年を経た今日《こんにち》でも、アンブローズ・ビアースにまつわるこの謎は、誰にも解くことが出来ない。そして彼の生前の予言は当ったわけである。――彼の骨は誰にも探すことが出来なかったのである。

4

一九三〇年――アメリカが未曾有《みぞう》の不況のどん底に喘《あえ》いでいたときである。アメリカの上下は、ニューヨーク州の最高裁判所判事ジョセフ・フォース・クレーター氏の奇怪な失踪に愕然《がくぜん》となった。この失踪事件も先に書いたラヴクラフトの場合と同じように、消失の動機というものが考えられなかった。どのようにして彼が消え去ったか、手掛りも何も残していないことまで、そっくりであった。

世間の噂の中には、判事は恋をしていたが、その地位故《ゆえ》に、相手の女性と晴れて結婚することが出来なかった――そのための逃避であると主張するものがあった。

では、クレーター判事の憧憬の的となった若い女性とは、いったい何者か？――ということになると、誰にもそれを名指すことは出来なかった。

またこんなことをいう人間もいた。クレーター判事は意中の若い女を連れ、変名でヨーロッパを旅行しているのである。私は――と、その噂の製造元の女性はいったものだ――ドイツを旅行中、黒い森《ブラック・フォレスト》の端《はず》れで判事を見かけた。判事はちまちまとしたロッジに、二十五歳ばかりの金髪美人と仲睦《なかむつま》じく暮している様子だった。

ところで、この黒い森には昔から恐ろしい伝説が語られていた。ここには狼憑《おおかみつき》（狼になった人間）が棲んでいる。クレーター判事と金髪の若い娘は、ある日この恐ろしい森の中へ入って行った。そして二度と戻っては来なかった――というのである。

5

ルイス・ハモンといえば、帝政ロシヤの最後の皇帝の暗殺を予言したのみならず、エドワード七世の崩御の日を正確にいい当てた有名な手相見である。

この手相見は、かつて彼を現世から抹殺しようとした異常な超自然力と闘ったという不思議な経験の持主であった。

そのとき彼は、一人の友人とエジプトを旅行していた。ある月の冴えた晩だった。彼は蒼白い月光の中に聳《そび》え立つピラミッドを見ていると、急に中が見たくなった。そして単身フラフラと中へ入ってしまった。発掘された暗い地下道を彼はマッチの火を頼りに進んで行った。

エジプトのピラミッドには千古の謎が秘められている。彼とてもプトレミーの恐ろしい呪いを知らないわけではなかった。だが、未知の世界を垣間見ようという好奇心のほうが遙かに強かったと見える。

その彼がふと異様な雰囲気を感じた。ぐるりの壁が、ジリジリと彼のほうに迫ってくるのだ。それは地上の力ではなかった。何か悪魔的なものが感じられる、偉大な力であった。ハモンは石壁の罠に、閉じ込められたのである。だが、彼は絶望しなかった。というのが、彼には一つの希望が残されていたからである。それは精神感応力《テレパシィ》である。それによって外部にいる人間に危急を感得させることが出来たら、彼はその場を逃れることが出来るかも知れないと考えたからである。

彼は異常の力をふりしぼって精神集中を行った。

彼の友人は、ピラミッドから一マイルほど離れた地点の小屋で、案内人と一緒に熟睡していたが、突如、がばとはね起きた。彼はハモンが、ピラミッドの中に、閉じ込められた夢を見たのである。傍のハモンの床に目をやると、それは蛻《もぬけ》の殻《から》である。彼は案内人を揺り起すと、夢の中でハモンが告げた場所へ急行した。ハモンは、そうして消失の寸前に辛くも助け出されたのである。

われわれとしては、人間が「無」の世界へでも吸収されるように、この世の生活から消失するなどという事はちょっと考えられない。

しかし、右に述べたルイス・ハモンの例は、この世に一つの超自然力が存在していることを現実に物語るものに他ならないのである。

ハモンの場合も、彼に素晴しい精神感応力がなかったならば、自分の陥った急を告げることが出来ず、ラヴクラフトやビアースやクレーターと同じように永遠に消失した人間のリストに書き加えられる運命を辿ったかも知れなかった。

世は今や原子時代の暁闇《ぎょうあん》である。われわれが瞠目《どうもく》するような新事実が次々と発見されつつある。ここに幾つかの例を挙げて述べた怪奇の人間消失事件も、何《いず》れは解明される時が、遠からず来るのではないだろうか。

四谷怪談因縁話

徳《とく》川《がわ》夢《む》声《せい》

1

青い蚊帳《かや》が吊ってあった。

私は蚊帳の中で、蒲団《ふとん》をかけて寝ていたようにおもう。いや、暑い夜なら、蒲団をかけているのはおかしい。割合に涼しかったのだろう。それも寝巻のまま横になっていたのかもしれない。そのへんは朦朧《もうろう》たりだ。

とにかく私は蚊帳の中にいた。さよう、私が八歳か九歳ごろ（数え年）だった。蚊帳の外では、父が講談本を読んで、祖母に聞かせている。それが『四谷怪談』だった。そのころは『四谷怪談』ということを、知っていたかどうかわからない。

父の朗読は、今から考えても、なかなかに巧《うま》かったようだ。声優が物語を放送するように、台辞《せりふ》をツブだてて、やるわけではない。しかし、聞いている私には、人物がハッキリと区別できた。淡々と同じ調子で読んだのであるが、モノがモノだけにかえって陰々滅々と凄味《すごみ》があったようである。

連夜、父は祖母に朗読して聞かせていたらしい。おそらく私はもう眠りこんだものと思って、あまり大きな声を出さずに、読んでいたのであろう。

父はちょうどそのころ、義太夫の稽古を始めていた。義太夫はフシも大切であるが、セリフも重要である。もしかすると父は、義太夫上達の資にするためもあって、講談の朗読などやっていたのかもしれない。

聴衆は祖母と私の二人だったと思うが、あるいはそのころ結婚したばかりの義母も、聴衆の一人だったかもしれない。なにしろもう六十数年も昔のことで、なにもかも朧《おぼ》ろに包まれている。そのオボロの中で、ハッキリ記憶しているのは、青い蚊帳と、父の朗読する声音と、その夜聞いた事件である。半睡半眠で聞いているうち、だんだん恐ろしくなって、目がすっかりさめてしまった。

なんでもそれはだれかが便所に入って、鼠《ねずみ》が顔にブツかるのである。その鼠の打ちあたったところが、座敷の灯で見ると、人間の手の型になっている。私はゾーッとなった。

それから、無数に出てくる鼠に食い殺された、男の死体を裸にして、湯灌《ゆかん》しようとすると、その死体がピョンピョンと、飛んで歩き出すというくだり。これも恐ろしかった。

どうしてこういうことに相成ったのか、この前後の物語は、まるで記憶にない。父は連夜「あとはまた明晩」というわけで、きっと『四谷怪談』の初めから読んでいたのであろう。私が、そういう時グッスリ眠りこんでいたので、ハッキリ記憶に残らなかったのだろう。

それとも、聞くことは聞いても、伊右衛門《いえもん》とお岩《いわ》様の夫婦関係や、伊藤喜兵衛《いとうきへえ》が自分の妾を、お土産つきで伊右衛門にやるくだりなど、子供には興味がなかったので、忘れてしまったのかもしれない。

2

私は前項において、お岩様と書いた。伊右衛門君だの、伊藤喜兵衛氏だのと敬称をつけず、彼らのほうは呼び捨てに書いてるのに、どうして彼女だけにサマをつけたか？　実をいうと、いい年をして私は、まだお岩サマを内心恐れているのかもしれない。

先夜私は、NTVの『春夏秋冬』という番組で、最近作映画『四谷怪談』の座談会に出席した。ゲストとして、監督の豊田四郎《とよだしろう》氏と、主演女優岡田茉莉子《おかだまりこ》嬢とが出演した。

いろいろと裏話を聞いたわけであったが、私が意外に思ったのは、この豊田氏が「お岩サマ」ということだ。『四谷怪談』を新解釈でやろうという映画監督までオイワサマと、サマをつけていうのである。想うに彼もまた、オイワなどと呼び捨てにするとタタリがあるという伝説に、オソレをなしているのであろう。

もうだいぶ昔になるが、ある夜、私は日比谷公会堂に出演した。怪談について一席の漫談をやった。

「世界各国に、いろいろと怪談はありますが、コワイという点においては、日本の怪談の右に出るものはないようです。例えば、『四谷怪談』です。芝居でやるにしても、初日前にお岩様の所へ必ず参詣します。そうしないとなにかしらタタリがある。ただいま私はお岩サマと申しましたが、こういわないとタタリがあるからです。講談でもお岩様に限り、必ずサマをつけるのであります。」

満員の客は、はじめのうちニヤニヤして聞いていた。

「もしも〝お岩〟などと、呼び捨てにしようものなら、たちまちタタリがあるからです。だから私も〝お岩〟とは申しません。オイワサマと、こう申しております。オイワサマです、決してオイワではありません。いいですか、もし私が〝お岩ッ〟といおうものなら、即座に異変が起こります」

と口走ってから、私はハッと気がついたようにして口に手をあてる。うわッ、今おれはオイワッといったぞ、という表情である。

満員の聴衆はシーンとなった。おおぜいの中にはクスクス笑うのもある。しかし私は、大真面目で恐怖の表情を続ける。そして、客席の背後を恐ろしそうに見たり、急にまたギョッとなって舞台の横を見たりする。

クスクス笑う声もなくなり、満場ただシーンとなった、その瞬間！

ボワンと異様な音がして、目もくらむような光が、場内に満ちたのである。キャーッという女の悲鳴（これは客席から起こった）。

タネを明かすと、劇場写真のベテラン氏が、二階の席に写真機をおいて、マグネシウムを焚《た》いたのであった。もちろん、私と打合せ（下相談）したわけでない。このベテラン氏、演出効果を心得ていて、実にタイムリーにパーッとやった次第であった。

（このベテラン氏は、ジンバリストや、ハイフェッツや、コルトーなどの音楽大家の舞台を、全部自分の手で撮っている。）

3

『四谷怪談』がいかにコワイ怪談であるかという証拠に、ある夜、私は次のような夢をみた。

気がついてみると、私は省電（今は国電）に乗っている。電車は走っているが、乗客は私のほかに数名しかいなかった。いやに薄暗い電車である。

どうも不吉な気がした。

電車が止まると、扉が自然と開いた。サア下りろといわんばかりである。

別に私は、その駅で下りるつもりはなかったのである。しかし、私の身体は勝手に動いて、歩廊に下りてしまった。

歩廊には人ッ子一人いなかった。足元にはコンクリートの坦々《たんたん》たる道がある。同じ間隔で木の柱が立ち並んでいる。どこからともなく暗い電灯の光がさしている。

――これはなにか恐ろしいことがあるゾ！

目前に迫った階段を見て、私はここが四谷駅であると確認した。とたんに私はゾーッとなった。

私は運命の階段を一段ずつ上って行く。何気なく上を見あげて、私はそこに一人の男が最上段から影のごとく下りてくるのを見た。

それはたしかに駅員であった。

——この駅員がタダモノでない！

そう思うと私は恐ろしくてならなかったが、私の足は止まろうとしない。逃げるなら今のうちと思いながら、一段一段とお互いに近づいていった。駅員と私は、うす暗い階段の中途でスレ違った。

——ふり向いてはいけない！

ふりむくと相手が化けているであろう、そう思いながら非常な努力で、私は階段を上りつづけた。

この非常な努力で、私は目がさめたのであった。私はグッショリ汗をかいている。恐怖の汗なのである。

こんなコワイ夢は滅多にみたことがない。しかし、よくこの夢を反芻《はんすう》してみると、別にどこといってコワイもンは出てこない。

扉が自然と開くのはドア・エンジンだからアタリマエだ。歩廊はコンクリートにきまってる。駅だから駅員がいるのはアタリマエだ。

はて、なにがそう恐ろしかったのだろう、と考えているうち、私はハタと思いあたって、ひとり蒲団の中で笑ってしまった。

これは『四谷怪談』の恐ろしさなのである。四谷駅の階段の所が、恐怖のクライマックスであった。

――なんだ駄洒落《だじゃれ》かい、バカバカしい！

とおっしゃる人は、どうぞご随意に、である。フロイドの『夢の精神分析』をお読みになった人は、決してバカバカしいなどとはおっしゃらないであろう。

夢の中では、言葉の響きで、どんどん事件が脱線するものである。

子供のころ、父の朗読で聞いた『四谷怪談』以来、私はこの怪談のいかに恐ろしいものかを、無数に聞いたり、読んだりしている。

四谷カイダンと聞くだけで、私の心の中には一種の条件反射が起こるのである。

4

早稲田大学出版部から発行された、『近世実録全書』（坪内逍遙《つぼうちしょうよう》鑑選）第四巻に、『四谷怪談』は左のごとく前書がされている。

……お岩は同心田宮又左衛門《たみやまたざえもん》の長女であったが、二十歳の時に疱瘡《ほうそう》を患って「面体《めんてい》は渋紙の如く引張り、髪は白毛交りに縮み上り、声はなまり響いて狼の遠吠の如く、腰は曲りて松の枯木の如くになり、眼は潰れて絶えず涙を流し」ている醜婦となった。

どうもこれでは、生きながらの化物で、あらためて幽霊に出なくてもゾーッとさせる。芝居では、お岩さんは本来なかなかの美人である。その美しい顔を、毒薬を飲まされてあのような恐ろしいバケモノ面《づら》にされたとなっている。

先夜、私は枕元のポータブル・テレビで、ハガキ大の『四谷怪談』を見た。鶴屋《つるや》南北《なんぼく》の作を、若手歌舞伎の連中が有楽町で演じたもの。お岩は又五郎《またごろう》丈《じょう》であったとおもうが、なかなかの美人である。

これが毒薬を飲まされて、大いに苦しんだあげく、髪の毛がゾロゾロと抜けて、右眼がモリモリと腫《は》れ上がり、半仮髪を用いたお定まりの凄い面相となる、というわけだが、ビデオのせいか光線の加減か、一向に凄くないのであった。眼の腫れ上がりがまるで金庫の乳房みたいに、まん円《まる》く黒くポカリとついているだけで、あとは美人のままであった。

歌舞伎のお岩サマが、美人であるのは、演出上やむをえないかもしれない。あれだけの貞淑温良な女性が、あれほど無情惨酷な目にあわされては、化けて出るのも無理ないと、見物は同情するであろう。

映画のほうでも、お岩サマに扮するのは、大スターの美人である。先夜の『春夏秋冬』では、お岩サマ女優の岡田茉莉子嬢と、まぢかに接して『四谷怪談』を語り合ったのだが、私は一向にコワクなかった。コワクないどころか、彼女は珍しくユーモアを解する人で、はなはだ頓狂《とんきょう》な顔をしてみせる。

私に一つ提案がある。どうだろう。お岩サマを実録どおり、はじめからオソルベキ醜女にしたら、また別のオモシロサが出るのではないか?（こんなことを書くと、タタリがありそうだが、もう私も古稀《こき》を越えた、トリ殺されてもよろしい、イヤ決してヨロシクはないが、まあ仕方がないでしょう。)

若いころ私は、ハンジャンコフ映画『ウラルの鬼』という、おそるべきものを説明したことがある。本来は五巻ものなのであったが、密輸の関係かで二巻だけしかなかった。そのせいか徹頭徹尾コワイ印象だった。

ヘンな爺さんが、これはもう見るからにゾーッとする老人だったが、その老人が壁だろうと塀だろうと、自由自在にスーッとくぐりぬけて、目ざす相手を次から次へと殺しまくるのである。もちろん、その殺し方は全部趣向が変えてあった。

たしかゴーゴリの原作で、外国の怪談ものではコワイほうの横綱格である。可愛い子供だろうとなんだろうと、その怪老人が恨んでいる一族は、みな殺されてしまうのである。

お岩サマも、タタリにおいては徹底している。

……伊右衛門はお花《はな》と共に楽しく暮す中、三人の子まで儲けたが、お岩の怨念が、或《あるい》は蛇体となり、或は幽霊となり、或は鼠となって出現し、先《ま》ず長女のお菊《きく》を取殺し、続いて二人の子をも奪い去った。ついでお花も病死する。伊右衛門もお岩の怨念なる事を悟って、生死を尋ねたが更に知れなかった。その中に伊右衛門も鼠の為《た》めに喰い殺されてしまった。而《しこう》して尚、伊右衛門の迎えた養子夫婦、お花を媒酌《ばいしゃく》した同心親子をどれも夫婦ともに殺し、やがて喜兵衛をも病死せしむる、云々。(『実録全書』)

日本の怪談でも、一人の怨念で、これほど大量殺人は稀《まれ》である。まさにゴーゴリの『ウラルの鬼』に引けをとらない。

5

ウラミのある奴にタタリというなら、これは筋が通っている。まあ当然のことだ。ところが、わがお岩様においては、「お岩」といってもタタリがあるというのだから、たいしたモノである。私はなにもお岩様に個人的ウラミがあって、このように書くのではない。ただ事実をオソルオソル記述するのみだ。こう書いていながらも、肩のあたりにレーダーのごとき、タタリの感覚を受けるのである。

歌舞伎劇で『四谷怪談』を上演する時、四谷左門町のお岩稲荷と、滝野川の妙行寺に関係者がお詣《まい》りをして、お岩様の諒解をもとめることは、みなさまご存じのとおり。

講釈師なども『四谷怪談』をやる時は、ちゃんとお詣りをする。そして寄席の表飾りに、しかるべき祭壇をおき、お線香の煙を絶やさない。もちろん、これには宣伝客寄せの意味もあるのであろう。が、いかに関係者がお岩様に敬意を表しているかということも、これによってわかる。

とにかく、そのお詣りをせずにいると、その興行中なり、その直後なりに、なにかしらギョッとなるような異変がある、と信じられているのだ。

三代目菊五郎のお岩様は、この『四谷怪談』で大当りをとり、生涯に九度も上演している。もちろん、その都度お岩様へお詣りして、その霊的許可を得たに違いない。もっとも、この芝居には、大道具、小道具、衣装、仮髪など、いろいろのトリックがある。それらの故障だけでも、相当にあるだろう。

だが、そんな普通の事故でなく、明らかにこれはタタリだと思われるような異変が、次々に起こるのである。例えば、用意周到に仕掛けた化け提燈《ぢようちん》から火災が起こったり、戸板返しの死体が、どう裏返しにしても、お岩と小平《こへい》が変わらなかったり、だれも鳴物を鳴らさないのに人形の赤ん坊が泣き出したり、ドロドロと出た幽霊が、そのまま果てしなく天井のスノコに上って行方不明になったりテナことである。また、伊右衛門や、喜兵衛に扮した役者が、なんともえたいの知れない病気になったり、関係者の一族に変死者が出たりする。

だいぶ昔のことだが、東宝映画でエンタツ、アチャコ主演の『東海道四谷怪談』を撮ったことがある。たしか斎藤寅《さいとうとら》さん監督のアチャラカ大喜劇で、高瀬実乗《たかせみのる》のオッサンだの、清川虹子《きよかわにじこ》嬢だのも出演していた。要するに、アチャラカのドタバタ喜劇だ。お岩様だって、ご覧になったら吹き出すであろうテナモンだから、関係者一同もお詣りなど問題にせず、さっさと進行させていた。いや、それが一向にサッササと進行できないのであった。

というのは、次々に意外な故障が続出して、どうにも仕事にならない。ちゃんと用意しておいた道具が、急に見えなくなる。大道具の建物が、原因不明でワラワラと崩れる。俳優たちはもとより、関係者（スタッフ）にヘンテコな怪我人や急病人が出る。今まで無事だったキャメラがダメになる。耳にあてたレシーバーに、原因不明の怪音が入る。

いちばんみんながゾーッとなったのは、直径三尺もある五キロの大ライトが、頭の上から原因不明で落ちてくる。もしその下に人間がいたら、ペシャンコである。みんな蒼くなって、これはやっぱり、お岩様にお詣りをしなかったからだと震えた。そこでスタッフの主だった連中、ゾロゾロとお詣りをしたら、それきり異変は起こらなかったという話。アチャラカ喜劇ですらその通りだ。いわんや本格の演劇であったら、お詣りを欠かすことは危険この上なしだ。

6

ところで私の現在の女房であるが、どうも相当に気が強い。故阿部真之助《あべしんのすけ》のことを書いた『恐妻』という書にも、私の恐妻ぶりが少し紹介されている。

このお岩様がまた、『実録』によるとたいへんに気が強い。歌舞伎劇に出てくるような、あんなシトヤカなものでない。しかも大酒呑みとある。（断わっておきますが、私の女房は完全な下戸《げこ》であります。）

ご承知でもあろうが、私の妻は私と再婚したのである。彼女のご亭主の菩提寺《ぼだいじ》は滝野川の妙行寺である。ご亭主と私とは生前友人であったから、その葬式にも出席した。

その一周忌の法事の時、私は故人の遺言に従って、親族一同の前でこういった。

「私は故人から遺言を受けておりますので、この席で（妙行寺の一室）で発表致します。すなわち、未亡人はまだ若いのであるから、籍をぬいて、いつでも結婚できるようにしてくれ、という遺言なのであります。皆さま、これをどう致しましょうか、ご意見を承りたいと存じます。」

するど、親戚の人たちも、異口同音《いくどうおん》に賛成の意をもらした。

ところが、まもなくその翌年、私の妻が死んでしまった。彼らの初婚のとき、仲人《なこうど》をした結城礼一郎《ゆうきれいいちろう》氏が、なんと思ったか、その残りモノ同士を結びつけたのである。そして私たちはもうとっくに銀婚式をすませている。

新婚早々に私たち夫婦は、多磨墓地にある亡妻の墓前に、うやうやしく報告をした。続いて滝野川妙行寺なる、亡夫の墓前にも報告をした。

さて、この妙行寺なるものが、お岩様の墓所なのである。映画や芝居の人たちが、『四谷怪談』を上演する時、必ずお参りにくるというお寺なのである。

お岩様の古びた大石碑には、ほとんどいつも線香の煙が絶えない。それだけ参詣する人が多い。なにか特別の霊験があるらしい。

四谷左門町には、お岩様を祀《まつ》ったお岩稲荷がある。ここにも演劇映画関係の人が、ちゃんとワタリをつけているようだ。小学生のころ私も何気なくその前を通り、濛々《もうもう》たる線香の煙を見たことがある。

ところで私の女房は娘のころ、やはり四谷にいたことがある。お岩稲荷のある左門町から、ちょっとばかり離れた材木町にいたのである。どうもそう考えてくると、私の女房なるものは、お岩様の放射能の及ぶあたりに住んでいたので、多少なりそのご利益《りやく》（影響）を受けているのかもしれない。

心霊術

長田《ながた》幹彦《みきひこ》

一

「超心理現象研究会」の実験室では、もう時間がぎりぎり一ぱいなので、助手の木島と、鳥飼が、リスのようにすばしっこく動きまわっている。今夜のキャビネット（蚊帳《かや》のような暗幕）は黒ビロードのずッしり重いやつなので、天井から釣り下げるのにだいぶ手間どってしまった。いつもの留木《とめぎ》ではもちこたえそうもないので、身軽な鳥飼は高いキャタツの上へ乗って、五寸釘を天井のサワブチへこちんこちん打ち込んでいる。

「ねえ、君、木島君。あの霊媒はいくつぐらいだろうね。なんだか子供子供した娘じゃないか。」

木島は男のくせに、娘のような撫で肩を左へおとして、赤色電燈の点滅をやるスライダックスの調子をみながら、

「あれで二十九だっていうんですがね。ぽちゃぽちゃしてるから、ほんとの年よりもずっと若くみえるんじゃないでしょうか。」

「へえ、あれで二十九にもなるかね。聞きしにまさるシャンじゃないか。あんなので、現象がおこるのかね。ちょっと頼りない感じだな。」

「ところがとても凄いそうですよ。昨日大学の物理学の実験室でやったときには、ほとんど実物大の物質化（幽霊現象）をだしたそうですからね。」

「そういう話だね。尤《もっと》もあの眼つきには、底深い何かがあって、霊的なひらめきみたいなものがみえるにはみえるが。……おい、木島君、もうチョイその釣紐を窓の方へ振ってくんないか。オーライ、オーライ。それにしてもこのキャビネットは、倉田百三《くらたひゃくぞう》先生が寄附して下すったもんだというが、大した布地だね。戦前の日本の文化の標識みたいなもんだなあ。」

と、鳥飼は、きちんと釣れたキャビネットをあっちこっちから引張ってみて、張力の工合を試験している。

「これなら、大がい大丈夫だろう。あの霊媒は入神する瞬間に、とても荒れるそうだからね。今夜は紐を二重にしといたよ。」

「あんなタオヤメでいて、二十貫目からあるデスクを、二十二尺もあげるというんですからね。とにかく今夜の実験会はみものですよ。あたし胸がわくわくしてるんです。」

「僕も大いに期待しているんだよ。うちの先生も、もう浮遊現象や、発声現象にはあきあきしたから、今夜は物質化の方へ、エクトプラズムを集中してくれるようにって、さっきも、そういっとられたよ。」

「そうしたら、彼女は何《な》んていってました。」

「今夜は大変に背後の条件がよさそうですから、立派な物質化をおめにかけられるでしょうって自信たっぷりだったよ。」

「一体、どういうものを出すんですかね。」

「昨日は直垂《ひたたれ》のようなものをきた、武士が出たそうだね。鼻の高い、四十五六の人だったそうです。」

「名を名乗ったんですか。」

「空中談話で、小笠原時康といったそうだね。今から七百五十年前に死んだ、京都の北面《ほくめん》の武士だとはっきりいったそうですよ。何《な》にしろ二つ巴《どもえ》の直垂の模様までみえたっていいますからね。」

「ふむ、すばらしいですねえ。」木島も感にたえないように首を傾げながら、不用になったキャタツをたたんで、今度はキャビネットの中へ、霊媒の腰をかける椅子をもち込む。霊媒を縛りつける太い組紐も腕木のうえへおいて、

「さあ、これであらかた準備はいいですね。先生は、メガホンや、人形は、おいとかない方がいいだろうっていってられましたが、どうしますかね。」

鳥飼は夜光塗料をぬるので夢中になっていて返事をしなかったが、木島は女のような鼻声を出して、

「やっぱり出しときましょうよ。何か変った現象が出るかもしれませんからね。」

「それもそうだな。」鳥飼は大きなデスクのうえへ、夜光塗料を青白く塗った人形や、ケントの大ぶりなメガホンを四本も五本もならべて、いつものように、黒布のカバーをかける。

「ねえ、木島君、これでもう外部からの漏光《ろうこう》はないだろうね。」

「え、さっき二度ばかり試してみましたから大丈夫です。戸の隙間へは、目張りをしときました。」

鳥飼は列席者の椅子へどかりと腰をかけて、煙草に火をつけながら、何処《どこ》かそわそわと落着かぬ風で、

「もう七時だろう。皆さん、揃ってるのかな」

「応接室の方がだいぶ騒々しいじゃありませんか。今夜は徳川夢声先生もみえるそうですから、すっかりで十四名さんです。」

「近藤博士に、和田博士に平松博士と、それに巽博士もみえるそうだから、あとの討論会が賑やかだろうなあ。」

鳥飼はふうッと煙草の烟《けむり》をキャビネットへ吹きつけながら、もう期待で胸をふくらましている様子である。

二

実験は予定よりも三十分ほどおくれて、午後八時からいよいよはじめられた。みんなが着席すると、研究会長の永峯は、二十歳位にしかみえない、背丈の小柄な、きれいな婦人を自分で案内して、奥の間から出てきた。黒の地味なスーツに、真珠《しんじゅ》色をしたネックレースをかけた、尋常な娘さんである。真丸に肥った顔は、いやに色が真白けなので、何《な》んだかアンゴラ兎のよ

うにぽうッとぼやけてみえる。少しもものの臆《お》じをしない風で、キャビネットの前へしゃんと立っている。

永峯はみんなに一礼して、

「それではこれから益田小妙さんの実験をみせていただきます。その前にちょっと益田さんの霊的素質に関する簡単な御報告をさせていただきますが、かねて、『心霊科学雑誌』の記事で御承知のように、益田さんは但馬の豊岡町のお生《うま》れで、御生家は豊岡在の御陰稲荷、お父様は長年そこの神職をつとめておられたお方で、七年前に既に帰幽《きゆう》されたんであります。この度、当研究会におきまして、御上京をお願いいたしましたところ、幸い御快諾を得まして、一昨々日お母様御同道、こちらへ出てみえたんであります。大体、現象の出だしましたのは、お父様が帰幽されてから、約一週間後だそうで、忽然《こつぜん》と幽体離脱がおこって、肉体は神社の社務所に、そうして幽体は約三キロはなれた川向うの伯母様の家へ現われたんだそうであります。尤《もっと》もお父様が以前大本教において、鎮魂帰神の法を会得されておりまして、この小妙さんも十歳位の時分から一種のメデュームとして、お父様の入神の助けをしておられたらしいのであります。昨夜の大学における実験では、浮遊現象、発声現象が現われまして、一番顕著《けんちょ》であったのは、過去の人霊の物質化でありました。ほぼ等身大のものが赤外線写真に撮影されまして、立会の物理学の諸先生方を驚倒せしめたのであります。」

会長はさも得意そうににっこりして、博士方をみながら、

「就《つ》きましては、今夜の実験におきましてもなお一層正確なデータが得られやしないかと思い

まして、私も非常な期待をもっておるのであります。唯今伺いますと、背後霊との交渉が非常に満足すべき状態にあるということですから、どうか皆さまもお見落としのないように、十分御観察、御研究を願いたいと思うのであります。」

会長の挨拶がすむと、益田霊媒はキャビネットの周囲や、デスクのうえの人形などを巨細に点検したあとで、やがて正面をきって、

「あの、皆さんの中で、どなたか、私の手足をくっとくれやすお方はありまへんか。」と、但馬弁むきだしのきれいなか細い声でいって、踊るようなかっこうでキャビネットの垂布《たれぬの》を二つにわって、中へ入る。丁度蚊帳《かや》のような工合になっているので、四方の垂布は空気の動揺のために、三方へふくれあがって、しばらくの間、細かくぷるぷるゆれている。垂布にも夜光塗料をぬった鱗片のようなのが九つほど縫いつけてあるので、きらきら光ってきれいであった。

前列にいた平松博士がたっていって、いくらかてれたような臆病らしいかっこうで、益田霊媒の手足をしっかりと椅子へ縛りつける。

「これでいいでしょうか。会長さん。」

会長はキャビネットへ入って、これも注意ぶかく周囲の状況を検査しながら、

「これで大体よろしいようですね。どなたか御疑念のある方は、こちらへお入りになって十分お調べをねがいます。」

と、それまで隅のところで何か記録をとっていた物理霊媒の一人である寺倉さんがついと立って、

「会長さん、私はキャビネットの裏の方をもう一度調べさせていただきたいんです。」と、いって、キャビネットの後《うしろ》へ廻って、後の垂布から半身椅子の背のところへ押入って、じろじろ益田霊媒の顔をみおろしている。こっちからみると、キッスでもしているようにみえる。

列席者がみんなその道のエクスパートであるから、誰《た》れひとり冷評したり、半畳《はんじょう》を入れたりするものもなかったが、もしも面白半分の連中だったら、さぞわッときたろうと思われるような、寺倉さんのかっこうであった。相手が若い女性であるだけにキャビネットの中には変に猥《わい》セツな雰囲気をかもしてきたのは事実であった。

よくみると、益田霊媒はもう既に半分トランスに入っているとみえ、顔を少し左へ傾けて、うつらうつらと半眼《はんがん》につぶっていた。深い呼吸をつづけているらしく、丸い乳房はもりあがるように上ったり、下ったりムクムク動いている。

寺倉さんは変にそわそわしながら、自分の椅子へ帰っていった。いつになくおかしいほど彼は興奮していた。

会長は電燈のスウイッチへ指をかけて。

「もうよろしいですね。それではじめます。」と、厳《おご》そかにいったかと思うと、室内の電燈をぱッと消した。

真暗闇の中では夜光塗料が螢のように青々と燃えている。いつもながら神厳な、気味のわるい世界である。それでいて心霊実験でなければ感じられないような冷徹さでもある。咳ひとつする人もない。

三

僅か四十秒ばかりで、突如疾風のように現象が起《おこ》ってきた。まず最初に型どおりのキャビネットの激しい動揺があって、続いてキャビネットの周囲で、呟くようなラップがおこる。ことに、天井に近い釣紐が音をたてて、左右に動いているらしく、恐ろしく冷《ひや》ッこい風がふわッふわッとみんなの顔を打ってくる。それが又普通の冷たさではないのである。

キャビネットから一メートルばかりのところへ坐っていた寺倉さんは、例の笛のような声を出して、

「永峯先生、黒布がとびましたッ。卓の右の方でメガホンが四本、一せいに逆立ちをしましたッ。動きだしました。一本が左上方へとび出しました。」と、一々所見を説明してくれる。

後の方の連中は、椅子に坐っていられなくなって、総立ちになってしまう。その顔へメガホンが青い鱗光の輪を波紋のように吐きちらしながら真向からぶつかってくる。恐ろしく荒ッぽい現象である。ぴゅッぴゅッと空気が鳴っている。会長は隣りに坐った近藤博士の方へ顔をよせて、

「どうも、女とは思えんような強い力ですな。あら、あらッ、もうこんなに卓をあげとるですよ。卓の脚が私の頭を叩いています。」

近藤博士も固唾《かたず》をのんで、

「なるほど。僕の頭にも何かさわりますな。やあッ煙草函だッ。」

たしかに、四尺四方もある大卓を空中へほおりあげて、やや斜にじいッと保持しているらしい気勢である。

平松博士は、少し興奮した語調で、

「何か談話をはじめていますね。音楽を消してみたらどうですか。」と、ささやくので、会長は、作用を昂揚《こうよう》せしめるために演奏させている蓄音機の方を向いて、

「ねえ、松本君、蓄音機をとめて。あッ、メガホンが空中で二本交叉したまま話していますね。木島君、談話を一々記録しておいて下さい。何《な》んていっていますか。」

木島の声が、

「私が一々復唱します。よろしいですか。センザンバンガク、千山万岳、ハナヒトリ、花独り、サクトイエドモ、咲くといえども人いずくより、来《きた》りて、いずくへぞ去る。……」

メガホンから聞えてくるのは全く女とは似てもつかぬ、幅のひろい男の老人の声である。時間《ま》のびがするので、言葉が聞きとりにくくなる。確実に霊言現象が起ったのである。サニワの位置にいる会長は馴れた調子で、

「ちょっとうかがいますが、あなたはどなたですか。益田小妙さんの背後霊ですか。」

と、不思議にもまたもうひとつ若々しい青年の声が思いもつかない別のメガホンからひょっこりとび出してくる。

「いいえ、ちがいます。あれはやはり七百五十年ほど前に世を去られた禅宗のお坊さんらしい

です。お名前をうかがってみましょう。なるほど、ソウズチクザン……」

会長は敬虔《けいけん》な声になって、

「ソウズ、チクザンとはどういう字をかくのですか。」

「ソウズは、僧の都、チクザンは竹山だそうです。今夜こちらに宇垣さんという方がみえていますか。」

と、後列からとたんに頓狂《とんきょう》な声が起って、

「はッ、宇垣は僕です。」

「あなたですか。今現われている霊は何かあなたの御関係の方らしいですね。あなたはたぶん御記憶はないでしょうと思います。古いことですから。これから時々現われて、因縁をお話しするそうです。」

しばらく沈黙がつづいたが、霊がスライダックスに作用しだしたとみえ、あたりがほのぼのと明るんでくる。今夜は五ワットの赤燈を三つつけておいたので、その三つとも光りだす。三メートル位先のものははっきりみえるくらいな明るさになってくる。

よくみると、さっきはたしかに閉《しま》っていたキャビネットの前面の垂布が、半分ほど両方へ開いて、そのなかに益田霊媒の白い顔が赤燈の色に染められて、ほの赤く浮き出してみえる。もの凄く長い顔である。

寺倉霊媒はそッと前へ匍《は》い出して、

「やはりスライダックスのハンドルは少しも動いておりませんな。もとのままです。」

会長はさもあろうというように、

「やっぱり霊の手が機械そのものを操作するんでなくて、機械の作用だけを直接につかうわけですね。かぶせてある籠にも異常ないでしょう。」

近藤博士も平松博士も巽博士も、首をのばしてスライダックスを検査している。いずれもうなずきあって、その状況を確認する。

会長は両肱を椅子にかけたまま、

「いよいよ物質化がはじまったじゃないですか。霊媒の口のところからエクトプラズムが徐々に流れ出てきましたよ。今夜のは、乳白色ですね。」

そういわれてよくみると、なるほど、益田霊媒の口のあたりに、よれよれになった古ハンカチのようなものがはりついている。みるみるそれは烟《けむり》のようになって、下へ下へとひろがっていく。一旦、すうッと消えてなくなったが、とたんに前列にいた誰《た》れかが、

「おやッ、みえました、みえました。立派な物質化だ。幽霊だッ、おおッ凄いなあッ。」

四

みんな一時にざわめきたったが、会長はそれを制して、

「前の方のかた、どうか立たないで下さいませんか。近藤博士ッ、もう顔だけが完成したようですよ。木島君、ストップ・ウオッチで時間を計ってね。」

「はい、只今、丁度八時二十一分十八秒です。こりゃみごとな物質化ですね。だんだん鮮明度が増してくるじゃありませんか。」

赤燈はだんだん息をひくように暗くなって、またすうッと明るくなる。ぱッぱッと明滅する。キャビネットの右側の空間には靄《もや》のような薄光の中に、六尺ぢかくもあろうかと思われる白い影がもうろうとたっている。まだよく形をなしていないので、人間かどうかもわからない。セロファンの人型のようで、それでいて不気味な立体感もあるのである。

永峯会長は、ためつすがめつしながら、

「どうやら武士のようなかっこうじゃありませんか。左の腰のところにつきでているのはありゃ刀じゃないですか。」

寺倉さんはそれを打ち消して、

「いや、あれは袴《はかま》の紐のはじでしょう。頭にはなえ烏帽子《えぼし》をかぶっているようですね。これが昨夜も出た小笠原時康さんじゃないでしょうか。」

「なるほどね。何かいっていますね。」と、会長は両方の耳へ手を当てがってじいッと聞き入る。息の音も聞えそうな静けさである。

寺倉さんも頭をななめにしながら、

「記録します。トウケノシュジン、当家の主人、ワレ、オガサワライチモン、我小笠原一門ノチニニウドウシテ、チクザン、後に入道して竹山……」

寺倉も木島もはじめのうちは、よくわかって一々鉛筆で記録していたが、そのうちにだんだん言葉の意味がのみ込めなくなって、ただ語音だけ出たらめにかいておいた。時々さっきの若い霊が通訳に出てきて、アカナというのはアカネグサのことですとか、ガンタイというのは、眼を掩《おお》わしめるような惨酷な光景ですとか、一々現代語で説明してくれる。

霊言は約二分ほどつづいて、今度は又メガホンが六本とも、不規則に飛躍しだした。その間に物質化の幽霊はいつの間にかすうッと消滅してしまう。消滅したあとまで霊の言葉だけは残っていたようである。

会長はやっと背後霊と連絡がついたように、

「なるほど、竹山という僧と、小笠原氏とは結局同一の人物なんですな。やはり冥界でも二重人格が同時に現われることもあるんですね。一度ではよくわからんから、これからも度々出てもらって、詳しく身許調べをやるんですな。」

平松博士は感激して、

「いや。昨夜はたしかに七百五十年前の、北面の武士だとはっきりいうとったですよ。今宵は、今宵はなんかいうてね。バカに古風な口調でいうとられたですがね。」

さっきの宇垣という若い人は後列の暗がりの中から声を出して、息づかいも荒く、

「しかし先生、そんな昔に死んだ人が、どうして現代語で話せるのですか。そこがどうも僕らには納得いきませんな。変じゃないですか。」

会長はそっちを振り返って、

「それはね、霊というものは永遠に生きとるのですから、われわれと一しょに、知識も深めれ

ば、行動も出来るとあちらではいっておるのです。」

「じゃ霊界というものは、宇宙の何処《どこ》かに特殊な場所があって、そこへすべての霊が集っていくのですか。」

「いや、そうではないらしいです。霊は皆われわれの身近かにうようよしているのです。いわばまア波長の違う存在なので、われわれの感覚には触れないが、ここいらに折重なって存在していることは確実のようですね。」

宇垣はふうッと深い溜息をついて、

「どうもわからんですなあ。ますますどうも僕は懐疑的にさせられちまうんですが、先生何《な》んとかはやく結論を出して下さい。このままじゃ、僕は夜も碌々《ろくろく》眠れんですよ。」

「はははは。そうせっかちにいってもらっても困るが、……自体否定派はつまり結論を急ぐから、却《かえ》ってわからなくなってしまうんですよ。自縄自縛《じじようじばく》の形ですね。もっと何度も何度も実験をみて、研究を重ねていけば、自然にわかってくるんですがね。」と、会長はいつものように頗《すこぶ》る慎重である。

寺倉さんは、教師のような口調で、

「ライン博士によって、念力の測定まではじめられているんですから、時間空間一切の影響を受けない或るエネルギーがこの宇宙に存在することをまず信じて下さいよ。それでないとわれわれ霊媒者の生命がけの努力が水の泡になってしまいますからな。」と、これもひどく真剣である。

キャビネットの中からは、突然実験終了のサインが現われてきた。

所要時間一時間と十一分。

五

益田霊媒は、覚醒時の状況がかなり他の霊媒とちがっていた。異医学博士の診断によると、全身の強直がとても異常で、脈搏が殆《ほと》んどふれない位だそうである。それに苦悶がとても激しくて、まるで尿毒症の末期症状と同じようだというのである。

お母さんと寺倉さんはしきりに下半身へマッサージをしてやりながら、お互に暗い中で顔を近よせて、

「いつもはどれぐらいで、覚醒されるのですか。」と、話しあっている。

「さあ、何分ときまったあらしめえんけど、おおかた三十分か四十分、長いときは一時間半もかかった時がおしたな。」

「一時間半も？　そりゃ大変ですな。世間の人はわれわれが実験の度毎にこんな苦しい思いをしとるのに、あれは手品だ、詐術だなんて、実に残酷ですよ。戸田霊媒なんか、こないだ実験中に配線の間違いで、突然ぱッと写真用のフラッシュをたかれましてな。その光を半身に浴びられたために下半身が殆んど不随になってしまって、激しい心臓の結滞をおこすやら、しゃっくりが止まらんやらで、もうとても蘇生されんかと思ったですよ。さいわいサニワさんが熟練

家だったんで、生命だけはとりとめましたけどな。」

お母さんは別に動じもしないように、

「そうどっか。危《あぶの》うおしたえなあ。小妙もあんたはん、一ぺん、どうしても覚醒しまへんで、二日二晩もほっておいたことがおしてなあ。その時にはもう今度ばかりはあかんとおもいまして、わてもう……」

「二日二晩はえらいですな。我々はそんな思いをしてまで学界のためにつくしているんですから、私らもっと社会から認められてもいいと思うんですが。どうも一般世間の風当りは冷たいですね。面白半分で見物されたんじゃ全く浮ばれませんよ。」

「娘もいうてますの。こんな霊能をあたえられたんは、やっぱり神様からの使命であって、因縁ごっちゃ。わてもうお嫁にも何もいけへんさかい、東京へいて、大学のえらい先生方の実験の材料になるいいましてな、今度もその覚悟でこっちゃへ出てまいりましたんどっせ。」

「一面から考えると、こんなきれいな娘さんをほんとに悲惨な話ですなあ。私らにしたってやはり使命観に徹底していくよりほかに生きようはないですよ。私なんかもなまじっかこんな霊能なんか与えられて、却って因果なことだとあきらめているんです。」

マッサージをする衣摺《きぬず》れの音が、サーッサーッと佗《わ》びしく聞えている。

応接室の方へは赤燈があかあかとともっているので、参観者たちは一人一人こっそりぬけ出してきては、そこの大火鉢のまわりへ寄り集った。博士がたもでてきて、煙草に火をつける。みんな憑きものがしたような顔つきである。

和田博士は手帖を出して、何かしきりにかきつけながら、

「ねえ、君、平松君。今の益田霊媒なら大丈夫いいと思うが、ひとつオシログラフの録音と、それから体重減縮の問題を至急に解決つけたいじゃないか。どうだ、ウィルソンの霧箱の実験はやれそうかい。」

「まあ、結局費用の問題だね。それさえうまくいけば、来月中旬にはやれると思うんだがね。」

折角研究がここまで進展してきていながら、貧乏な学者たちでは、実をいうとこれから先どうにも推進のしようがないのであった。アメリカや英国の研究の進歩をうらやんでも、これは無理な話で、日本では自記体重計の新調さえできない現状であった。

いつも話はそこで行詰《いきづ》まってしまうのであった。

永峯会長はやっと出てきて、

「いや、あれは実際いい霊媒ですな。あすこまでいくとは思わなかったが、たしかに掘り出しもんですよ。」と、顔を真赤にほてらせている。

平松博士は煙草の烟をふうッと吐いて、

「いや、霊媒はあれでまあ満点なんだが、さて今度は例の研究費の問題だよ。会長さん、何《な》んとかならないですかね。これじゃ今度もまた虎穴《こけつ》に入って、虎児を得ずという結果になりそうだね。」

会長は笑いながら忙《せ》わしなく煙草を吸って、

「いや、もうこうなったら、今更後へはひけんからね。仕方がなきゃあ会自身、愈々《いよいよ》竹の子を

やるんですよ。僕の家に最後の狩野探幽《かのうたんゆう》があるから、あれを売って、まア当座の費用をつくるんですね。」

「悲壮だな。だがまア仕方がない。学問のためには会長、犠牲になって下さいよ。探幽はいつ金になりますかね。」

「さあ、そうなると、成るべく高く売りたいからね。京都へでももっていって売ってくるんだね。」

「そうしたら、アメリカへたのんで赤外線写真のいいフィルムを買って下さいよ。今度の霊媒は写真からもう一度出発しなおすんですな。」

はじめて実験会へきた人たちは、何が何《な》んだか狐につままれたような顔で、徳川夢声先生の巧妙な話術に聞き惚れている。夢声先生も心霊学の熱心なファンのひとりで、電話でしらせると、原稿執筆中でも何《な》んでもおッ取り刀《がたな》で実験会場へかけつけてくる人であった。

夢声先生は物質化現象に関しては、研究会長も及ばないようなウンチクを傾けている。

六

益田霊媒は、約四十分ばかりで完全に覚醒して、食事をとるために控室へ入っていった。海苔茶漬けと、香《こう》のものの外《ほか》は何もいらないというので、そのように準備してあった。お母さんの方は脂ッこいものがすきだというので、鰻飯《うなぎめし》や刺身が出ていた。しかも酒も二合ほど冷《ひや》のままで飲んだ。

今夜は疲れているからすぐ臥床《ねどこ》へ入らせてくれというので、研究会は応接室の方でそのまま継続することにして、益田母子は二階の八畳へ臥床をしかせてすぐに寝《やす》ませてやった。

研究会は物質化成実の道程に関する観察談でもちきりであった。たとえ霊媒自身のエクトプラズムによって、ああした幽霊が出現するにしても、その現象の奥に働く力だけはどうにも否定出来なかった。

平松博士は煙草ばかり吸いながら、

「いずれにせよ、ああいう姿が、みんなの眼にはっきり映像したり、写真の乾板に感光されたりする以上は、催眠術による錯覚でないことは確実ですよ。だから霊界の存在を証明する一つのよりどころには確かになると思いますな。霊界というものがどういう姿で存在するか、それがこれからの研究題目ですよ。」

さっきの宇垣青年は、眼尻をぴくぴくさせている。存外若い学生で、頭をばさばさささせている。

「しかし先生、もしかりにあれが霊媒自身の思念の中に起った第六感の投影か何かだったとしたらどうなりますか。」

「それでもいいじゃないか。霊媒に過去の人霊が働きかけている証拠にはなりますからね。」

「いや、そうした過去実在した人霊なんかでなくて、霊媒が嘗《か》つて一度みたことのある人の記憶であってもいいと思うんですが。」

「そういうものがああいう形にまとまるということだけでも、古典物理学や、心理学の領域をはるかに飛び越えていて、面白いじゃないですか。理解の段階によってどうでも解釈をつけて差支えないんですよ。」

と、中年の婦人の一人は、のり出してきて、

「あの、ちょっとおうかがいいたしたいんでございますが、あの、やはり自分でこうと思う人の霊はよんでいただけないんでしょうか。」

和田博士はその話をよこどりして、

「いや、そりゃ四五日前やった実験の時に、名指しをした霊が現われた例がありますよ。」

「そりゃ亡《なくな》った良人とか、そういう人ですか。」

「そうです。その婦人の場合には、戦死した御主人の霊でしたがね。それがメガホンにのり移ってその婦人の首のところへまつわりついて、離れないんですね。しかも子供の名なんかいい出して、その愛情の表現の濃厚なのには、むしろみんなアテられた形でしたよ。」

「まア、すばらしいですわね。そういうこともあるんでございますかねえ。」

「その婦人は初めて実験会へみえた方ですし、それに霊媒はもとより列席者も誰《た》れひとりとして、その婦人の身分は知らないんです。ましてや、子供さんの名前なんか誰れも知るはずがないんですよ。それだのに突然はっきりメガホンからいわれたので、みんなびっくりしちゃったわけです。」

「へえ、それじゃ疑いようがありませんですわね。私も一度呼んでいただこうかしら。」

「どなたか声をききたい方がおありですか。」

「え、あの、南方で戦死いたしました息子をね。」

もうその婦人は眼をうるませてくるのであった。

会長の永峯はそっちをみて、

「そういう御要求をもってみえる方がずいぶんたくさんあるんですが、研究会としては一々おことわりしているわけなんです。然《しか》る後《のち》に、相対でおやりになる分にゃ差支えありませんが、うっかり親しくなっていただいて、やはり御自身この学問の研究に入っていただいて、霊媒ともりするとよく田舎なんかを流れ歩いているあのミコやイチコと同一視される危険がありますんでね。それに金をとってやっている連中もありますから、一面からいうと社会の公安を害する恐れもなきにしもあらずでね。」

巽博士もうなずいて、

「まったく我々がこういう実験を一般に公開しないのは、その理由によるんでしてね。まだわれわれの研究はほんの序の口で、前途はなかなか遼遠《りょうえん》ですからね。出発点において、淫祠邪教《いんしじゃきょう》あつかいにされでもしたら、外国に対して恥ずかしくて顔むけが出来ませんからな。ようく可能性を理論的に確《たし》めて、これなら大丈夫というところで公開しようと思っておるんですよ。」

七

その晩のもう十二時すぎてからであった。みんな会員たちも散会してしまったあとで、会長の永峯はせめて今夜の実験のメモだけでもとっておこうと思って、書斎へ入って、寺倉の記録と対照して、自分で経過を大ざっぱに記録し出した。

と、そこへ益田霊媒のお母さんがそっと入ってきて、

「なあ、先生、今むこで面白い現象が起ってますのどっせ。ちょっとみとくれやすか。」と、笑っている。永峯は椅子からたって、「どうしましたか。もう寝ていらっしゃるんでしょう。」

「は、もう二時間ほど前に、寝《やす》ませていただきましたが、今娘がな、寝たなりで、発声現象をおこしてましてな。」

「ほう、そりゃ珍らしいですね。ちょっと拝見させていただいていいですか。」

同じ二階の座敷にねているので、永峯は好奇心にかられて、お母さんと一しょに八畳の方へ入っていった。若い女の寝室なので、ちょっと入り憎《にく》かったが、そうッと唐紙をあけてみると、益田霊媒は縁側の方を頭にして、母親と二人並んで寝ている。よほどぐっすり寝入っているとみえ、ながいいびきが間隔をおいていかにも健康そうに聞えている。スタンドの緑がかった光の中へ仰向けに寝ているその顔は蠟のように白く澄んでいて、どうみても、この世のものとはみえなかった。

お母さんは寝衣の襟を、寒そうに合わせて、

「今な、ねていましたらメガホンがとんでくるような音がしましたさかい、ふッと眼さましてみますとな、ほれ、みとくれやす、あの子の夜着のうえへあないにしてメガホンがたってまっ

しゃろ。あれがときどきものいうのどっせ。」

なるほど、そういわれてはじめて気がついたが、大型のメガホンがいつの間にかとんできて、益田霊媒の丁度、腹のうえあたりとおぼしいところへ、ちょこなんと突立っている。これは階下の実験室においてあったものに相違なく、それがどうしてここまで飛んできたかが例によってわり切れぬ謎である。

とたんに、メガホンは少し右へかしいで、

「当家の主人、当家の主人、そなたは石くれの如く素直に神を信じている。やがて西方より別な神が現われ、ゆん手をさしのばすによって、その手に縋《すが》りておれば、いかなる災難、苦難をも必ずのがれる。われは小笠原時康なるぞ。おん身が何のためにこの世に生を享《う》けたか、よく考えてみれば自然とゆく道がわかるはずである。」やはりところどころ不明瞭な言葉があるので、永峯はすぐには意味をとりかねたが、大体こんなような意味のことをいったようであった。実に辻褄《つじつま》の合った表現である。

そうかと思うと今度は急に老婆の声になって、御詠歌でもうたうように、

「むこの隅のところに、前の代の猫の祟《たた》りがのこっているよってに、早う除霊してもらわにゃあかんえ。川向うの稲荷さんがようみてるよって、息子たちは何も案じることはない。毎日一本橋渡って学校へ通いなはい。大丈夫や。」などと夢うつつに叫び出す。

永峯はすっかり度胆をぬかれてしまった。学問的にいえば、これはいささか邪霊のなす業《わざ》であるようでもある。やはりこの霊媒の父親は一種の稲荷行者として、この娘をメデュームにつ

かって、何かまじないや、加持《かじ》のようなことをやっていたのである。その時分の記憶がこうやって今でも時々紛れ込んでくるのであろう。

しかし一方こういう形の空中談話はちょっと珍らしかった。たしか英国のワード氏に幾例かあった。

永峯はもう一度書斎へ帰ってきて、

「お母ァさん、もしよろしかったら、三十分ばかり私につきあって下さいませんか。もう少しお話をうかがって、心おぼえにかきとめておきたいと思いますんでね。」と、いって、ガスストーブへ点火して、椅子をその前へもっていってやる。夜半の寒気はがまんがならなかった。

母親は寝室へいって、ドテラをきて帰ってきて、やがてさっきとがらりと調子をかえながら、

「わてもう正直に申しますと、実はな先生、あの娘《こ》にはほんまに困ってますんですわ。どうしたかて、お嫁にやるわけにはいきまへんし、というてお商売さすわけにはなおいきまへんしな……」

永峯もその顔をみると、心から気の毒になって、

「そうでしょうなあ。そのお気持ちは私にもようく分りますよ。しかし……」

「まあいわば、あんな片輪もんに生れついてしもうたんどすさかい。今更いうてもどんならんことどっけど、今夜のように夜半になってもあないにして現象出すようでは、わてもしみじみ愚痴も出ますわいな。東京へいたらえらい先生方がたんとたんといやはるよって、何《な》んぞ相談に乗っとくれやすお方もあるやろおもて、それを実はわてもほんまに頼りにして出てきました

んどっせ。なあ先生、誰方《どなた》ぞもっと霊力の強いお方にあの娘をばお任せして、霊能を一ぺんに封じてもらう、ちゅうようなわけにはいきまへんやろかいなあ。」と、母親はしんから思いあぐねているように涙ぐんでくるのであった。

八

永峯は全く案に相違していささか虚をつかれたかたちである。眼をぱちぱちさせていたが、やっと陣をたてなおして、

「いや、そりゃそういうこともやってやれんことはないかもしれませんが、折角あれだけの霊能を発揮しておられるものを、第一惜しいじゃありませんか。」

「惜しいことあらしまへんがな。あんなしょうもないことしたかて、一回何《な》んぼでもないお金しかもらえまへんやろ。それよりあの子も顔かてそないに悪いことおへんさかい、早う嫁にやって、わても楽《らく》しとうおすわ。」

「そりゃよくわかりますよ。しかし今の日本にはあれだけの霊媒ですら珍らしいんですから。」

「ほならあんじょう暮らしていけるようにしとくれやしたら、よろしいやないか。こないにしてたら、わてら親子はやがて乞食せんならんようになってしまいまっさ。」

永峯は暗い顔になって、

「生活の御心配があっちゃ困りますなあ。一体月々いくらぐらいなものを保証してあげたらい

いんですか。」

「さ、そないにたんともいらしまへんけど、そうどすな、月二万円か二万五千円ほどあればなあ。」

永峯は眼を白黒させて、ペンをおいて、

「二万円ね。それで今お稲荷さんのお祠《やしろ》の方からは、外《ほか》に御収入はないんですか。」

「は、もう此頃《このごろ》はテントあかんようになりまして、お祠も籐編《とうあ》みの工場にかしとすさかいなあ。家賃もあがったり、あがらなんだりでな。」

「やっぱりお稲荷さんでは食えませんか。そうですか。」

母親は、永峯から煙草を一本もらって、火をつけながら、「実はな、ほんまのことといいますとあの小妙は、わての実子ではありまへんで。あれはうちの主人が豊岡の芸妓に生ませた娘やのす。ほて、十四まで私にかくして城の崎温泉で舞妓に出してましたんどすな。それへさいて旦那はんつけましたやろ。ほたらその晩からあないに変になってしもて、もうなっともならんのどすがな。町では稲荷さんの罰があたったいうて、誰《た》れも相手《ま》にしてくれるもんもおへんのどっせ。そやさかい、どうでもわてが引取らんならんような廻り合わせになりましたんや。」

今迄は何となく底に神々しいものがありそうだった母親が、それをいいだすと、俄《にわ》かにそんじょそこいらの巫女《みこ》婆アのように、安ッぽく、下品にみえてきた。

永峯は少し白けて、

「あなたがたを最初にこの会へ紹介してくれた豊岡小学校の三谷先生はね、私の方の会員なんですがね。はじめに手紙をもらった時に、何か花柳界に関係があるような話だったんで、私も実は変だと思っておったんですよ。やっぱり真相はそうだったんですか。それでわかりました。」

「三谷先生には、ほんまのことといわんといとくれやしゃいうたんどっせ。そやけど、もうわても切迫《せっぱ》つまってしもうたんで。……」と、母親はせぐりくる涙をふきもしずにいって「なあ、先生、ほんまに出来ることやったら、あの小妙をば、こっちゃの会へでも引取っとくれしまへんやろか。わての方へは月々五千円か七千円送ってもろたら、何《な》んとかしてわてもたべていきますさかい……」

永峯は煙草の烟をぷかりぷかり天井へ吹ッかけながら、途方に暮れたような顔をしていたが、しばらくすると咳をひとつして、

「とにかく、何《な》んかいい方法をひとつ考えましょう。そうまでお困りのようには聞いていなかったんで、わたしたちは呑気に考えておったんですよ。もう今夜はおそいですから、いずれ明日のことにして、どうかおやすみになって下さい。」

その晩はそれっきりになってしまった。

九

その翌晩はキャビネットを二つ釣って、益田霊媒と、寺倉霊媒と同時に入神してもらって、

その結果を記録した。こういう贅沢《ぜいたく》な実験は日本でも初めてのことなので、心霊学者たちは三十人ぢかくも見学に集ってきた。

実験の状況は全く素晴らしかった。メガホンは約二十七尺から三十尺もとぶ。硝子《ガラス》箱へ入った道成寺の人形が中空へ飛揚して、そのまま二階の床の間へ引寄せられたり、それから図書室にあったトルストイ全集が実験室の卓上へ引寄せられたり、実に何とも名状することの出来ない物品の乱舞がはじまった。しまいには人形が身振り手振りで、市丸《いちまる》のレコードをかけろと注文したり、亡き花柳寿美《はなやぎすみ》が出てきて『松のみどり』を踊ったり、想像もつかないような行動が連続する。大きな人形と、小さな人形がからみあって、『重の井』の子別れをやったかと思うと、そこにひろげてあった半切の紙へ、ふいに大きな『神』という文字を黒々とかき残していったりする。列席者はもうほとほと眼をまわしてしまった。あらゆる物理学の理論を無視するような途方もない運動である。

その晩の研究会で、永峯会長は益田小妙の問題を提出してみた。と、一番資力のある河井という出版社の社長は、にやにや笑って、

「昔、芸者してたっていうんなら、新橋か、柳橋から霊媒芸者で出したらいいじゃありませんか。きっと売出しますよ。そうでもしなけりゃ、こんな貧乏な研究会で月々二万の、二万五千のっていう出費は、こたえるでしょう。第一財源がないんだからねえ。」

永峯は顔をしかめて、

「そいつはどうもちと極端な意見だなあ。あんなきれいな娘だから、芸者に出しゃむろん売れ

るだろうが、僕は神意を汚《けが》したくないなあ。霊能が落ちでもしたら、全く可哀想だからな。」

「そんなら、やっぱり会長さんの狩野探幽を売って、それで何《な》んとかしてもらうんですな。」

と、平松博士はもう真剣である。「あれだけ条件のそろった、いい霊媒が、今後果たして出現するかどうか疑問だと思うんです。あれを使えば、きっと今日迄懸案になっていた問題はあらかた解決がつくんじゃないでしょうか。」

永峯は頭をかいて、それでもあきらめたように、

「そりゃ先生方がそういう意向なら、思い切ってそうするしかないでしょう。そうしてあの益田霊媒の身柄はこの会へ同居でもさせるんですか。」

「なるべく金を倹約するためには、そうするのが一番いいんですがねえ。そうすれば寺倉霊媒としじゅう交霊させて、呪術的な、お稲荷行者的な、あの古ッ臭い分子を払拭してしまうんですな。」

寺倉霊媒も此頃では居処《いどころ》に困って、実は研究会の別棟へころげ込んできているので、永峯としてはいささか迷惑なのであった。しかし益田霊媒の方は女であるから、どうにでも援助のしようはあった。そのかわり台所の方の手伝いぐらいはやってもらわなけりゃならなかった。益田霊媒も母親もそれは納得した。

大体方針がきまったので、永峯は家宝の探幽を、五味という美術商に頼んで、八十万円ほどで売ってもらった。手数料やら、税金やらを差引くと、手取りは五十四万ばかりになってしまった。永峯はそのうちから会の借金を八万ばかり支払って、その残りの四十五万の金で、益田

霊媒を中心に会としての第三期の拡大計画を実施することにした。

第一にこしらえなければならないのは、電気を利用した念力の測定機である。同時に自記体重計もほしかったが、それは二十万円もかかるというので、残念ながら見送るよりほかはなかった。

益田小妙もずっと東京にいられると聞いて、とても大喜びであった。寺倉は隙さえあると彼女を実験室へ連れ込んで、父親がつけたという狐の動物霊を落とすのに、懸命であった。寺倉もともとは妙高行者の亜流なので、自分の経験を語って、近代的な物理霊媒に転向することがいかに必要であるかということを、口を酸《す》ッぱくして説いて聞かせた。

寺倉は或る晩、永峯の書斎へ入ってきて、

「ねえ、永峯先生。私、今夜深夜に、あの益田君の除霊をやってみようと思うんですが、いかがでしょうか。もう時期は熟していると思うんですが。」と、さもさも打込んでいるような眼色である。

永峯は考えて、

「しかし寺倉君、益田君はお母アさんが帰国してから、何《な》んだか、支えがなくなったようで、いい現象が出ないいじゃないか。」

「いや、そんなことは断じてありません。それは私が太鼓判をおします。昨夜の物質化なんかとてもすばらしかったですよ。人間の顔ぐらいな狐の顔を出しましたからね。」

「昨夜も君ら又やったのか。」

「は、午前一時すぎに、二回やったんです。」

「何か実験室でごとごと音がしとったのは、君らだったのかい。しかしいかに熱心だからといって、そう無茶に実験の回数をかさねると、しまいには健康に禍《わざわい》を及ぼすよ。注意することだね。あんまりエクトプラズムを出しすぎるから、益田君は元気がなくなったんじゃないのかね。」

寺倉は白っぽく笑って、

「そんなことはありませんでしょう。僕の経験によりますと、月に二十六回位までは平気でしたからね。」

「二十六回。そりゃ乱暴だ。せいぜい月に五回だな。それ以上はエクトプラズムの濫費《らんぴ》だな。」

永峯会長は、無邪気な顔でケラケラ笑っていた。

十

その晩は珍らしく戸田霊媒が大阪から出てきたので、ほんの内輪だけの実験会を催した。来会者は十四五人だったが、例の徳川夢声先生がみえたので、会場は極めて明るい、賑やかな気分に包まれた。

その晩の出色な現象は、来会者の生きた手の物質化を約十二本、空中に現わしたことであった。その中に、戦災で大火傷をして、かったい棒みたいになった岸本君の手がありありと出たのには、みんなさすがに口あんぐりであった。

夢声先生はあとの雑談の時に、

「ねえ、会長さん、まァああいった物質化はとにかくいいとしてね、もうわれわれは物品の浮揚現象だとか、メガホンの発声だとかは飽きて、一応卒業したわけでしょう。だからね。ひとつ今度は大いに霊魂不滅論の方向へ研究をもっていこうじゃないですか。かく申す僕は、むろん霊魂不滅論者なんですがね。」

永峯は夢声先生の話術のトリックにひッかけられやしないかと思って、びくびくしている風で、

「いや、そりゃ僕だって、平松博士だって和田博士だってむろんみんな不滅論ですよ。霊界の存在を、念力によって実証しようとしているんですからね。」

「僕はね、会長さん、あらゆる宇宙間のエネルギイの中で、一番優秀なやつが、互にコンビになって、いい条件で働く場合、そのコンビは永久に残るんだってことをいいたいんですがね、いかがでしょうか。」

「そのエネルギイの波長の調和によって、永遠に消えないものが出来るというわけですか。」

「まァそんな風なことですね、適確にはつかめないけど。いや、これは漫談じゃない。きわめて厳粛な理論物理学上の問題ですぞ。こないだの時に会長さんは、ライン博士の学説をちょっと失敬して、時間、空間にいささかも影響されないエネルギイのあることを一席ぶちましたね。あの説はちょっといただけますよ。あれを単位にして、考察をすすめていっても、一応答案は

かけますがね、僕はそれよりもこの益田美人霊媒の眼力の方が、はるかに時間、空間を超越しうることを確信しますな。何が何《な》んだかコンガラかっちゃったけど……」夢声先生はサンサンたる白髪をふるわして、陰惨と笑う。例のハグラカシの一手《いって》である。

益田小妙霊媒も寺倉霊媒と一しょにその席へ出ていたので、夢声先生は例の茶目ッ気でそっちへふいと話頭をもっていったのである。

益田霊媒はその晩は風呂あがりの柔肌に白粉《おしろい》なぞをコテコテぬっているので、いつもと違って一向神秘感がわかない。むしろワイ感に近いものを発散している。

「わていややわ。先生たらテンゴーばかしいうてからに。」と上眼でじッとみるその眼光は、どうみても昔花柳界にいた女のそれであった。色ッぽいというよりも、むしろ臆面のなさが、ちょっと下品でいやであった。

戸田霊媒は真面目一方の人なので、覚醒すると、黒い布の大頭巾ですッぽり顔を包んだままよちよち現われ出てきて、会長に、

「どうでした、今夜の現象は。」と心配そうに訊ねる。

会長は十二本の手の掌の話をして、

「今夜はほんとに凄かったですよ。生きている人の手掌をあんなに出したのは、あなたとしても珍らしいことでしょう。」

「そうです。四国の宇和島でやったときに、一度そういうことが。……そのときには指紋まで残してありましたが……」

「それから例の藤田伝三の霊言がいつもほど酔ッぱらっていませんでしたがね。あれはどういうのですか。」

「さあ、それは私にもわからんですが、藤田霊媒はこの頃どうも尺八もよう吹きよりまへんでなあ。自分では歯がわるうなったからやいうていますがね。」

「あれは何年位前に亡《なくな》った方ですか。」

「あれは今年で丁度十二年めです。大連《たいれん》におった憲兵でして、よう酒のむ男でした。一時はとんで歩くメガホンが酒臭うごわしたからな。」

夢声先生はさもわが意を得たというように大きく合点して、

「まことにどうも潔ぎよき霊魂ですなア、そういうのが不滅の域に達すると、地球をぶン廻す風が酒臭くなるでごわしょう。とかく愉快ですな。はッはッはッ。」

戸田霊媒は笑いもしずに、

「それから会長、空中で三味線の音が聞えませんでしたか。」

「いや聞えなかったですよ。」

「そりゃおかしいな。私には城の崎音頭が聞えておったですよ。可愛い声でハヤシを入れとったが……」

寺倉は益田小妙とそっと顔をみあわせて、にやりと笑った。ちょっとその場の空気にそぐわぬおかしな表情であった。

十一

それから丁度一月《ひとつき》半ほどたってからのことである。寺倉霊媒と益田霊媒は大学へ赤外線写真をとってもらいにいって、どうしたのか、それッきりその晩はとうとう研究会へ帰って来なかった。

木島がついていったので、会長は彼を翌朝早く電話で招集して、

「どうだい、木島君、君、昨夜はどこで寺倉たちに別れたね。」と、ちょっと角《つの》めだって訊ねる。

木島は処女のような笑いかたをして、

「昨夜二人ともとうとう帰って来ないんですってね。私今階下で伺ってびッくらしちゃったんですよ。」と、自分の方が恥かしそうに頰をあかくして、「私ね、省線で一しょに帰ろうって約束をしてましたんで、お茶の水の駅でずいぶん待ってたんですけど、来ないんですもの。」

「じゃ大学は君の方が一足先へ出たわけなんだね。」

「そうなんですの。輪番停電で、物理教室へは電燈がつかないんで、私恐いでございましょう。ですから井上さんなんかと一しょに出ちゃったんですの。」

「それで赤外線写真はどうだったんだね。うまくいったの。」

木島は大業《おおぎょう》な身振りをして、

「そりゃもう先生。とっても凄かったんですの。寺倉さんは例の烏天狗《からすてんぐ》と、それから益田さんは白い狐を出しましたのよ。尻尾がリスのようにぱアッとひろがって、とても見事でした。先生方も思わず拍手なすったほどだったんですの。きっとよく写りましたわ。」

「そりゃよかったが、一体それから何処《どこ》へ姿をかくしちゃったんかね。まさか駆け落ちをしたわけでもあるまいがね。」

「まさかア。」と、木島もクスクス笑って取合わなかった。

それからその日も、その翌日も、二人は全く姿を現わさなかった。

その晩永峯がたった一人で精神統一をやっていると、突然、床の間の天井からジャージャーッと水が降ってきた。びックりして家のものを呼んで、

「どうもおかしいね。今頃雨が洩るわけもないし……」

永峯夫人も目を丸くして、

「何《な》んです、雨洩りですか。だって外はとてもいい月夜ですよ。」

「なるほど、月の光が雨戸の隙間からあんなにさしているな。床の間の天井は、こないだえらい音がした時にもあんなに調べたんだから、動物なんかが入るわけはないし……」

一週間ばかり以前に、これも丁度真夜半にばアンというようなもの凄い音が天井でしたので、その翌朝、早速永峯がキャタツであがってみたが、天井板と小屋組みの間はたった一寸ばかりしかすいていないし、鼠だって滅多に入れるどころではなかった。

永峯はしきりに小首をかしげていたが、自分でおずおず床の間の方へ寄っていって、思い切

って下の畳へ鼻をおッつけて、流れおちてくる水の匂いをかいでみた。と、それは不思議なことに、どうかいでみても、何か動物の小便に相違なかった。

「おい、誰《た》れかここへ来て、この匂いをかいでごらん。たしかに獣の尿の匂いだと思うんだがなあ。」

永峯夫人は畳のうえへ手を支えて、気味が悪《わ》るそうに、

「あら、細かい泡が浮いてますね。こりゃたしかに狐のお小水の匂いですよ。動物園へいくと、こんな匂いがするじゃありませんの。どうしたっていうんでしょう。不思議なことがあるもんねえ。」

としきりに感心している。

永峯は手を拍《たた》いて、

「なるほど、これじゃもうあの益田小妙は帰って来ないね。わかったよ。やっぱりあれはほんとに動物霊のついた霊媒だったんだな。道理で現象がひどく小狡くって、荒っぽかったね。」

夫人も笑って、

「やっぱりそうでしょう。どうも私、変だと思ってたんですよ。そんなことといっちゃ悪いけど、あの人、あんなきれいな女のくせに、体臭がとってもたまらなかったもの。あの人のあとでお風呂へ入るの、みんな厭がってね。寺倉さんだけよ、平気で入るのは。ほほほ。」

寺倉霊媒と、益田霊媒はそれッきり研究会とは音信不通になってしまった。何処《どこ》へ姿をかくしたものやら一向見当がつかなかった。豊岡の母親のところへでも照会してやれば或《あるい》は行方が

分るかもしれなかったが、研究会は変りものばかりの集まりなので、そんな面倒なこともしなかった。大した実害はなかったのであるから、まア放っておこうというのが永峯会長の意見であった。

最後の日に撮影した狐と烏天狗の物質化の写真が案外によくうつッているので、鳥飼はそれを自分で大きく引き伸して、実験室の壁へ額にしてかけた。研究会へくる連中は、みんなアメリカのサイキック・オブザーバーの写真よりもよくうつッているといって、誰《た》れでも讃《ほ》めてくれる。それがせめてもの業績であった。

つい最近になって、出雲の国の一会員からの報告によると、三瓶山の麓の三瓶という温泉町に、大変に治病能力のある女の霊能者が出現して、もの凄い評判であるという。この頃では山陰地方でも有名な新興宗教のひとつにのしあがって、大阪、京都あたりからも続々信者が繰込んでいるそうである。

教祖というのは二十二三の、すばらしくきれいな女で、指一本でどんな難病でもけろりとなおすという。話半分にきいても大したものである。

永峯は早速、この教祖にはもう一人男の霊能者がくッついていやしないかと冗談に問い合わせてやったが、クソ真面目な会員の返事によると、教祖には母親がひとりあるっきりで、他には誰《た》れもいないという。

永峯会長は笑って、思わず、

「じゃ烏天狗の方は途中で鞍馬山へひッかかったかな。」

といったが、その洒落《しやれ》は若い鳥飼や木島たちには一向ぴんと来なかったらしい。

編者解説

東　雅夫

本書は、同時刊行の平井呈一編訳『世界怪奇実話集　屍衣の花嫁』と一対を成す〈東西怪奇実話〉アンソロジーである（以下、前者を「世界篇」、本書を「日本篇」と呼ぶ）。

はじめに、今回の企画の成り立ちについて御説明しておこう。

すでに世界篇の「新版解説――平井呈一と〈世界恐怖小説全集〉」でも詳述したとおり、同書の復刊は、怪談文芸や怪奇幻想文学を主戦場とする編者が長らく切望してきたものであった。

とりわけ〈新耳袋〉シリーズの大ヒットから怪談専門誌『幽』の旗揚げ、そして近年における怪談ライブの盛況へと続く、怪談実話ジャンルのめざましい興隆ぶりを眺めるにつけ、半世紀も前にいち早く企画編纂刊行されながら、なぜか六十余年の長きにわたり埋没を余儀なくされてきた稀代の名アンソロジー『屍衣の花嫁　世界怪奇実話集』（世界恐怖小説全集版のタイトル）を、新たな装いのもと現代に復活せしめたいと願ってやまなかったのである。

たまたまここ数年来、縁あって創元推理文庫から自前のアンソロジーを各種上梓していることもあり、是非ともこの好機に、積年の企画を実現させたいと意気込んだ次第。

とはいえ半世紀以上も前に初版が出たきりの、編訳者もとうに逝去されて久しく、収録作家たちも日本では馴染みのない顔ぶれ（というか、そもそもこの『屍衣の花嫁』には、個々の収録作について、作家名のクレジットが、それと分かるような形では明示されていないのだ。これはあくまで私の推測だが、虚実あいまいな怪奇読物としての味わいを前面に押しだそうという思惑が、編訳者である平井翁や版元サイドにあったのではなかろうか）という埋もれた一巻を、いきなりポツンと復刊するのでは、いささか心許ない気がしたのは偽らざる事実だった。

そこで私は一計を案じた。

世界篇に相照応するようなコンセプトの日本篇を、不肖ワタクシめが新たに企画編纂して、怪奇実話アンソロジーの東西競演……という企画に仕立てるのは、どうだろう。それによって、彼我の怪談実話の特色や、それぞれの史的変遷を展望することもできるのではなかろうか。例によっての出来心というか天啓一閃と申すべきか。幸いにも編集部の快諾を得て、このほど実現したのが、つまりは本書ということになる。

ここで呼称の問題について触れておかねばなるまい。

なぜ「怪談実話」ではなく「怪奇実話」なのか——今回こちらの名称を採用したのは、申すまでもなく、世界篇へのリスペクトに外ならない。

では、どうして初刊時に「怪奇実話」の語が選ばれたのか。

〈世界恐怖小説全集〉の各巻巻末には、全十二巻の書目一覧が掲げられているが、第十回配本の『屍衣の花嫁』の副題は、刊行の直前まで〈世界恐怖実話集〉と予告されていた。これはおそらく叢書名に合わせたものかと察せられるが、併記された内容紹介文には〈恐怖実話〉ではなく〈怪奇実話〉と明記されている。そして平井による同巻の解説にも、なぜか〈恐怖実話〉という言葉は一度も使用されず、〈怪奇実話〉もしくは〈怪談実話〉と表記されているのだ（「怪奇」と「怪談」の使い分けに関する言及は特になく、ほぼ同義で使用されている印象を受ける）。

そもそも〈恐怖実話〉では、いわゆる猟奇犯罪とか自然災害や大事故などがもたらす類の現実の恐怖も、そこには含まれることになるわけで、超自然の怪異の実録という同書の主旨からすれば、編訳者がこの言葉を避けていることは当然でもある。

思えばこの「恐怖か怪奇か」問題は、後に同叢書の収録作品を再編したアンソロジーが創元推理文庫から刊行される際、急遽『恐怖小説傑作集』ではなく『怪奇小説傑作集』となったことにも尾を引いてゆくのだった。『怪奇小説傑作集』第三巻の解説中で、平井はその間の事情について、「なお、この三巻を通じての解説は、最初編集部がきめた「恐怖小説傑作集」という書題が、解説を書きあげたのち校正中に、「怪奇小説傑作集」と改題されたので、文中、名称の上で多少混乱が生じましたが」云々と記しているが、どうして「恐怖」から「怪奇」に変わったかについての具体的な説明はなされていない。ここで〈世界恐怖小説全集〉に先行して、同じ東京創元社から〈世界大ロマン全集〉版『怪奇小説傑作集』全二巻（江戸川乱歩編／平井呈一・宇野利泰訳）が上梓されていたことを思い合わせると、ぐるり一巡して、結局この名称に落ち着いたという観もある（この間の事情について何か御存知の向きがあれば、御教示を賜《たまわ》れると幸いです)。ちなみに〈大ロマン全集〉といえば、その第四十九巻として、牧逸馬『運命のSOS——世界怪奇実話集』が、『屍衣の花嫁』刊行の一年ほど前に上梓されていることにも留意すべきかも知れない。

さて、いささか前置が長くなってしまったが、以下、本書の内容について記してゆきたい。

全体を三部構成としたのは、これも世界篇を踏襲しており、第一部には戦前の怪談実話を代表する両大家——田中貢太郎と平山蘆江の作品をまとめて収録してみた。

これにはひとつ、取っておきの趣向がある。

昭和四年(一九二九)から翌年にかけて、平凡社から〈明治大正実話全集〉というノンフィクション叢書が、全十二巻で刊行された。奇しくもこの昭和四年には『中央公論』誌上で、牧逸馬〈世界怪奇実話〉の連載も鳴り物入りで始まっており、いわゆるエロ・グロ・ナンセンスの風潮と相俟って、出版界に実話ブームが到来していた印象を受ける。

とりわけこの〈明治大正実話全集〉は、執筆陣に当時一線で活躍する作家やジャーナリストを結集して壮観であった。次にその一覧を掲げてみよう。

1 『政界疑獄実話』伊藤痴遊　一九三〇
2 『悲恋情死実話』三上於兎吉　一九二九
3 『強盗殺人実話』甲賀三郎　一九二九

4『名人苦心実話』村松梢風　一九二九
5『財界興亡実話』谷孫六　一九三〇
6『妖艶倫落実話』平山蘆江　一九三〇
7『奇蹟怪談実話』田中貢太郎　一九二九
8『詐欺横領実話』永松浅造　一九二九
9『義理人情実話』長谷川伸　一九二九
10『陰謀騒擾実話』白柳秀湖　一九三〇
11『変態恋愛実話』直木三十五　一九二九
12『裏面暗面実話』松崎天民　一九二九

ご覧のように、煽情味あふれるタイトルといい、政官界から裏社会にまで及ぶ幅広いテーマ設定といい、ひと癖もふた癖もある著者たちの顔ぶれといい、当時の読者が抱いていた「実話」観を窺うに足る、興趣尽きないラインナップとなっている。

本書の第一部には、この叢書の第六巻（平山蘆江『妖艶倫落実話』）と第七巻（田中貢太郎『奇蹟怪談実話』）に収録された話の中から、怪奇／怪談と呼ぶにふさわしい作品を収めた。

巻頭に据えた田中貢太郎「冕言《べんげん》」は、『奇蹟怪談実話』全体の序文として書かれたもので、『今昔物語集』（十二世紀前半に成立。編著者未詳。貢太郎は宇治大納言隆国を著者に擬しているが、これは定説ではない）と『聊斎志異《りょうさいしい》』（清代の蒲松齢《ほしょうれい》著）という和漢の怪奇実話の大古典が、よく似た成り立ちを有することを説いている。本書全体の序文にふさわしいと思い、巻頭に再録した次第。

　創作・実話・翻訳と大量の怪談作品を遺した貢太郎の「怪談短篇集」は、第七巻の一コーナーとして設けられた実話小品集であり、本書にはその全話を丸ごと採録した。短いけれども印象的な粒選りの佳品が揃っており、おそらくは著者自身の手で精選されたものと思われる。小泉八雲ゆかりの川獺《かわおそ》話に始まり、『遠野物語』に見える三陸大津波の見霊譚で終わる構成も巧みで、著者が怪談に傾倒した背景を窺わせて興味深い（一九一九年に上梓した著者最初の怪談本は、その名も『怪談』と題されていた）。

　なお、泉鏡花主宰の怪談会で幹事役を務めたことでも知られる田島金次郎の見聞談が複数収められているが、この件については先ごろ、鏡花研究の泰斗《たいと》である田中励儀氏が「田島金次郎と泉鏡花」（石川近代文学館発行『鏡花研究』第十四号掲載）という貴重な論考を発表されていることを付言しておく。

　鏡花の怪談会といえば、新聞記者時代の平山蘆江もまた、強力なサポーターの一人であり、小説家に転身後みずからも折にふれ怪談の筆を執った。「火焔つつじ」「大島怪談」ほか屈指の名品も少なくない（ウェッジ文庫『蘆江怪談集』所収）。『妖艶倫落実話』（しかし凄いタイトル……）は、都新聞の花柳演芸欄記者だった蘆江による明治大正花柳界の麗《うるわ》しきレジェンド列伝だが、そこには当然のごとく、そこ此処《ここ》に哀婉《あいえん》な幻妖の翳《かげ》が射す。怪談小説の諸篇とはまたひと味ちがう、独特な実話調テイストを堪能していただきたい。

なお、集中の白眉《はくび》というべき「怪談小文《こふみ》」については、怪異の当事者である尾上梅幸（六代目）自身が、エッセイ「二つの幽霊」（『サンデー毎日』一九三一年八月十六日号／ちくま文庫『文豪怪談傑作選・特別篇　文藝怪談実話』所収）で、みずからの見霊体験を明かしていることを付言しておく。発表の時期からすると、蘆江による本篇を踏まえているのかも知れない。

第二部には、これまた世界篇リスペクトの一環として、編訳者である平井呈一に所縁の人々による不思議譚の数々を集めてみた。

明治三十五年（一九〇二）、平井（本名・程一）は双生児の弟として神奈川県の平塚に生まれている。父・谷口喜作は富山の人で、蠟燭商など幾つかの職業を経て、上野に和菓子店「うさぎや」を開業（現在も続く老舗である）。双子の兄・彌之助《やのすけ》は同店を継いで二代目・喜作を名のる。程一は生後一年ほどで日本橋濱町の薪炭商・平井家の養子となるが、生家にも出入りし、兄弟そろって自由律の俳人・河東碧梧桐《かわひがしへきごとう》に入門している（平井翁の生涯については、創元推理文庫版『幽霊島』所収の紀田順一郎「平井呈一と怪奇小説のルネッサンス」および新紀元社版『幻想と怪奇3』の平井呈一特集を参照されたい）。

養家の事情で早大英文科を中退後、佐藤春夫の門人となり、ポリドリ「吸血鬼」（「バイロンの吸血鬼」の邦題で『犯罪公論』一九三二年一月号〜三月号掲載）の下訳などを手がける。やはり春夫から依頼された、小泉八雲ことラフカディオ・ハーン『尖塔登攀記』（一九三四年に白水社から刊行）の下訳仕事がきっかけで、八雲の長男・一雄の知遇を得、小泉家に出入りするようになる。気さくで洒脱《しゃだつ》、子供好きな性格の平井は、小泉家の人々に愛され、泊まりがけで滞在することも再々あったという（小泉時「荏原中延のころ」参照）。

当時の平井の風貌を、八雲の孫・時は「長い黒髪を無造作にオールバックにして、着ながしの上にトンビと呼ばれる和服のコートをまとい、いかにも文士然とした服装であった」「そして黒い細縁の眼鏡ごしに、やさしい眼差しでわれわれ家族に話しかけられ、私に対しても紳士として接していただき、子供心に恐縮したものである」（恒文社版『尖塔登攀記』付録所収の小泉時「佐藤春夫さんと『尖塔登攀記』のこと」より）と、精彩ある筆致で記している。

時の長男すなわち八雲の曾孫にあたる民俗学者・小泉凡の『怪談四代記――八雲のいたずら』（二〇一四）は、八雲―一雄―時―凡と続く小泉家四代に伝わる奇縁の数々――いわゆるファミリー・レジェンドを綴った好著。本書には、不気味な石仏の怪異を描いて集中の白眉たる「如意輪観音の呪い」を採録した。八雲が愛した海辺の避暑地・焼津（静岡県）での、ささやかな魔処（舞台となった熊野神社の社殿裏手には事件の記念プレートが設置されている）との遭遇を描いて印象的な一雄の「海へ」と共に、文豪・八雲の文才と「おばけずき」の血が、まさに孫子の代まで脈々と受け継がれていることを示していて感銘深い。

さて、一族の始祖ともいうべきハーン／八雲の作品からは、平井呈一訳「日本海に沿うて」を採録した。来日後、最初の著書となった大冊『知られぬ日本の面影』（一八九四）の一篇である。夏季休暇を利用して山陰地方を精力的に探訪する八雲は、行く先々で土地に伝わる怪談奇聞に熱心に耳を傾け、早くもその再話を試みている。世に名高い「鳥取の布団」や「持田の百姓」の怪談は、すでにこの旅での収穫なのだった。

ちなみに同書が上梓された明治二十七年といえば、近代における百物語怪談本の嚆矢《こうし》となった條野採菊《じょうのさいぎく》編『百物語』（扶桑堂刊／国書刊行会から『幕末明治　百物語』として復刊）が刊行された年であり、これがひとつの起爆剤となって、泉鏡花「妖怪年代記《ばけものねんだいき》」（一八九五）、礒萍水《いそひょうすい》『新百物語』、左右田秋満《そうだあきみつ》編『幽霊一百題』、泉鏡花「怪談女の輪」（いずれも一九〇〇）、岡本綺堂・松居松葉ほか「日本妖怪実譚／西洋妖怪実譚」、小泉八雲『骨董』（共に一九〇二）、小泉八雲『怪談』（一九〇四）、馬場孤蝶・與謝野寛ほか「不思議譚」、夏目漱石「夢十夜」（共に一九〇八）、泉鏡花ほか『怪談会』（一九〇九）、柳田國男『遠野物語』（一九一〇）……といった、はるかに現代怪談実話へと連なる一連の動きが顕在化するのだった。

その意味でも、八雲による怪奇実話の現地取材と再話の試みは、日本の「おばけずき」文学者たちのそれに、一歩先んじてなされていたことが分かるだろう。

第二部の後半には、小泉家と平井呈一に所縁の作家たちによる実話系作品を蒐めてみた。

十九歳で渡米し、後に英国で詩人ヨネ・ノグチとして名を成した野口米次郎は、みずからと似た軌跡をたどった八雲に関心を抱き、『小泉八雲伝』などを著わしている。在米時代の幽霊物件騒動を披瀝した「米国の幽霊物語」を読むと、どうやら「おばけずき」の点でも、両者には一脈通じ合うものがありそうだ。小泉時『ヘルンと私』に、小泉家と野口の交流を綴った

「野口米次郎とセツ」という一章がある。
碧梧桐門下の俳人で、後に芥川龍之介に師事して小説家となった瀧井孝作と平井兄弟とは、同門の縁で親しい交流があった。「阿呆由」について、平井は「瀧井孝作さんに「阿呆由」という随筆がある。これは今のところ、日本で唯一のポルターガイストですよ」(『西洋ひゅーどろ三夜噺』)と指摘して、知られざる怪奇エッセイの名手・瀧井に、いち早く注目している(創元推理文庫『文豪妖怪名作選』の編者解説を参照)。

大の甘味好きで知られた芥川龍之介が、ことのほか贔屓《ひいき》にしていたのが、うさぎやの「喜作最中」だった。わざわざ逗留先から取り寄せを依頼するほど、気に入っていたらしい。平井は〈世界恐怖小説全集〉第五巻の解説中で、芥川龍之介によるアンブローズ・ビアスの紹介文を読んで関心を抱き、丸善で『こんなことがありえようか?』の原書を見つけ、大いに入れあげた次第を記している。しかもこれには「ちょっと怪談めいた」後日談があったという。エッセイ「怪奇小説と私」から引用する。

「怪物」「モクソンの人形」「双生児」、その他題は忘れたが、例の芥川龍之介の「藪の中」の粉本になった作品など、短篇が二十篇ばかりはいっていて、どれも粒ぞろいの面白いものばかりなので、しばらくの間私はビアス熱に浮かされて、会う友人ごとに、おいビアスって奴、おもしろいぞといって吹聴し、二、三人の友人にその本を貸してやった。
すると不思議なことに、借りて行った友人の家で、まもなく必らず誰かが死ぬ。それも思いがけない人が、思いがけない突発的な死に方をする。一人の友人の兄嫁は、子宮外妊娠で急逝した。もう一人の友人の弟は、学校の帰りに踏切で電車に轢《ひ》かれて死んだ。――私はこわくなって、三人目に貸した友人のもとから、その本を奪うように取り返してきて、夕方自分の家の庭で焼き捨ててしまった。――三人目の友人の家では、さいわい、なにごとも起らずにすんだ。それっきり私は、同じ叢書の中のその本には、新本にも古本にも、一どもお目にかかったことがない。もしお目にかかったとしても、果して私はその本に手を出したであろうか？

本書の番外篇、プラス・アルファにふさわしい薄気味の悪い逸話だろう。

さて、その芥川であるが、若き日の彼が『遠野物語』に傾倒して作成した怪談実話蒐集ノート「椒図志異《しょうずしい》」も、早すぎる晩年に書かれた鬼気迫る掌篇「凶」も、すでに『文豪怪談傑作選 芥川龍之介集』（ちくま文庫）などのアンソロジーに収録済みなので、ここは一計を案じて、時代物の異色作「古千屋」（初出は『サンデー毎日』一九二七年六月十五日号）を選んでみた。講談や大河ドラマ『真田丸』でもおなじみの虚実不明な怪将・塙団右衛門（ただし首だけ）にまつわる、ある意味で怪奇実話テイストに充ちた隠れた逸品だと思うのだが、いかがなものであろうか。

第二部の締めくくりには、平井にとって大恩人といってよい文豪・佐藤春夫と、門人の稲垣足穂によるリアル「物件ホラー」を。かつて渋谷の道玄坂上にあった三階建の下宿屋に、春夫と一門の青年たちが入居した際の実体験談である。春夫には同じ話を小説化した「化物屋敷」

という名作もあるが（「西洋ひゅーどろ三夜噺」によれば、構想中の話の聞き役を務めた平井いわく「「化物屋敷」は読んだときより、聞いたときの方が怖かった」由）、こちらは何度も再録されているので、今回はあまり目にふれる機会が少なく、実話としての臨場感に富む小品「首くくりの部屋」（初出は『中央公論』一九二三年五月号）を採った。道玄坂事件の陰の中心人物というべき（件の物件を見つけてきたのも彼なのだ）タルホ自身による怪作「黒猫と女の子」（初出は『婦人公論』一九二六年四月号）とともに御堪能いただきたい。

複数の作家しかも文豪同士が、それぞれの視点から同一の怪異体験を筆にした例として、遠藤周作と三浦朱門の「幽霊見参記」（前掲『文藝怪談実話』所収）と双璧を成すレア・ケースといえるだろう。

第三部には、わが国の怪奇実話史にその名をとどめる十人のＶＩＰが集結。それぞれの持ち味が発揮された名作佳品の中から、世界篇の収録作と相通ずる「怪奇読物」テイストを感じさせる作品を選んでみた。

上京して尾崎紅葉の門に入る以前、金沢時代の若き鏡花は、地元に数多い「魔処」の探訪に余念がなかった。そして先述の扶桑堂版『百物語』出現に刺戟《しげき》を受けたかのように、同年発表の「黒壁」以降、実話ルポルタージュ風の怪異小品を折にふれ手がけることになる。「怪談女の輪」（初出は『太陽』一九〇〇年二月号）もその一篇で、元は武家屋敷だった私塾に通っていた時期の見聞にもとづくと思われる佳品だ。心霊体験の緻密な感覚描写から、旧幕時代の隠微な惨劇を暗示するような怪異へと至る急展開が見事。

その鏡花と「おばけずき」の盟友として、数々の怪談会を共催したのが、新派の名女形・喜多村緑郎だった。「あけずの間」と題されたエッセイ（本書収録作とは別物。ちくま文庫『文豪たちの怪談ライブ』所収）によれば、仕事で金沢に立ち寄った際、曰くつきの化物貸家の噂を聞きつけた喜多村は、物好きにも偵察に向かおうと……鏡花のそれと見事なまでに同一の行動パターンを見ていると、両者の息の合った名コンビぶりも頷かれようというものだ。ちなみに、このときの逸話に霊感を得て書かれたのが、鏡花の怪談戯曲「お忍び」である。

本書に収めた「怪談開けずの間」（初出は『サンデー毎日』一九二七年八月二十一日号）は、大阪で劇団活動をしていた時期の喜多村自身の怪しげな体験談であり、書籍に再録されるのは今回が初めてと思われる。

鏡花や喜多村が盛んに開催した怪談会の常連でもあった近代演劇の父・小山内薫もまた、欧米のスピリチュアリズムや怪奇幻想文学の影響下、不可知の世界への関心を深めた文豪のひとりだった。しかも小山内は、「女の膝」（春陽堂書店『泉鏡花〈怪談会〉全集』所収）という実見談に語られていた女霊《にょれい》に生涯、つきまとわれていたフシがある（やはり怪談仲間の鈴木鼓村「色あせた女性」参照／前掲『文豪たちの怪談ライブ』所収）。

本書には、ドキュメンタリー風の筆致で、市電に出没する件《くだん》の女霊を克明に描写し、一種異様な鬼気を醸《かも》しだす小品「色の褪めた女」（初出は『文章世界』一九〇七年六月号）を収録した。

戦前における怪談文芸の巨匠として、田中貢太郎と双璧を成す岡本綺堂は、鏡花たちの怪談会とは微妙な距離を保ちつつ、怪談会スタイルの連作を大量に執筆した。史上初復刻となるエッセイ「父が招く」(初出は『サンデー毎日』一九三一年八月十六日号)は、綺堂自身の欧州旅行体験(一九一九)にもとづく見聞談だが、ここに語られる父と息子の交感シーンには、旧幕臣で維新の負け組として苦汁を舐める一方、大の芝居好き怪談好きでもあった父親と綺堂との関係が、投影されている趣もある。

大正期の文壇における怪談ブームを体現する作家のひとりに畑耕一がいる。東京帝大英文科在学中から怪談に嵌《は》まり、大正二年(一九一三)、その名も「怪談」というデビュー作(角川書店『大正の怪談実話 ヴィンテージ・コレクション』所収)を『三田文学』に発表した畑は、卒業後、松竹キネマに入社、演劇・映画の業界に身を置きながら、小説、脚本、エッセイ等を執筆、俳人としても知られた。持ち前の英語力を活かして、キャサリン・クロウの『自然の夜の側面』などにもいち早く通じていた畑は、帝大英文科の先輩である芥川龍之介と並ぶ泰西怪奇実話愛好の先覚者といえる。その片鱗は、本書に収めた「自分が自分に出会った話」(一九四二年に天佑書房から刊行された作品集『微笑の園』所収)にも明らかだろう。

谷譲次の筆名で〈めりけんじゃっぷ〉物を、林不忘の筆名で〈丹下左膳〉が活躍する時代小説を、そして牧逸馬の筆名で『中央公論』誌上に〈世界怪奇実話〉シリーズを書き継ぎ、まさに一世を風靡《ふうび》した長谷川海太郎(本名)は、エロ・グロ・ナンセンスの熱気渦巻く昭和初期を代表する「実話」ジャンルの担い手となった。犯罪系・猟奇系の話柄が多い〈世界怪奇実話〉連作とは別に、牧には西洋怪談とでも称すべき一群の作品がある。浅井了意《あさいりょうい》の怪異小説集『狗張子』の向こうを張った「西洋狗張子」（初出は『文學時代』一九三一年四月号）もそのひとつで、『屍衣の花嫁』収録作と並べてもまったく違和感のない、独自の魅力を湛えている。

昭和十年（一九三五）六月、前人未踏の『一人三人全集』全十六巻を置土産に、牧逸馬が心臓麻痺で急逝した翌年、あたかもバトンタッチするかのように、「酒場《バー》ルーレット紛擾記《トラブル》」が『文藝春秋』の実話募集に当選して頭角を顕《あら》わしたのが、橘外男である。饒舌《じょうぜつ》な説話体を駆使したアクの強い文体を特色とし、エキゾティックな伝奇小説や秘境冒険小説、猟奇怪奇小説に本領を発揮した。

本書に収めた「蒲団」（初出は『オール讀物』一九三七年九月号）は、名作「逗子物語」と並ぶ外男怪談の代表作だが、実は『冒険世界』一九一〇年三月号に掲載された怪談実話「蒲団に潜む美人の幽霊」（署名は「不思議記者」）を、作者一流の語り口で再話した作品だった。『文豪たちの怪談ライブ』に原話を再録したので、読み較べてみるのも一興だろう。虚実さだかならぬ実話読物のいかがわしい魅力を満喫できるに違いない。

敗戦後の混乱・復興期に登場した読物作家の中で、牧逸馬や橘外男に匹敵する存在が、黒沼健であった。昭和三十年（一九五五）、『オール讀物』に「秘境物語」を連載したのを皮切りに「秘境と謎と怪奇」の実話読物作家として活躍。それらは新潮社から同一の体裁によるシリーズ本として毎年のように刊行され、『秘境物語』（一九五七）から『失われた古代都市』（一九七六）まで十六冊を数える。猟奇を語って品位を失わぬ名調子は、徳川夢声、三島由紀夫、吉田健一ら著名作家も愛読するところとなった。本書には『謎と怪奇物語』（一九五七）から、先述のビアスに加えて、なんとラヴクラフトまで登場する、極めつきの怪作「雲散霧消した話」を採った。ちなみに、ラヴクラフトとビアスの代表作を収めた〈世界恐怖小説全集〉第五巻『怪物』の刊行が、翌三十三年（一九五八）であるのも、なにやら因縁めいていよう。

活動写真の人気弁士をふりだしに、戦前戦後の芸能界に重きをなす一方、文筆でも一家を成したマルチな才人・徳川夢声は、大のおばけずきとしても知られている。ラジオでの迫真の怪談朗読（岡本綺堂作品など）は、若き日の都筑道夫を震えあがらせ、幕末の志士・田中河内介《かわちのすけ》の惨死にまつわる奇怪な後日談は、いまなお怪談実話ファンの語り草となっている（前掲『文藝怪談実話』参照）。本書には、怪談方面の代表作『世にも不思議な話』（実業之日本社／一九六九）から「四谷怪談因縁話」を採録した。ユーモラスでくつろいだ語り口の端々に、思わず背後を振りかえりたくなるような、ヒヤリとしたものを感じさせる至芸を御堪能いただきたい（本篇の一部を夢声が口演した「新四谷怪談」の音源が、清流出版刊『徳川夢声の小説と漫談これ一冊で』に収録されている）。

世界篇の締めくくりには、英国の精神分析学者フォーダー博士が、世に名高い心霊事件の解明に挑んだ「ベル・ウィッチ事件」が据えられていた。編訳者によれば、瀧井孝作が「あれが一ばんおもしろかった」と太鼓判を捺した作品だとか（前掲「西洋ひゅーどろ三夜噺」参照）。そこで日本篇も、そのひそみに倣って、長田幹彦による心霊ルポルタージュの雄篇「心霊術」で掉尾《とうび》を飾ることにした。

『スバル』系の詩人として出発後、一連の情話文学で大衆的人気を博した長田は、戦後一転して心霊学に傾倒、自身の豊富な霊体験を回顧した『霊界五十年』や創作集『幽霊インタービュー』(出版東京／一九五二)を著わした。後者から採った「心霊術」は、戦後の一時期、右の徳川夢声や江戸川乱歩も巻きこんで(平凡社ライブラリー『怪談入門　乱歩怪異小品集』所収の対談「幽霊インタービュウ」参照)、異様な盛り上がりを示した心霊探究ムーヴメントの熱気を今に伝える、貴重な記録である。怪しすぎる(!?)霊媒嬢の活き活きとした描写など、さすがに情話文学の大家の筆といえようか。ちなみに「ベル・ウィッチ事件」の父娘関係と本篇における霊媒母娘の関係、はたまた憑霊現象をめぐる解釈など、東西スピリチュアリズムの文化的・社会的な共通点や相違点を窺わせて興味深いものがある。

新型コロナ・ウイルスの流行で世情騒然たる最中、今回も編集部の小林甘奈氏には大変にお世話になった。昨年の『平成怪奇小説傑作集』に続き、カバー・デザインをお引き受けいただいた柳川貴代氏ともども、心から御礼を申しあげる次第。

そして、世界篇の編訳者である彼岸の平井呈一翁に、この一冊をおずおずと差しだしたいと思う。今を去る四十年前、偶然にも翁の旧蔵書を託された我が身の幸運を噛みしめつつ――。

二〇二〇年八月　　異様な長梅雨が明けたと報じられた日に

院（1994）
「西洋狗張子」牧逸馬　『文學時代』1931年4月号
「雲散霧消した話」黒沼健　『謎と怪奇物語』新潮社（1957）
「四谷怪談因縁話」徳川夢声　『世にも不思議な話』実業之日本社（ホリデー新書）（1969）
「心霊術」長田幹彦　『幽霊インタービュー』出版東京（1952）

底本一覧

I
「冕言」「怪談短篇集」田中貢太郎　『明治大正　実話全集7　奇蹟怪談実話』平凡社（1929）
「妖艶倫落実話（抄）」平山蘆江　『明治大正　実話全集6　妖艶倫落実話』平凡社（1930）
II
「日本海に沿うて」小泉八雲／平井呈一訳　『日本瞥見記（下）』恒文社（1975）
「海へ（抄）」小泉一雄　『父「八雲」を憶ふ』警醒社（1931）
「荏原中延のころ」小泉時　『ヘルンと私』恒文社（1990）
「如意輪観音の呪い」小泉凡　『怪談四代記』講談社（2014）
「米国の幽霊物語」野口米次郎　『サンデー毎日』1927年8月21日号
「阿呆由」瀧井孝作　『折柴随筆』野田書房（1936）
「古千屋」芥川龍之介　『芥川龍之介全集6』ちくま文庫（1987）
「首くくりの部屋」佐藤春夫　『退屈読本　下』冨山房百科文庫（1978）
「黒猫と女の子」稲垣足穂　『稲垣足穂全集12』筑摩書房（2001）
III
「怪談女の輪」泉鏡花　『おばけずき　鏡花怪異小品集』平凡社ライブラリー（2012）
「怪談開けずの間」喜多村緑郎　『サンデー毎日』1927年8月21日号
「色の褪めた女」小山内薫　『小山内薫全集1』春陽堂（1929）
「父が招く」岡本綺堂　『サンデー毎日』1931年8月16日号
「自分が自分に出会った話」畑耕一　『微笑の園』天佑書房（1942）
「蒲団」橘外男　『橘外男ワンダーランド　怪談・怪奇篇』中央書

一部の例外を除いて、表記は現代仮名遣いに、常用漢字は新字体に改めました。

収録作品のなかに、現在からすれば穏当を欠く表現がありますが、古典として評価すべき作品であることに鑑み、原文のまま掲載しました。

（編集部）

検印
廃止

編者紹介 1958年神奈川県生まれ。早稲田大学卒。文芸評論家、アンソロジスト。『幻想文学』と『幽』の編集長を歴任。著書に『遠野物語と怪談の時代』(日本推理作家協会賞受賞)、『百物語の怪談史』、編纂書に『日本怪奇小説傑作集』(共編)、『文豪怪談傑作選』『猫のまぼろし、猫のまどわし』ほか多数。

東西怪奇実話
日本怪奇実話集
亡者会

2020年9月30日　初版

編　者　東《ひがし》　雅《まさ》　夫《お》

発行所　(株)東京創元社
代表者　渋谷健太郎

162-0814/東京都新宿区新小川町1-5
電　話　03・3268・8231-営業部
03・3268・8204-編集部
URL　http://www.tsogen.co.jp
精興社・本間製本

乱丁・落丁本は、ご面倒ですが小社までご送付ください。送料小社負担にてお取替えいたします。

ISBN978-4-488-56410-0　C0193

あまりにも有名な不朽の名作

FRANKENSTEIN◆Mary Shelley

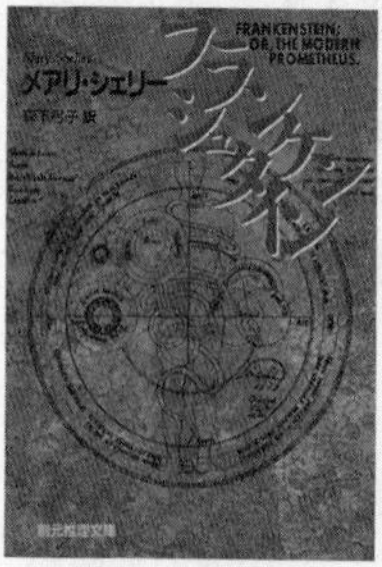

フランケンシュタイン

メアリ・シェリー
森下弓子 訳
創元推理文庫

◆

●柴田元幸氏推薦——「映画もいいが
原作はモンスターの人物造型の深さが圧倒的。
創元推理文庫版は解説も素晴らしい。」

消えかかる蠟燭の薄明かりの下でそれは誕生した。
各器官を寄せ集め、つぎはぎされた体。
血管や筋が透けて見える黄色い皮膚。
そして茶色くうるんだ目。
若き天才科学者フランケンシュタインが
生命の真理を究めて創りあげた物、
それがこの見るもおぞましい怪物だったとは！

猫好きにも、不思議好きにも

BEWITCHED BY CATS

猫のまぼろし、猫のまどわし

東雅夫編

創元推理文庫

◆

猫ほど不思議が似合う動物はいない。
謎めいたところが作家の創作意欲をかきたてるのか、
古今東西、猫をめぐる物語は数知れず。
本書は古くは日本の「鍋島猫騒動」に始まり、
その英訳バージョンであるミットフォード（円城塔訳）
「ナベシマの吸血猫」、レ・ファニュやブラックウッド、
泉鏡花や岡本綺堂ら東西の巨匠たちによる妖猫小説の競演、
萩原朔太郎、江戸川乱歩、日影丈吉、
つげ義春の「猫町」物語群、
ペロー（澁澤龍彦訳）「猫の親方あるいは長靴をはいた猫」
など21篇を収録。
猫好きにも不思議な物語好きにも、
堪えられないアンソロジー。